ANTOINE SÉNANQUE

Jonathan Weakshield

ROMAN

GRASSET

ISBN : 978-2-253-07015-3 – 1re publication LGF

à Quilina

« Quand, entre deux agents de police, je fus amené de ma prison à la cour des Banqueroutes, M. attendit dans le long corridor sinistre, afin de pouvoir, devant la foule qu'un geste si doux et si simple réduisit au silence, soulever gravement son chapeau, tandis que, les menottes aux mains et la tête baissée, je passais devant lui. Des hommes sont allés au ciel pour de plus petites choses que cela. »

Oscar WILDE

I

Prologue

I

Prologue

Ma mort était belle.

Un soleil écarlate plongeait dans l'océan. Les vagues étaient saignantes. Les flots creusaient, autour de moi, leur matière molle et profonde. Des parois d'argile rouge bordées d'écume fermaient le trou où je m'enfonçais. L'eau était chaude et je n'avais pas peur. J'espérais juste, comme n'importe qui, que la mort en passant me ferait grâce de sa cruauté.

Mes dernières lignes d'écrivain ne seront lues par personne. Elles n'auront jamais rien obtenu d'autre que l'indifférence du monde. C'est ce qu'elles méritent puisqu'elles l'ont reçue.

La nuit verse son encre sur moi. Verse son encre… Monsieur Dickens n'aurait pas mieux dit les choses. Qu'il aille au diable, ce millionnaire à la panse gavée de la misère des hommes. Moi, je n'ai jamais voulu écrire sur la noirceur du temps et, Dieu m'en est témoin, j'en ai eu ma part. Ma plume n'a pas trempé dans les larmes qui remplissent les encriers de la terre. Pour survivre, j'ai consacré mes jours à embellir les lettres de mes semblables. J'ai changé des destins et sacrifié mon œuvre. C'est facile de raconter le malheur des hommes. Le désespoir paye et s'écrit tout seul, à l'ombre de n'importe quelle désillusion. J'ai courtisé la lumière. Mes livres resteront fermés et c'est justice. J'ai cherché des images dans la belle nature, la sublime nature qui n'intéresse plus personne. Et je la regarde à cette heure, encore à cette heure, je regarde la beauté de l'eau autour de mon corps, son infinité, son mouvement, la majesté de ses lames coupantes qui se dressent contre ma pauvre vie. Je suis seul et je disparais, mais, pour la première fois, il me semble que je retiens l'attention de l'océan.

Le journal de mon voyage se referme aujourd'hui sur une dernière page d'écume.

23 octobre 1899.

Le bateau sombre à trois miles du Morne, la montagne de la pointe sud de Mauritius. Morne montagne, noire et pelée. Le capitaine Farrel met le point final à la longue histoire de son incompétence. Négrier, soûlard et stupide. Assez incapable dans la tempête pour lancer sa coque sur la barrière de corail qui ferme le lagon. Le bateau coule avec ses esclaves et sa jambe coincée sous le mât de misaine arraché. Weakshield sort des cales après les autres. Quand Farrel implore son secours, au nom de leur vieille Irlande commune, il la lui offre, son aide irlandaise : un crachat sur son corps écrasé. Les hommes du pont filent dans une chaloupe qu'ils défendent, à coups de rames et de poignard. La côte est à portée de main, mais, vérité dérisoire, moi, Joseph Drewhoaney, écrivain public, célèbre en son temps, bagnard émancipé de Nouvelle-Galles* et fils de marin, je n'ai jamais appris à nager. Chez nous, on dit que celui qui sait voguer sans bateau porte le mauvais œil aux équipages. Mon père le dit. Mon père... le diable nous réunira. Le châtiment de mes enfers sera de retrouver tous ceux que j'ai quittés.

Le courant m'emporte vers le large et je lâcherai bientôt le madrier qui me soutient. Je voudrais couler vite, sans agitation et surtout éviter la mâchoire des requins. Weakshield a disparu. J'ai fait graver son nom sur ma poitrine. Il a été mon dernier ami. Je reposerai avec les autres dans les profondeurs de son oubli, mais j'aurai rencontré un homme qui ne mourra jamais. J'ai partagé avec lui les cellules fétides de Botany Bay**, les serpents, les nuées de mouches noires infectantes, les fièvres, la faim et le fouet des Anglais. Nos mains ont construit les gibets où nos frères étaient pendus. J'ai partagé toutes les souffrances et aussi une promesse qu'il avait inscrite sur le mur de la prison, seule aide qu'il me reste dans les creux de l'océan. Oui, la promesse que Jonathan Weakshield avait faite un jour et que je veux tenir pour lui, la solennelle promesse de mourir sans gémir.

---

* Australie.

** Pénitencier de Nouvelle-Galles.

Chapitre 1

24 octobre 1899.
Baie du Cap. Mauritius (île Maurice).
Lever du soleil.

L'inspecteur Saul Cumberbatch se pencha sur le corps gonflé et bleui. Une moitié de jambe avait été arrachée par les squales et des crabes s'agglutinaient sur le lambeau de chair à nu. Il relut le nom tatoué sur la poitrine immobile et nota le jour et l'heure dans le petit carnet noir en cuir vieilli qui ne quittait jamais la poche intérieure de sa veste.

— Qu'est-ce qu'on en fait, monsieur ? demanda le jeune matelot qui avait repêché le cadavre.

— Laisse-le pourrir ici. Il nourrira les nègres.

Le nom de Weakshield se détachait comme une algue noire sous la peau livide.

— Fin du voyage, murmura l'adjoint Field, en pointant les lettres du bout de sa canne.

L'inspecteur le regarda avec lassitude. Depuis le début de l'enquête, l'adjoint Field n'avait jamais émis la moindre suggestion utile. Vingt-sept mois de course à travers le monde en sa compagnie, vingt-sept mois à ajouter à la dette de l'Irlandais. Il observa le corps épais et négligé de l'homme qui doublait son ombre depuis Southampton. Ses yeux globuleux étaient ceux d'un batracien dont il avait disséqué le cerveau minuscule, sur les bancs d'une faculté qu'il avait eu la bêtise de quitter, pour intégrer la nouvelle police criminelle de Londres. La qualité de l'adjoint Field ? L'espace. Le vide laissé par l'intelligence pouvait recevoir ce qu'on voulait. La brutalité, par exemple. Elle leur avait été utile et Field la pratiquait correctement, sans la perversité des voleurs et des assassins qu'ils pourchassaient. Sa méchanceté était seulement pratique, sans recherche de plaisir et sans intention de nuire au-delà du nécessaire. Elle s'arrêtait sur commande. Il devait ressembler aux légionnaires romains qui avaient combattu les barbares de Bretagne. Des brutes obéissantes, qui ne réfléchissaient que si l'ordre de réfléchir leur était donné. Il partagea avec lui le reste de tabac à priser et laissa la brûlure dans sa narine monter à son cerveau.

— C'est le troisième Weakshield qu'on retrouve mort, Field. Et ça ne te suggère rien ?

— « Suggère », inspecteur ? interrogea Field qui cherchait dans son vocabulaire.

— Les amis de Weakshield font tatouer son nom sur leur poitrine, donc… ?

— Donc… répéta placidement l'adjoint Field.

— Donc, le voyage n'est pas fini.

Field hocha la tête et cura méthodiquement les bords de la tabatière vide. Il renifla les traces de tabac sur ses ongles et, au milieu d'un sourire satisfait, cracha une bouillie noire sur le corps de Joseph

Drewhoaney, grand écrivain noyé à ses pieds et dont la mémoire tiendrait en deux lignes sur le carnet d'un policier anglais lancé à la recherche de l'homme qu'il n'avait jamais été.

Saul Cumberbatch regarda la masse musculeuse de Field se diriger vers la mer et s'immobiliser droit devant elle, les yeux sur l'horizon. L'aube naissante donnait une lumière de perle à l'océan Indien. L'idée le traversa qu'un miasme de beauté pût infecter l'esprit borné de son adjoint. Mais Field ne regardait pas l'horizon, il pissait avec sérénité sur les vaguelettes qui mouraient à ses pieds, en essayant de dépasser leur crête.

L'inspecteur traversa la plage pour rejoindre la charrette déguisée en fiacre, fournie par le gouverneur de l'île. Une troupe d'anciens esclaves l'attendait. Il donna à Field les consignes à suivre pour les recherches et s'éloigna pour ne pas entendre son adjoint brailler ses ordres. Le souffle lui manquait. Il sentit le vieux crépitement à la base de ses poumons monter en glaires sanglantes jusqu'à sa gorge. Il n'était pas disposé à mourir avant d'avoir vu son gibier pendu à une corde. Sa phtisie, il la devait aux rafles dans la pourriture des bas-fonds de Londres. La revanche des rats de l'East End qu'il avait traqués. Le traitement par l'arsenic avait blanchi ses cheveux, strié ses ongles, rendu sa peau épaisse et écailleuse comme celle d'un lézard. Son teint était plombé. Il avait, depuis longtemps, accepté la dévastation de son apparence, mais que lui importaient son apparence et le dégoût sur le visage des femmes à son passage. Son sexe était devenu aussi flasque que le cul de la plus vieille putain de Haymarket. Oui, aussi flasque, se dit-il, en suivant le déhanchement d'une négresse au bord de la route qui lui envoya un sourire inutile. Weakshield paiera, murmura-t-il, en fermant les yeux. Il paiera.

Chapitre 2

Enquête.
Cinq semaines plus tôt. Londres.
Daily News. Bureau du rédacteur en chef
Steven Ross. Le dossier Weakshield.

— Alors ?

Steven Ross laissa retomber l'épais dossier sur son bureau.

— C'était il y a quinze ans, Louis. Tous les acteurs sont morts, à l'asile ou au bagne. Trouve-moi des sujets pour aujourd'hui. Parle-moi du train, de la vapeur, de nos usines.

— Vous lirez le dossier ?

— Quel âge aurait-il ?

— Difficile à dire exactement, autour de cinquante-cinq.

Steven leva les yeux au ciel. Personne ne s'intéressait aux vieillards. Il regarda le jeune journaliste assis en face de lui, les jambes étendues, avec la désinvolture qui l'avait séduit quand il avait signé son contrat, un an plus tôt.

— Les usines, Louis.

Le journaliste lui répondit avec impatience :

— Les trains roulent, monsieur, les usines empestent l'air et recouvrent les murs de charbon. Qui a envie de lire la suite ?

Monsieur… le mot bloquait dans sa gorge. Steven ne se sentait pourtant pas si différent de cet homme qui le jugeait d'un autre monde. Il venait d'avoir 38 ans. Il avait fêté son anniversaire seul. Monsieur… il revit son reflet, dans le miroir de sa chambre cette nuit-là, et ses tempes blanchies. Et, plus douloureuse que l'image de ses tempes, celle de sa main serrée autour du pinceau trempé de teinture noire. Noire comme la suie des murs de Londres. La suie du charbon et celle de sa vie déjà consumée. Il avait cru que la solitude serait la gardienne de sa liberté mais sa liberté lui échappait chaque jour un peu plus et la solitude prenait la place. C'était simple. Qui avait envie de lire la suite ?

— Weakshield a disparu, le 27 octobre 1884, après avoir gravi tous les échelons de la pègre. Pendant des années, il a été l'homme le plus redouté d'Angleterre.

— Son dossier est clos.

— Un mythe, monsieur.

— Un mythe mort, retrouvé noyé dans la Tamise. La police a classé l'affaire, la mémoire des lecteurs aussi.

— Le corps n'a pas été formellement reconnu.

Steven Ross sortit une pile de journaux aux caractères jaunis.

— Tout le monde connaît cette histoire, Louis. Le journal l'a couverte du début à la fin de la saison 84. Feuilletons, articles, portraits, tout a été dit et tu n'apportes rien.

— Si, le fichier du commissaire Edward Henry.

— Le fichier de Scotland Yard ?

— Oui, le premier fichier d'empreintes digitales d'Europe. Vous vouliez du moderne… celles de Weakshield ont été étudiées par Henry à ses débuts et conservées à Victoria Embankment*. Il y a vingt-sept mois, les empreintes d'un bagnard ont été recueillies sur une lettre envoyée de Botany Bay à une femme qui vit à Londres. Henry les a analysées personnellement. Les scissures correspondent.

— Ce qui veut dire ?

— Ce qui veut dire que Weakshield est vivant.

— Comment la lettre est-elle arrivée au Yard ?

— Quelqu'un l'a déposée.

— Quelqu'un ?

— Un homme sans identité.

— Personne ne croira à cette histoire.

— La police y a cru. Elle a envoyé un inspecteur en Nouvelle-Galles.

— Ça vient d'où ?

— J'ai un contact à Old Bailey**, un greffier à la Cour, un homme sûr qui ne me refuse rien.

Steven surprit une lueur trouble dans le regard du jeune journaliste.

— Son nom est Lionel Hackman. Il suit le dossier depuis le début.

— Pourquoi avoir attendu deux ans pour t'en parler ?

— Lionel a besoin d'argent.

---

* Adresse de Scotland Yard.

** Tribunal de Londres.

— Lionel ?

Le journaliste acquiesça.

— La police a caché la réouverture de l'enquête, aucune information n'a fuité. J'étudie le dossier depuis quatre mois. J'ai vu les ordres de recherche signés. J'ai les noms des inspecteurs envoyés en Nouvelle-Galles, leur rapport et j'ai aussi vu la lettre… (le jeune homme marqua une pause pour l'effet) la lettre qui donne peut-être la clé.

Steven soupira en tirant sur une pipe qui s'éteignait cent fois par jour.

— La clé de quoi ?

— De la disparition de Weakshield.

Il écouta avec plus d'attention.

— J'ai besoin d'un crédit, pour la suite de mon enquête.

— Combien ?

— Dix livres par semaine.

Le rire du rédacteur en chef empourpra les joues du journaliste.

— Je publierai un feuilleton en quinze épisodes. J'ai interrogé le lieutenant de Weakshield, Robert Shallow, un vieillard de l'hospice du Mall qui m'a raconté toute l'histoire, les débuts, la gloire, la chute. Quinze épisodes. J'ai le témoignage d'anciens du quartier du Seven Dials, le siège de sa bande, de flics à la retraite qui l'ont pourchassé, du prêtre irlandais qui l'a élevé pendant la grande famine. Le journal s'arrachera, monsieur.

— Reviens demain matin.

Les doigts de Steven Ross pianotèrent sur la couverture du dossier où le nom de Weakshield avait été écrit à la plume avec une précaution d'écolier qui le fit sourire. « *… Par Louis Meadows, reporter au Daily News* ». En voulant se lever, il ressentit une douleur vers le haut de la hanche. Depuis quelque temps, il avait le sentiment d'un poids qui donnait de la présence à son corps jusqu'alors immatériel. Et il y avait ce bruit sourd et régulier qui n'était pas celui de son cœur. Quelque chose toquait en lui. Rien de plus silencieux pourtant que l'espace de sa vie où personne ne passait jamais. Mais quelque chose toquait.

Louis Meadows poussait la porte de son bureau pour s'en aller.

— Louis…

Il se retourna avec une grâce que Steven respira comme une bouffée d'opium.

— Qu'est-ce qui t'intéresse tellement dans cette histoire ?

— L'homme.

— Et qu'a-t-il de si particulier, « l'homme » ? demanda-t-il, en moquant l'emphase de la réponse.

Louis hésita, puis, avec un sourire où Steven retrouva la trace de la plus pure jeunesse, répondit :

— Il était magnifique, monsieur.

Même jour. Hospice du Mall. Robert Shallow.
Lettre à Jonathan.

— Je n'ai pas tout dit au petit reporter.

Shallow tira une fiole de gnôle puante cachée sous sa paillasse du dortoir du *netherskin** du Mall. Un nid où les rats étaient plus propres que les hommes.

— Pourquoi ? demanda Catherine Fox, l'infirmière générale, qui partageait avec lui un goût immodéré pour les liqueurs.

— Parce que tout cela a encore de l'importance, répondit Shallow avec une gravité que la nurse ne reconnut pas. Tu sais écrire, ma belle Kate ? demanda-t-il en laissant traîner sa main sur la volumineuse poitrine qui gonflait sa blouse.

— Bien sûr que je sais, vieux vicieux.

Catherine caressa la joue recouverte d'une barbe mitée et demanda doucement :

— À qui veux-tu écrire, mon ivrogne ?

— À Jonathan.

— Jonathan ?

Shallow acquiesça.

---

* Asile.

— Tu m'as dit qu'il était mort. Tu le dis à tout le monde depuis quinze ans.

— Je le dis.

— Et ?

— Écris la lettre.

Elle se leva pour rejoindre sa chambre, attenante au dortoir. La plume et l'encrier étaient cachés dans une petite armoire à pharmacie, fermée à clé. Shallow la suivit. Il vérifia que personne ne traînait autour et referma la porte. Kate s'assit à la table, alluma une lanterne qui sentait le gaz et trempa la plume dans l'encre à moitié figée par le froid glacial de l'hospice.

Il dicta à voix basse, sans hésitation :

— « Article sur ton histoire pour un feuilleton dans le *Daily News*. Jeune journaliste… »

— Tu vas trop vite.

— « … enquête au Seven Dials et à Saint James. Sait qu'elle est vivante… »

Kate leva sa plume :

— Elle ?

L'air réprobateur de la nurse fit sourire Shallow.

— Si tu m'embrasses, je te dis tout.

Il posa sa vieille gueule sur l'épaule de Kate qui, surprise par la tendresse du geste, le repoussa. Mais il descendit vite vers son corsage en reniflant ses seins comme des fleurs. Elle se défendit un peu pour la forme en roucoulant. Il la coucha sur le lit.

— Comme avant, Robert ? minauda-t-elle.

— Comme aujourd'hui, répondit Shallow.

Chapitre 3

Interview. Première rencontre.
Robert Shallow, lieutenant du Seven Dials,
ou comment un ancien boxeur, voleur et assassin,
raconte sa vérité.

— Et le titre ? demanda Steven Ross.

— « L'histoire véridique de Jonathan Weakshield telle qu'elle m'a été racontée par son lieutenant, Mr Robert S. Shallow. » Épisode 1 : Rencontre.

— Lis-moi tout haut, dit Steven en contemplant avec résignation sa pipe froide.

— Inutile. J'ai gravé l'interview.

Steven eut un sourire complice.

— Le gramophone de Fleming.

Louis acquiesça. Fleming était le petit génie qui dirigeait l'imprimerie du journal. Un jeune ingénieur à la pointe de tous les progrès, qui avait réalisé le câblage électrique du bâtiment, le premier du quartier, transformé la nuit en un cube jaune, luisant comme un ver géant sur lequel les mouettes du fleuve s'écrasaient. Inutile, coûteux, mais nouveau. Louis et Fleming étaient faits pour s'entendre.

L'ingénieur avait convaincu la direction d'acquérir un gramophone pour la conservation des interviews « historiques » et pensait avoir trouvé la solution à l'illettrisme qui les privait d'un nombre infini de lecteurs : le journal sonore à écouter pour deux pence, dans des salles aménagées aux quatre coins de Londres. Un opéra continu de faits divers et d'informations, ouvert nuit et jour, signé *Daily News*.

Louis Meadows déposa sur le bureau les feuillets du dossier, en piles inégales rompant l'ordre géométrique auquel Steven était attaché. La solitude lui avait donné le goût de la symétrie. Il remarqua pourtant que la désorganisation contre laquelle il luttait quotidiennement trouvait un charme inattendu entre les mains du journaliste. Le gramophone installé, Louis aligna les rouleaux de cire numérotés, correspondant à chaque épisode du feuilleton. Les interviews avaient été retranscrites en totalité, mais il tenait à ce que son rédacteur ait un contact avec la matière brute. Il amorça la rotation du premier rouleau en orientant le cornet vers le bureau. Il fallut attendre la minute d'ajustement de l'aiguille sur la cire pour que s'élève, de la bouche noire, une voix rouillée qui couvrait les grésillements du cylindre.

« Je m'appelle Robert Sullivan Shallow. Je suis né en 1831 et souhaiterais mourir, si mon avis a de l'importance, en l'an 1900 de notre ère. Je voudrais toucher le XXe siècle. À la pointe du menton. Je n'espère pas des jours meilleurs, les hommes, comme tous les produits de la terre, pourrissent en avançant, mais 1900, c'est une date. Et autour de moi, bien peu de ceux que j'ai connus seront au rendez-vous.

Je vous salue, Mr Meadows. Je suis surpris de trouver votre lanterne sur ma route, éclairer inutilement cette vieille dépouille. Je suis un cadavre qui respire. Aujourd'hui 18 septembre 1899, j'ai plus de cent jours à négocier contre la Faucheuse. Autrement dit, une éternité. Cela fait soixante-huit ans que nous sommes voisins, elle et moi, soixante-huit ans que je la fréquente et, comment dire cela en termes choisis, que je lui montre mon cul… »

Steven entendit le rire du lieutenant monter du fond de sa gorge râpée d'alcool et de tabac. Shallow était bien celui qu'il attendait. Un vieil ivrogne radoteur, une épave de Whitechapel, abîmée par les litres de gin et les tares de ses ancêtres dégénérés qui infectaient son sang.

« … Ils se demanderont pourquoi j'ai accepté de raconter cette histoire. Pourquoi au lieu de l'épidémie de choléra, du mariage de la jeune Victoria, que Dieu la damne jusqu'au fond de l'enfer, j'ai choisi celui qui, au milieu de ce siècle, dans les cales crasseuses de Londres, répondait au nom de Jonathan Weakshield… je leur dirai qu'il n'était ni le plus valeureux, ni le plus fidèle des hommes, mais que moi, Robert Shallow, je l'ai bien aimé. »

— Tu as payé pour ça ? ironisa Steven.

— Dix shillings et deux bouteilles de gnôle.

— Continue, soupira-t-il.

« Weakshield… personne ne connaissait ce nom au Seven Dials, au lendemain du règne du roi Guillaume et de sa police courant d'air… difficile à croire, mais Jonathan est passé dans ces parages comme n'importe qui. J'aime bien parler de cette époque, elle m'a laissé de belles images. Autrefois, la ville se traversait à pied, les fiacres étaient rares et le gaz n'éclairait que Buckingham et les trottoirs du Strand, la “première rue d'Europe”, selon les journaux, la première en pigeons, selon moi. J'y faisais mes petites affaires, à Exeter Hall surtout, pour les poches du public des pasteurs qui y crachaient leurs sermons. On venait ici apprendre les bonnes manières, Mr Meadows, l'antidote du péché. Je l'ai toujours détestée, cette vermine religieuse : prêtres, pasteurs, missionnaires… tous les éclaireurs de cette salope de reine au corps farci de gras, saillie comme une jument par son écuyer écossais. Personne ne peut régner aussi longtemps sans avoir signé un pacte avec le diable. »

— La majorité de nos lecteurs aiment la reine, Louis, ou font semblant. Au jubilé, la moitié de la population de Londres s'est agenouillée sur le passage de son carrosse.

Louis acquiesça et traça en marge du texte de l'interview qu'il avait entre les mains une croix qui enterrait le passage.

« Les pasteurs nous promettaient de revenir au temps saint de Cromwell où les femmes rougissaient de montrer leurs ongles. Saints hommes à la bourse bien garnie qui faisaient aumône sans le vouloir. Après Exeter Hall, je continuais vers l'est. Fallait voir la foule dans ces rues, jour et nuit. Les Indiens balayaient les montagnes de crottin, les gamins couraient au cul des marchands ambulants, ça criait de tous les côtés, ça jurait, mais c'était la musique de la ville. Pas de grésillement de gaz, pas de ronflement de machine, que des bruits d'homme. Après Temple

Bar, j'allais saluer les taulards de Newgate puis après Saint Paul, les abattoirs. Pas besoin de demander son chemin, les aveugles trouvaient tout seuls. Ça beuglait de partout et, vous savez, monsieur, il y avait quelque chose de pas ordinaire, là-bas… le bétail n'avait pas l'odeur habituelle. Les bêtes s'échangeaient des signaux en flatulences fétides, pour se prévenir qu'elles allaient y passer. Le parfum finissait par rendre les hommes nerveux. La mort avertissait de sa présence, par le nez, sans faire de différence. Elle disait qu'on pouvait compter sur elle, à tout ce qui respirait, aux bœufs, aux rats, aux oiseaux et à nous… c'était clair et on s'attardait pas. C'est pourtant là, derrière ces abattoirs où personne ne traînait jamais, que je l'ai rencontré. À Blaker Street, une sale petite rue boueuse où j'ai jamais su ce qu'il était venu chercher… »

— Louis.

Le journaliste arrêta le cylindre.

— Deux feuillets inutiles. Shallow ne nous intéresse pas, ni la visite de Londres que les lecteurs du journal connaissent aussi bien que lui…

— L'ambiance, monsieur.

— Des lignes perdues…

Le journaliste ajouta une nouvelle croix au bas de la page correspondante sur ses notes, sans s'offenser. Puis, il relança l'enregistrement en fixant son regard sur l'appareil, avec une gravité qui toucha Steven.

« Les pelles de Victoria ont détruit tout ça, les rues sont larges et éclairées aujourd'hui. L'ordre règne à Londres, paraît-il. Comme si les hommes ne les gardaient pas en eux-mêmes, les petites ruelles étroites et obscures, les coins sinueux, Mr Meadows, qui rampent en nous comme des serpents. C'était vide et sombre. J'avais vu la silhouette reculer sur le côté, mais, en ce temps-là, j'étais Shallow, le lieutenant du Seven Dials, et pas un voleur, pas un ivrogne n'aurait osé me barrer la route. C'est du cri que je me souviens le mieux. Un sifflement sauvage, aussi aigu que le chant d'une lame glissant sur une ardoise. Ça venait du coin où il se cachait, du sol, une longue aiguille qui vous trouait les oreilles. Quelque chose bougeait dans la boue à ses pieds et rampait vers mes bottes en dardant sur moi deux éclairs jaunes. J'ai tiré mon couteau, mais ça a encore crié et, croyez-le ou pas, moi, Shallow, j'ai reculé sans lancer ma lame de peur que cette chose se jette à ma figure comme une sauterelle géante. L'homme est sorti de l'ombre et s'est baissé pour la ramasser. Une capuche lui recouvrait le front, il portait la barbe, on ne voyait pas son visage. Il a laissé grimper la bête sur son épaule et elle s'est redressée sur ses pattes en levant la queue. C'est comme ça que j'ai rencontré Jonathan. Son écureuil criait pour faire fuir tous les démons de la terre, et ils nous ont laissés seuls face à face.

Au début, j'ai cru que j'avais affaire à un de ces pouilleux d'Irlandais qui infestaient la ville, ce qu'il était en un certain sens. Ils tranchaient les gorges de n'importe qui, pour une miette de pain. Jonathan n'aimait pas qu'on le prenne pour un mendiant. Je le revois sous ce porche, au temps où il n'était rien. Il avait déjà gagné mon respect. C'est difficile à faire comprendre aux gens d'ici. Les Seven Dials ignorent tout de cela. Je peux en parler à mon aise, je suis l'un des leurs, mais j'ai été élevé dans une famille distinguée, moi, élevé est le mot juste. Les Shallow étaient les gardiens officiels de l'hôpital des aliénés. Une fois par an, les médecins nous invitaient dans l'amphithéâtre d'honneur pour nous faire monter les marches de l'escalier des professeurs. J'ai reçu une éducation et je sais comment me tenir dans le monde. Au Seven Dials, on obéit à celui qui gagne le tournoi de pugilat. C'est la seule valeur. Les sentiments sont laissés aux riches qui se servent pas de leurs poings et qui payent pas avec. Respecter un gars qui vous a pas écrasé est incompréhensible pour un natif. Mais moi, je sens les hommes sans qu'ils se battent. Quand je lui ai demandé qui il était et d'où il venait, il m'a répondu qu'il voulait entrer au Seven Dials. Des épaules larges, une bonne longueur de bras, j'examinai ses mains. Aujourd'hui encore, on demande mon conseil pour repérer les champions parmi les boxeurs. Un coup d'œil me suffit : les poings plats, les meilleurs, avec des doigts larges, épais ; les osseux qui font mal mais qui gonflent et se fracturent. Ceux de Jonathan étaient trop fins pour durer, mais j'avais ressenti quelque chose devant lui, quelque chose qui m'aurait fait hésiter à le combattre. Est-ce que vous pouvez comprendre ça, avec vos mains si propres, vous qui sentez la poudre de femme ? »

Louis arrêta le rouleau pour ajouter des croix sur les feuilles de l'interview qui ressemblaient à un cimetière. Steven s'amusa de l'air déconcerté du jeune homme. L'histoire l'intéressait et il trouvait des qualités d'analyse au vieil ivrogne qui la racontait. Le visage du journaliste lui parut insolemment lisse dans la lumière de midi. Ses cheveux noirs descendaient sur ses épaules, sa beauté était scintillante. Oscar Wilde avait été condamné pour « grave immoralité » à deux ans de travaux forcés et venait d'embarquer pour la France.

— A-t-on des nouvelles de Wilde ?

— Pourquoi Wilde ? Quel rapport avec l'interview ? demanda le journaliste.

— Pour rien. Une idée qui me passait par la tête. Continue.

« Je n'ai pas bien accueilli Jonathan. J'étais fier et je n'aimais pas ressentir l'autorité d'un homme. Personne ne peut cacher ça et les réputations tiennent parfois à ce qu'on sait de soi, aux failles qu'on est seul à connaître et qui transpirent. Les temps ont changé. Qui se soucie de la force de mon âme ? Aujourd'hui, c'est l'âge qui me vaut le respect, l'âge qui ne doit rien à Shallow et qui n'est que la paresse d'un corps à mourir. J'ai dit qu'un vagabond de Blaker Street devait apprendre à bien mendier et pas à combattre, et que c'étaient les gitans qui s'intéressaient aux dresseurs d'écureuil. Ça l'a pas troublé. Il m'a juste répondu qu'il ne quitterait pas cette rue avant de m'avoir cassé la mâchoire. Imaginez ça… me casser la mâchoire. J'ai foncé sur lui tête baissée. Au premier contact, je savais que je craignais rien. Il était lent et plus faible que j'aurais cru, à sa taille. Il frappait sans prévoir et il avançait sur mes poings, comme pour se faire marquer. Je l'ai vite sonné et il est tombé comme les autres. Du pied, je lui ai écrasé la tête dans la boue jusqu'à ce qu'il remue plus. Je l'ai abandonné là et je suis reparti vers les abattoirs. Au bout de dix pas, je recevais une pierre sur le crâne et je me retournais pour en attraper une seconde, au visage cette fois, qui m'arrachait une moitié de lèvre, trois dents et fêlait ma mâchoire. Je me suis rué sur lui et je l'ai frappé comme un sac en le laissant pour mort. J'aurais dû le tuer tout à fait cette nuit-là, c'était mon droit. Qui me disait qu'il n'allait pas claironner dans nos rues que sa main avait blessé le lieutenant du Seven Dials et que cette main remuait encore ? On aurait ordonné un nouveau pugilat et j'aurais dû affronter ce cafard de Dixon qui boxait comme il vivait, par coups bas. Mais il avait tenu sa promesse, à demi assommé, les yeux fermés par mes poings. Il avait tenu sa promesse, vous comprenez ? On ne tue pas un homme comme ça. Et la nuit était belle, Mr Meadows. Le jeune Shallow devait sortir des bras de ces jolies plantes du bas Strand qui s'offraient à lui pour trois pence contre une bonne trentaine aux gentlemen des beaux quartiers. Elles l'appelaient Sir Robert. Sir, comme eux, et il était le premier servi. Une belle nuit, d'une belle époque, d'un monde différent.

— Différent ? interrogea la voix de Louis gravée dans la cire.

— Oui, monsieur, un monde qui préparait mieux à mourir. On était vieux à votre âge et ça allait bien aux gars que j'ai connus. On traîne beaucoup trop longtemps sur cette terre, croyez-moi. Le tour des océans se fait en quelques minutes. Un petit instant de lucidité et la boucle est bouclée. Pas besoin de se renseigner ailleurs quand on comprend de quoi est fait l'horizon.

— Et de quoi est-il fait ?

— De morts, Mr Meadows. C'est pour ça qu'on a besoin d'ombre. La viande, il faut pas la laisser trop longtemps au soleil et faut profiter de sa fraîcheur. Vivez vite, courez au cul des plaisirs comme un chien. Vous aurez l'éternité pour vous excuser d'avoir bien vécu. »

Le gramophone grésilla dans la pause de silence qui suivit, où l'on entendait les dernières volontés déglutiess d'une bouteille de gin, dont Shallow ne laissait rien.

« J'aurais jamais dû revoir Jonathan. C'était l'ordre des choses, les gars écartés d'une bande vont rejoindre d'autres bandes, dans les quartiers où on n'entre pas. Les chefs se rencontrent parfois, mais les hommes restent aux frontières. Whitechapel et Seven Dials sont aussi éloignés l'un de l'autre que l'Angleterre du continent. Chacun a ses lois, son langage, ses méthodes. Le voleur du haut Strand assomme sa victime, celui du Seven Dials lui coupe le jarret. Les jeunes canailles d'aujourd'hui se moquent de la coutume. À mon époque, c'était une faute de pas la respecter. Oui, tous les quartiers étaient étrangers mais il y avait un point de ralliement, pour tout le monde, le tournoi de pugilat, et c'est là que tout a vraiment commencé. »

Chapitre 4

20 septembre 1899.
Les hommes magnifiques.

Steven sortit le dernier de Fleet Street. La façade avait été rénovée et les lettres du *Daily News* s'affichaient en rouge vif comme au front des théâtres où il n'allait plus. Il remonta le col de son manteau contre le froid de la nuit et suivit le bord des quais pour rentrer chez lui. L'image de Weakshield prenait forme. Un homme magnifique… c'était quoi un homme magnifique ? Steven n'en avait jamais rencontré. Fabriqué, oui. Plusieurs fois. Des légendes huilées par les ouvriers du journal, assemblées par pièces, avec des finitions parfaites pour faire briller. Il savait faire cela. Il avait signé des articles qui rendaient « magnifiques » des hommes ternes dont aucun ne se serait reconnu, sans son nom inscrit en tête de son histoire. La première qualité requise ? Avoir disparu. Les lecteurs aimaient se mesurer aux morts. Toutes les petitesses de jalousie et d'orgueil ne faisaient plus obstacle pour admirer sans amertume. La vie la plus minable triomphait du plus glorieux passé éteint. Les grands hommes poussaient à l'abri de leur ombre, comme les orties ou les ronces. Weakshield ne serait pas différent. « Grand », jamais mot n'avait été autant galvaudé. Les criminels, les intrigantes, les acteurs, les politiciens… tous avaient droit à leur titre de toise, leur médaille de centimètre. Combien de bienfaiteurs de l'humanité ou mieux de bienfaiteurs d'hommes traînaient dans des espaces injustement petits ? Steven ne se sentait pas supérieur à ses lecteurs. Le parfum de la souffrance et de la mort couvrait aussi les fades émanations de sa propre vie. En 1888, il avait tenu en main la carte postée par « l'Éventreur » à la *Central News Agency*, écrite à l'encre rouge, par défaut, parce que le sang de sa victime avait coagulé dans l'encrier. Steven s'était surpris à rapprocher la carte de son visage pour la sentir. Un jour ou l'autre, chacun retrouvait des réflexes de chien.

Louis l'avait convaincu, Weakshield était un bon sujet. Il fallait seulement ajouter ce que le monde attendait pour donner la mesure nécessaire aux quinze épisodes annoncés. Steven n'avait pas besoin de partager la passion du jeune journaliste. Il pouvait ajuster les scènes, doser les émotions, présenter l'histoire avec éclat, mais ce qu'avait été cet homme, il s'en foutait, tout simplement. Un chef de bande parmi des dizaines sur une liste, avec son cortège de vices et de vilenies. Il n'en resterait rien et c'était justice. Il méprisait ces célébrités du crime. Les journaux les traitaient sous un voile d'admiration honteuse. Il connaissait bien les égouts des faits divers aussi saturés d'ordures que ceux de la « Grande Puanteur » de 1858, l'année où les égouts engorgés de la Tamise avaient empesté la ville. On enviait les pires assassins à force de les traiter en êtres d'exception, « monstres », « prédateurs », « génies du mal » sans jamais souligner la vérité de leur nature : la médiocrité. Les métaphores étaient les auréoles de ces rebuts du monde. Leur gloire diffusait comme une eau sale portant les germes que la morale ne consommait pas, mais qui désaltérait les angoisses. Des hommes croupis.

Il suivit la piste du *long shore*, près des chantiers déserts et des entrepôts. Le fleuve descendait jusqu'à la mer. Des dizaines de miles à naviguer entre les cuirassés, les yachts, les barges, les péniches, les vapeurs express, les chalutiers, l'infini des hangars, des quais, des docks, au pied d'usines aussi hautes que des cathédrales. De l'embouchure à Tower Bridge, le fleuve était tout au long de son cours le port de Londres, une avenue entre les cordons rouges des maisons en briques bordant les rives et les pieux fichés dans la vase pour amarrer les navires. Tout ce qui pouvait flotter et porter des marchandises se croisait là. Il prit la grande rue qui longeait la Tamise de Stepney à Whitechapel. Les putains qui l'abordaient étaient allemandes ou irlandaises. Au loin, vers Whitechapel, les cheminées des raffineries de sucre crachaient leur brouillard au goût de réglisse, qui glissait vers le fleuve pour poisser ses vapeurs. Le cœur des forges battait dans l'air. Il ne sentait plus les odeurs fétides du bétail conduit sur pied à travers la ville aux abattoirs, les porcs laissés dans la rue comme au Moyen Âge, les monceaux de merde de chiens, de chevaux et d'hommes et leurs miasmes contre lesquels on ne se protégeait pas. Il regarda la surface mousseuse du fleuve pousser les déchets des docks et repensa à Wilde. Personne ne prévoyait le moindre feuilleton sur lui. Plus un seul dessin dans l'*Illustrated*, pas même une caricature de *Punch*, rien... noble *Times* silencieux, bien oublieux des records de vente que ce scandale pour « presse vulgaire » avait engendrés. Aucun article, nulle part, depuis six mois. L'homme de toutes les gloires était devenu un banni qui n'attirait plus l'attention. Inverti, condamné, exilé... « Qui avait envie de lire la suite ? » Steven l'avait croisé à son procès. Le journal avait couvert les audiences. Il l'avait vu face au « Marquis », son accusateur, le père déshonoré de son amant, lord de la méchanceté à l'allure de palefrenier, jambes arquées, lèvre inférieure pendante sur un rictus niais, le mot de « sodomite » à la bouche comme un crachat. Wilde avait été le premier à attaquer, en le traînant devant les tribunaux pour insulte et diffamation. Lourde erreur. La roue avait tourné. Un avocat teigneux avait menacé de faire venir des témoins, anciens amants ou prostitués qui avaient partagé son lit et Wilde avait retiré sa plainte. Mais le procureur l'avait attaqué à son tour et la Cour l'avait condamné pour débauche, à la peine maximale. En cas d'indulgence, le marquis avait promis de révéler des preuves qui impliquaient la vertu de lord Rosebery, Premier Ministre de Sa Majesté. Wilde avait répondu sans amertume aux insultes. Sa hauteur avait donné le vertige aux habitants des abysses qui tournaient autour de lui. Trop loin pour leur grâce. Le frère aîné de Steven était Robert Ross, le meilleur ami de

Wilde et son premier amant. L'homme qui avait ôté son chapeau, à son passage, à l'entrée du tribunal, devant la foule qui l'insultait, au risque d'être arrêté et condamné lui aussi. Robert, son frère si lointain, si irrémédiablement lointain. Ils ne se parlaient plus depuis des années, depuis le jour de son renvoi du manoir familial pour conduite immorale. Son père n'avait pas toléré que le nom méprisé d'Oscar Wilde puisse être associé au sien. Il avait fait voter la famille, à main levée, autour de la grande table de la salle à manger pour décider de l'exil de celui qui les déshonorait. Steven avait été le dernier à monter son bras adolescent sous la menace de son regard et Robert avait attendu son choix avant de les quitter sans un mot. Il n'avait jamais osé lui demander pardon, mais pour lui, le chapeau de son frère avait sa place sur le blason de leurs ancêtres, entre le dragon et le glaive. Depuis, le manoir d'Aldwickbury était devenu une terre neutre. Il ne s'y passait plus rien. Robert avait emporté l'amour et la haine de son père, sans rien lui laisser. Aucune émotion ne survivait dans les couloirs glacés du foyer. On se saluait là-bas comme dans un club. Steven se sentit triste. Triste était un mot si faible pour décrire son humeur. Mais que dire de plus pour exprimer sans lyrisme, sans complaisance, le désespoir qu'il ressentait ? Juste un mot simple à partager avec le plus innocent des hommes et dont tous les cœurs comprendraient le sens. Triste. Infiniment. Il entendit l'aboiement d'un chien près de lui et, au loin, les cris d'un nourrisson, puis d'une femme qui jurait, le fouet d'un fiacre et la sirène des bateaux qui forçaient leur passage sous les ponts. Réunir ces accords de détresse, se dit-il, en faire le refrain nécessaire à écouter en soi, pour couvrir ses pensées et se donner le temps de franchir la centaine de mètres qui le séparait du pub, sans que le désir d'alcool s'évanouisse dans les relents du chagrin.

Chapitre 5

Bureau de Steven Ross.
Shallow et Strugglefield.
Le Viking. Naissance de l'East End.

« Le tournoi de pugilat… l'année du mariage du prince de Galles ?

— 1863, oui, quand ce bâtard a été béni, à Westminster, à la sortie du bordel où il apprenait son royal devoir. L'année du premier métro, à Farringdon Street. Jonathan devait avoir un peu plus de 20 ans. Mais pour comprendre tout ça et pourquoi ce tournoi est resté planté dans les mémoires, il y a Strugglefield.

— Le massacre de Strugglefield ?

— La bataille, Mr Meadows. Le "Massacre", la "Boucherie", ce sont des mots à vous, des titres pour vos articles. Mais Strugglefield, en vérité, fut la plus grande bataille secrète de Londres. Les histoires de vos journaux ne sont lues que par les métèques du West End. Pour nous, la vraie histoire est inscrite là. »

— Fin du cylindre, s'excusa Louis.

Steven souleva l'aiguille du gramophone du bout de sa pipe.

— Là ? le cœur, je suppose, dit-il en portant sa main à sa poitrine, le large cœur de la vermine de l'East End.

— Non, répondit Louis, en désignant son ventre.

— Ah oui, bien sûr, les tripes, l'organe noble de la racaille.

Louis acquiesça en souriant et relança la rotation du nouveau cylindre.

« Oui, Mr Meadows, les tripes… c'est elles qui ont la meilleure mémoire. Les souvenirs s'y gardent mieux que dans nos crânes poreux. Même le plus dément de nos vieillards en retient quelques-uns accrochés au ventre. Je n'aurais jamais dû revoir Jonathan, jamais sans Strugglefield, où il n'était pas à mes côtés mais contre moi, dans l'armée de John Blackmore.

— John Blackmore ?

— Oui, monsieur, vous ne le connaissez peut-être pas sous ce nom. Le "Viking" vous parlera plus.

— Le nain qui a été pendu ?

— Pendu ? Aucun juge n'aurait eu le cran de l'envoyer au gibet, mais c'est une autre histoire. Par ici, on connaît tout de Strugglefield, ses héros, ses lâches. On en a tellement parlé. Les mères racontent encore à leurs enfants des contes farcis de mensonges. Moi, j'ai vu ce que j'ai vu, et chaque mot qui sort de ma bouche garde avec lui la bonne haleine de la vérité pure. »

Steven interrompit l'enregistrement.

— Qui est ce « Viking » ?

Louis parut savourer la question.

— Un petit et un grand homme à la fois. Une figure des bas-fonds de l'époque. Le mentor de Weakshield puis son ennemi irréductible, officiellement pendu, « disparu » selon Shallow.

— Il faut que tu développes ce personnage. Toutes les histoires doivent se réduire à ça : au couple. J'ai vu le directeur du journal. Il accepte ton sujet.

Steven sentit la main de Louis serrer chaleureusement la sienne.

— Continue, dit-il, en désignant le cylindre immobile, tout en suivant dans sa conscience la lente disparition de la chaleur sur sa peau, chaque instant du temps retenu par la main de Louis qui le quittait avec la douceur d'un autre monde.

« Le Viking commandait les bandes de Whitechapel, mais son autorité n'était pas reconnue par tous. Il faut dire qu'il s'était imposé sans manière. C'était un nain répugnant. Les filles de Haymarket lui avaient donné son surnom par moquerie. Il y avait un pub connu sur Aldgate, tenu par un Suédois, avec un géant de bois qui gardait l'entrée. Une statue d'au moins trois mètres d'un chef viking, sur laquelle tous les poivrots pissaient. Lui vous arrivait à la hanche, la petite vérole lui dévorait le visage et la vermine creusait des sillons sur son crâne où des cheveux qui avaient été blonds ne repoussaient plus. Ses bras étaient si courts que ses mains semblaient pendre de ses épaules. Il n'inspirait que du dégoût. Même les filles à un penny n'en voulaient pas. Pourtant, il était marié, avec une négresse, une fille d'esclave qui s'était cachée sur un de nos bateaux, le *Blackmore*. Elle avait retenu ce nom. Il avait plu au nain qui devait porter celui du diable. J'ai bien connu cette femme, Mr Meadows, on l'appelait Zarn et elle a joué un rôle, comme chacun au Seven Dials, dans la vie de Jonathan.

Le Viking avait gagné sa place de chef après un vrai tournoi. Ne croyez pas qu'on le méprisait pour sa taille. Il affrontait les plus forts colosses et il était craint. Les poings se brisaient sur son crâne et quand l'adversaire n'avait plus que ses poignets ou ses coudes pour se battre, le nain le faisait plier jusqu'à lui à coups de tête dans le ventre. Malheur à celui qui s'agenouillait devant le Viking parce qu'il était alors à la merci de ses pouces. Toute l'Angleterre avait entendu parler de leur force prodigieuse et de leur étrange déformation. Plus longs que les autres doigts, ils s'effilaient jusqu'à l'ongle taillé comme une lame. Il ne fallait pas attendre longtemps pour les voir s'enfoncer dans les yeux des adversaires, à la fin d'un coup qui paraissait régulier. Quel fou aurait osé discuter sa victoire ? »

— Il faudra avoir un dessin du nain. Tu demanderas au *Punch* de t'ouvrir les archives de John Leech, leur meilleur caricaturiste de l'époque.

« Le chef du Seven Dials, c'était Warbuck, un Écossais. Une brute de six pieds avec un cou de taureau et des sourcils épais qui lui couvraient une moitié du front, un crétin qui m'avait pourtant choisi comme second. Sur un ring, personne n'égalera jamais sa force. Son poids le rendait lent mais un seul crochet suffisait. Sorti des cordes, c'était une autre affaire. Il ne savait ni lire, ni écrire et sa seule ambition à la tête du Seven Dials, c'était manger, boire et profiter de son droit de cuissage sur les filles de la rue. On dormait le jour, la nuit on partageait les femmes et les cuites. Je ne pouvais pas m'occuper des affaires sous peine de quitter sa cour trop longtemps et donc sa mémoire. Tout glissait. Les hommes ne surveillaient plus nos commerces, nos voleurs ne payaient plus la dîme, les filles ne craignaient plus nos corrections. Seven Dials retournait doucement à l'état sauvage et le jeune Shallow suivait tout cela avec la plus grande indifférence. Je ne me voyais pas devenir vieux à cette époque, Mr Meadows. Je voyais ma vie comme une bouteille de gnôle entre les mains d'un grand buveur, autrement dit, pas sur la route de l'éternité.

Jamais le Seven Dials n'avait été aussi vulnérable et le Viking se sentait à l'étroit entre les murs de Whitechapel. Les chefs de Bethnal Green, de Spitalfields et de Southwark avaient déjà proposé l'alliance. Mais il avait de plus grands projets. L'East End et le Borough n'étaient pour lui que des étapes sur la route du retour vers la "Terre Sainte", le quartier roi des crasseux de Londres : Saint Giles.

En 1840, vous étiez loin d'être né, les quartiers de Saint Giles et de Covent Garden formaient, en plein cœur de la ville, ce qu'ils appelaient "un taudis" de quatre hectares : "la Terre Sainte". Quatre hectares de bonne misère dans les parfums de Smithfield Market où ma maison poussait au milieu des *slums*[*],

[*] Bouges.

tous rasés en 1847 pour la grande émigration vers l'est, l'East End, ses docks, ses abattoirs, ses peausseries, pour loger les résidus du monde comme disaient nos politiciens, dans la puanteur qu'ils méritaient. Oui, les résidus du monde, les crève-la-faim de l'Angleterre et les étrangers, les Irlandais surtout qui, d'après la rumeur, couchaient avec les porcs et mélangeaient le sang des abattoirs à leur "whiskey". Fini le joli temps de Holborn, de Drury Lane, les nouveaux territoires de la pauvreté s'appelaient Whitechapel, Bethnal Green, Limehouse ou the Nichol. Fini le temps des pauvres abandonnés. Dans les slums de l'est, on trouvait autant de missionnaires, de révérends, de salutistes, de reporters, de bonnes âmes rêvant de fonder des "colonies sociales". Ça, pour aider, ils aidaient, ces philanthropes, un vrai gavage de générosité, de l'amour en grains qu'on enfonçait dans les estomacs jusqu'à la nausée. Les rues finissaient par recracher leur sang sucré dans les veines des pires assassins que Londres ait jamais connus. Les tueurs gratuits, qui égorgeaient pour rien et n'étaient d'aucune bande. De notre temps, les fous sanguinaires étaient éliminés, ils n'avaient aucune place chez nous. "L'Éventreur" n'aurait jamais existé à Saint Giles, Mr Meadows. "L'Éventreur", c'est l'État. Il a dû en passer des nuits dans ces centres d'accueil avec ce monde de vermine protégé par la bonne conscience du siècle. Avant que le gouvernement n'infeste nos quartiers de zèle social, notre société faisait respecter la loi humaine, sans pitié, mais sans monstre. Quand la couronne ne nous apportait rien et que le cœur des philanthropes était sec, vivre voulait dire appartenir à un clan.

J'ai toujours craché sur la générosité. Elle défait les hommes. Elle apprend à ceux qui la reçoivent l'égoïsme, la paresse et couve leurs perversions. Aujourd'hui, la pauvreté est un métier. Le travail est un handicap pour un miséreux, arrivé trop tard à l'asile de nuit qui affiche complet, refoulé à l'Armée du Salut pour manque d'infortune et rejeté de la solidarité des bas-fonds qui n'aide que les voleurs. Je ne dis pas qu'il faut laisser mourir les pauvres. En fait, si, je le dis. Les gens qui ne sont pas capables de saigner pour vivre n'ont leur place nulle part. Il n'y a que les bourgeois, de toute façon, qui pensent que la misère, c'est la pauvreté.

— Et c'est quoi pour vous la misère, Mr Shallow ?

— La trahison.

— La trahison ?

— Oui. Ceux qui meurent de faim sont d'accord pour ça. Il y a toujours moyen de voler quelque chose pour manger. Mourir de faim, c'est une volonté. Tout est une question de volonté parce que les choses dépendent de nous et de nous seuls, et ceux qui pensent qu'on n'est pas égaux devant la volonté ont bien tort. Les squelettes de la rue ne m'arrachent pas une larme. Non, Mr Meadows, la misère, c'est la trahison. La malchance, le mauvais œil, les planètes noires dans le ciel, on peut penser que ça se fait sans nous. Mais moi, je crois qu'on dirige son étoile comme on l'entend, en changeant son cours, ou en la laissant tourner toute seule. La trahison, personne peut rien contre ça. Et la seule misère, c'est de ne pas être le maître de son malheur. Au Seven Dials, les traîtres étaient enterrés vivants, parce que pour nous, ce sont des morts qui trahissent, inutile de les tuer une deuxième fois avant de les rendre à la terre. »

— Je ne savais pas que les résidus de l'East End étaient des moralistes, commenta Steven.

— Je ne jurerais pas de sa parfaite sobriété à ce moment de l'entretien, répondit Louis.

« La police n'entrait pas en Terre Sainte. Elle savait qu'elle n'y arrêterait personne. De Leicester Square, de Haymarket, de toutes les sorties de Regent Street, des pistes y menaient sans croiser une seule rue respectable. Ils ont tout détruit maintenant, avec leurs avenues seringues lancées pour crever "l'abcès de Londres". Les architectes d'aujourd'hui jouent les médecins au lit d'une ville mourante. Ils promettent de la soigner, ces bouchers, en coupant ses membres comme si la gangrène l'avait attrapée. L'abcès de Londres... les païens. À Saint Giles, il y avait une odeur de grenier, de poussière et de vieux bois, on y respirait mieux qu'ailleurs. Un vrai crasseux prouvait sa naissance en ne s'y perdant pas. Il fallait connaître les souterrains, éviter les fosses d'aisance camouflées, nos pièges à bull-dogs.

— Bull-dog ? interrogea Louis.

— C'est comme ça qu'on appelait les flics. Posséder la Terre Sainte, c'était posséder la forteresse de la ville. Le Viking voulait devenir le roi de Saint Giles. Des hommes gonflaient sa bande tous les jours et pas les jeunes troufions de notre armée qui paradent en gants blancs et bottes cirées, mais des combattants, des assassins qui connaissaient le goût du sang, celui de l'ennemi et du leur. Les autres bandes avaient décidé de s'unir contre lui. Snowhill, Old Mint, Soho nous avaient rejoints. Les chefs se retrouvaient dans le Seven Dials, au Café Royal de Warbuck : Chokee Bill pour Snowhill, Bauer pour Old Mint et Flaxas pour Soho. Il fallait les voir se rengorger comme des Français, remplis de vin et d'arrogance. Moi, j'avais pas envie de boire. Oh, c'étaient tous de grands lutteurs. Chacun, à son époque, avait dominé le ring. J'aurais pas eu à leur apprendre une seule esquive, un seul coup bas, mais ils parlaient mal de l'adversaire et c'était mauvais signe. Flaxas, le plus grand, maigre, les pommettes aussi pointues que les phalanges, répétait à demi ivre : “Je lui ferai manger ses pouces, au nain...” Bauer, le colosse blond, ne quittait pas des yeux la femme de Warbuck qui minaudait pendant qu'il écrasait ses lieutenants au bras de fer. Les putains sur les genoux de Chokee Bill léchaient l'alcool qui dégoulinait de sa barbe. Un soir, plus saoul que le matin, il avait attrapé un gros cafard qui courait sur la table et l'avait coupé en deux d'un coup de dent : “C'est ce qui restera du nain quand je l'aurai massacré.” Ils étaient nombreux ces nuits-là, dans les autres pubs, à écraser des cafards. Le jour venu, on a cherché pour rien ceux qui chantaient le plus fort. S'ils avaient été avec nous, tout aurait changé à Strugglefield, mais ils se sont terrés par dizaines, comme des lièvres. »

L'esprit de Steven vagabondait. Il avait entendu parler de Strugglefield. Le commissaire général des arrondissements de Londres et la police métropolitaine avaient prétendu qu'il ne s'était rien passé là-bas. Le champ de Strugglefield n'était qu'un mythe pour la populace. La vérité avait le parfum frelaté des petites combines politiques. Aucune force de police n'était intervenue. Pas l'ombre d'un sergot dans les arrière-fonds de l'East End. Cette vérité-là, Steven la connaissait. La police était insuffisante et ne protégeait que les quartiers bourgeois, et aucun Londonien ne dormait en paix dans la Babylone d'Europe. Conservateurs ou libéraux, tous les gouvernements avaient négligé la sécurité de la ville avec le même cynisme. Quoi qu'en dise Robert Shallow, dans l'East End, la sélection naturelle de Mr Darwin s'opérait en accéléré, pour le plus grand bénéfice de la nation enfin débarrassée de ses déchets qui s'éliminaient entre eux. Quel recours en dehors de la police absente ? Sherlock Holmes ? Les gens réclamaient des Sherlock Holmes parce que les forces de l'ordre n'étaient d'aucun secours. Le grand détective devait son succès à l'abandon des citoyens par l'État autant qu'au talent de son créateur. Mais Sherlock Holmes était mort dans les chutes du Reichenbach et Conan Doyle ne croyait plus qu'aux fées. Il s'était entiché de toutes ces histoires de surnaturel et donnait des conférences sur les esprits et les tables qui tournaient. Des fées, pensa Steven… si les fées existaient, elles dégourdiraient leurs ailes dans des ciels plus transparents que ceux de l'Angleterre.

— Monsieur ?

Steven sursauta.

— Je t'écoute, Louis. Je pensais…

— À Oscar Wilde ? anticipa le journaliste avec un regard qui lui parut différent.

Il esquissa un sourire complice qui déforma la symétrie parfaite de son visage.

— Non, pas à Wilde, répondit Steven avec humeur, continue…

Chapitre 6

« Pas lui… »
22 septembre 1899. Avant l'aube.

Shallow se réveilla dans la nuit. Enfin, à peu près. Le gin avait forcé son crâne et clapotait dans son cerveau. Kate ronflait à ses côtés, la poitrine nue, sa peau laiteuse et vibrante, plus désirable encore que la veille. Descendre encore un peu de gin, pensa-t-il, pour retrouver la vigueur suffisante et réveiller Kate. Il vida un verre et retomba dans une demi-somnolence. Il revit les images du roman de Strugglefield qu'il avait entrouvert pour le jeune journaliste qui avait loué la fraîcheur de sa mémoire. La mémoire… la mémoire n'avait rien à y voir. Strugglefield était dans ses os, dans ses poumons, il le respirait encore. Sa peau sentait l'air sans charbon du Londres de l'époque, sans train, sans égouts, sans lumière. Il ferma les yeux et laissa son corps remonter le temps. Le temps trempé d'alcool, titubant avec lui, heurtant les obstacles pour le guider comme il le fallait, aussi mal que possible, trente ans plus tôt, à la veille du combat.

Kate frissonna.

— Ma Kate, bredouilla Shallow en cherchant son sein de la bouche comme le goulot d'une bouteille. J'ai raconté la bataille au petit journaliste.

— Dors, Robert…

« Flaxas nous décide pour ce champ de Pennyfields dans la banlieue est, un large terrain abandonné au bord d'un bois, bien à l'écart. Aucun risque qu'un bull-dog vienne y fourrer son nez. Le Viking accepte les conditions. De la nuit du Café Royal jusqu'à celle de la bataille, on traîne une semaine. Je suis pas aussi tranquille que les autres. Des bruits courent. Ils effraient nos bandes. Chaque soir, je prépare des hommes au combat et, chaque soir, il en manque de nouveaux. Ils perdent leur trempe. On raconte que les autres reçoivent des renforts de Brighton et de Liverpool. On parle d'une armée de trois cents gars. Mais, plus inquiétant que les renforts, c'est la rumeur sur ces sauvages qu'ils auraient trouvés parmi l'équipage d'un bateau des colonies : des Thugs… ces Hindous de la secte des étrangleurs. Ils rampent plus silencieux que des chats, on croit les voir bouger dans l'ombre et leur lacet vous cravate déjà la gorge. On raconte n'importe quoi : qu'ils vous paralysent d'un regard, qu'ils font naître des serpents dans vos bottes, que chacun vaut dix hommes à lui seul. Flaxas et les autres chefs prétendent que les Thugs n'existent pas, que tout ça, c'est des histoires pour poules mouillées… moi, je sais bien qu'ils existent, pas plus loin qu'à une dizaine de rues du Seven Dials, des filles les ont vus.

Tous les jours, il y en a qui foutent le camp. Le matin de la bataille, on est quarante, pas un de plus, et encore en comptant les jeunes qui ne dureront pas une heure. Pour le combat, chaque bande a sa spécialité. La nôtre, c'est le crochet relié à une longue chaîne qu'on fait tourner autour de nos têtes. On pêche l'adversaire par la gorge ou par la cuisse, on le ferre comme une truite et on le tire à portée de lame pour finir le travail. Je le plante où je veux. Un jour, j'ai descendu un pigeon en vol. Quarante hommes… ça laisse pas mal de place sur un champ. »

Kate se rapprocha du corps de Shallow qui suait le gin malgré le froid du slum. Elle écoutait la voix rayée de l'homme qui partageait sa vie. Sa bataille, Shallow la racontait à chacune de ses ivresses et elle ne lui reprochait jamais son éternelle rengaine parce qu'elle aimait son vieux mendiant imbibé de souvenirs et du sang de Strugglefield qu'il avait fait couler.

— Et devant, ils étaient combien ? demanda-t-elle.

Shallow se redressa sur le lit et s'anima, la gueule rougie de froid et d'alcool.

— Devant, malgré ce qu'a prétendu le coroner, ce rond-de-cuir qui n'a jamais foutu son cul nulle part, ils étaient cent. On avait tous connu des proportions moins bonnes, deux ou trois contre un, ça s'était déjà vu… ça nous a même fouettés, cette fausse donne. Il fallait attendre le jour pour commencer et on était impatients.

— Ta gueule ! cria un des mendiants qui dormait dans la chambre voisine.

— Tu parles trop fort, Robert, chuchota Kate.

Elle se serra contre lui pour réchauffer son corps endormi. Shallow sentit la peau tiède à la douceur fidèle, et avança dans son passé.

« J'entends les hommes frapper du poing dans leurs paumes ou faire tourner leurs chaînes. Je sens de la volonté, de la bonne rage et je sais alors qu'on va écraser l'armée du nain. Le Viking se tient devant à cent yards, un levier de fer à la main, presque aussi haut que lui. Je cherche les armes à feu aux ceintures de ses hommes, on n'y a pas droit. Pas de pistolet mais des *neddies** en tout genre, bâtons plombés ou boules de fer soudées sur des tringles, lames et peaux d'anguille avec des poids d'acier au fond d'un bas de laine. Les cinq Thugs sont en première ligne, côte à côte, torse nu, turban blanc sur le haut du crâne, sans armes. J'appelle Quint pour qu'on soit deux à s'en occuper. Un homme, ce Quint, un petit rouquin que j'ai rencontré tout jeune, célèbre pour sa trempe, un frère pour moi. Les hommes du Viking, je les connais presque tous. Je les ai vus se battre dans les bars ou sur les rings. J'ai appris à la bande les points faibles des plus dangereux : Daker, le forgeron aux avant-bras pelés par le feu, sept pieds de haut que pas un poing humain n'a fait descendre, mais le sabot d'un cheval lui a fracturé le genou droit, je le sais par sa femme qui a des bontés pour moi.

"Et Weakshield ?"

Weakshield, bien sûr.

C'est en préparant mes crochets que je l'ai vu, au milieu des rats du Viking : le mendiant de Blaker

---

* Matraques.

Street. Il avait toujours son écureuil sur l'épaule et le même tranchant dans le regard. La concentration qu'on doit posséder avant de franchir les cordes, celle qui manque à toutes ces brutes qui ne se battent qu'avec leurs poings. Il avait rasé sa barbe et portait deux couteaux à sa ceinture. Je me répétais : "Imbécile, tu aurais dû le tuer, cent fois le tuer..."

En fait, je suis pas trop sûr d'avoir vu Jonathan, à ce moment. J'avais autre chose à penser et il était au milieu de toutes ces sales gueules qui nous injuriaient, et on était tous bien humides de gin et de bière. À vrai dire, on voyait plus grand-chose de précis autour de nous. Et puis ça part. Ils foncent sans attendre que le soleil soit encore levé. Je cours tout de suite sur les Thugs avec Quint. On pousse des cris de guerre à faire pâlir le diable. D'ailleurs, c'est bien pour lui qu'ils doivent nous prendre, car, de nous voir charger sur eux en gueulant, ça les refroidit tous les cinq et ils se mettent à détaler comme des lapins. On commence la bataille dans un éclat de rire... »

Kate voyait la course des Thugs et le jeune Shallow, plus fort que tous les combattants de Strugglefield. Elle glissa sa main sous sa chemise.

— Et après ?

— Après on revient dans la mêlée, et ça dure jusqu'au soir. Que ceux qui y étaient, ennemis ou amis, viennent trinquer avec moi, car ils ont de mon sang dans les veines. On se bat avec nos ongles, nos pieds, nos dents... je tords mon crochet dans le bassin d'un jeune gars et je prends un bon coup de couteau dans les côtes, et un autre derrière la tête. Plus loin, je vois le Viking casser des jambes à coups de barre de fer et attraper la gorge de ceux qui sont tombés. Flaxas lui découpe une moitié d'oreille, Quint prend un mauvais coup de neddy sur la tempe. Je peux pas l'aider. Il reste sonné, debout, moulinant avec son crochet, à dix mètres de moi. Un lieutenant du nain lui brise le crâne. Un de mes hommes fait sauter le genou de Daker, avant de le finir au gourdin. On se bat, contre trois adversaires à la fois et puis l'instant d'après, on est seul... pas longtemps, un coup d'anguille sur la nuque vous réveille. Mais il y a de drôles de pauses où tout le monde souffle. On entend alors la respiration des hommes. Ça fait comme une musique étrangère, une sorte de tam-tam. Et ça repart. Les heures passent et, des deux côtés, y en a qui commencent à disparaître. On est pas nombreux pour la fin. C'est là que je vois Jonathan se battre à côté du nain. Ça, je m'en souviens bien. Il boxe toujours en amateur, mais il est debout. Vers le soir, j'essaie de rassembler la bande. Ceux qui sont pas allongés ont détalé. Du Seven Dials, il reste Warbuck, cinq fidèles plutôt mal en point et moi. Chez Flaxas, pas beaucoup plus, pareil pour Chokee Bill. Bauer est mort, sa bande a filé. En face, ils sont encore une bonne trentaine. Ils croient qu'on veut se rendre quand on s'approche d'eux, les bras levés. Ils baissent leur garde et nos crochets les attrapent. La nuit venue, on est tous ivres de sang... ça tourne dans nos têtes comme de la gnôle rouge. On s'acharne sur les morts, on est couverts de leur boue. Oui, la boue des hommes, ma Kate, un mélange de sang, de larmes et de vomissures. Des blessés essaient de s'enfuir en boitillant vers le bois. On dit que Jonathan les aurait rattrapés pour les achever. C'est de là que lui vient son surnom : « le loup de Strugglefield ». Le loup n'attaque sa proie que quand elle saigne ou traîne la patte. Ses ennemis l'ont appelé comme ça au début, pour la honte… et puis avec le temps c'est devenu son titre, tout le monde a pensé qu'on lui avait fait honneur en le lui donnant. Moi, j'étais trop loin pour avoir un avis sur cette histoire. On me l'a racontée plus tard. Mais je vois pas Jonathan courir après des fuyards, ça lui ressemble pas. J'étais à moitié sonné comme tous les autres et il devait pas être en meilleur état. Mais la suite, elle est bien ancrée dans ma tête.

— Raconte-moi, dit Kate.

— Tu connais la fin.

— Raconte-moi encore, Robert.

— Ils nous encerclent, les chefs et les derniers hommes. Il reste Warbuck, Flaxas, Chokee Bill, son lieutenant, moi et sept gars à peu près valides. Flaxas nous ordonne de lâcher nos armes. On est sûrs de se faire étriper. Le Viking rassemble d'un côté les chefs et les lieutenants, de l'autre, les hommes. Il leur dit qu'ils sont de bons combattants et qu'il y a des places dans sa bande. Ils se rangent tous derrière lui. Ensuite, il appelle deux de ses gars et leur ordonne de nous faire agenouiller. Ils viennent sur nous avec leurs neddies. On se retrouve par terre. Le Viking va lui-même chercher Bauer au milieu des morts. Il le traîne jusqu'à nous en tenant sa tête par les cheveux et il plonge ses pouces dans ses orbites. On est cinq en ligne, les uns à côté des autres, un couteau ou un crochet sous le menton. Je ferme le rang. Il tend les yeux de Bauer à un de ses gars : « Tu les cloueras sur sa porte à Old Mint », puis il s'approche de Flaxas qui se débat, mais le crochet dans sa mâchoire le tient ferme. Le Viking lui arrache les yeux comme à Bauer et comme aux autres. Je me souviens des quatre hurlements, à chaque fois un peu plus fort dans mon oreille.

Quand il arrive en face de moi, tout le monde peut le jurer, je soutiens son regard. C'est à ce moment que Jonathan s'est avancé. Il a dit simplement : « Pas lui… » Et le Viking m'a laissé partir. Rien de plus… je suis rentré chez moi et c'est tout ce qu'il y a à raconter.

C'est tout, pensa Shallow, tout ce qu'il y avait à écrire. Mais les pages blanches faisaient l'essentiel du roman de Jonathan. Et ces pages-là étaient pour lui seul. Pour lui seul et pour Kate, quand l'alcool n'était pas assez fort pour le sommeil.

Cinq ans plus tôt, il avait reçu un message, sans signature, télégraphié de Nouvelle-Galles : « Elle revient. » Il connaît la manière de Jonathan. Ses ordres silencieux. Au Seven Dials, il ne s'entourait que de ceux qui comprenaient à demi-mot. « Elle revient. » Rien de plus. Et que t'attendais-tu à lire, Robert Shallow ? Comment te portes-tu ? Est-ce que le soleil de Londres brille toujours aussi bien ? Va au diable, Jonathan… as-tu une seule fois demandé des nouvelles des vieilles artères qui t'ont servi toutes ces années ? Onze ans après ton départ d'Angleterre, quand le calme règne au Seven Dials et que personne ne fête plus l'anniversaire de ta mort, tu réapparais avec ces deux mots jetés au-dessus des mers et moi je continue à t'obéir comme un vieux fou… oui, ma

Kate, Jonathan ne s'entourait que de ceux qui le comprenaient, ce qui ne faisait pas grand monde.

— Toi seul, murmura-t-elle.

— Non, continua Shallow, il y avait deux autres hommes… « Le professeur », un genre de conseiller qu'il écoutait. Un drôle de gars qui venait du haut et qui était bien descendu. De l'instruction, de l'élégance, habillé comme il fallait, on aurait dit un lord. Avec la sale habitude de considérer tous ceux qui croisaient sa route comme des bouseux illettrés. Sauf quand il était ivre. Il descendait alors les marches de son orgueil sur le cul et rejoignait la classe sociale de tout le monde. La classe humaine. On disait qu'il enseignait l'anglais. Enseigner l'anglais… à ceux qui le parlent de naissance… qu'est-ce qu'on a à connaître de sa langue en dehors de ce qu'elle donne à n'importe qui ? Un professeur pour parler sa langue ? Pourquoi pas une école pour apprendre les battements à nos cœurs, ou des cours de respiration pour nos poumons ignorants ? Et puis, il y avait Moe. Un aveugle qui reniflait tout. Un nez de terrier comme personne ne peut croire. Un gars qui avait toujours eu l'air vieux… (Shallow chercha un verre pour trinquer avec le souvenir de Moe et ne trouva qu'une bouteille vide.) Je l'aimais bien, il avait le cœur dur mais sa trempe l'était plus encore. Il prenait toujours qu'un seul chemin. Il bifurquait pas. Têtu en loyauté…

— Dors un peu, Robert.

— Jonathan voulait qu'on le comprenne sans avoir à dépenser de salive. Il fallait rester près de lui et être attentif. L'attention, c'est la qualité qu'il demandait.

Il parlait peu. Il faisait pas confiance à la parole. Il comptait pas dessus. Les autres pouvaient bien être utiles mais pas nécessaires. Il n'aurait jamais décidé d'un gros coup à plusieurs. « Plusieurs », c'était la règle du Viking qui mettait toujours une armée entre lui et ses plans. Pourtant il aurait pu s'entourer, il connaissait du monde, deux fois plus que les autres, deux fois plus parce qu'il ne dormait pas. Ça lui laissait du temps pour les rencontres. Le sommeil et Jonathan, c'était comme chien et chat. Une vieille entente… c'est pour ça qu'il a sympathisé avec tout un tas de médecins, les seuls avec les clochards, les filles et les bull-dogs, à habiter la nuit noire. Ça lui a bien servi avant son départ en Nouvelle-Galles, ça lui a même sauvé toutes ses mises. Oui, toutes ses mises…

« Elle revient. » Elle, c'était Fine. Elle avait passé dix ans avec lui là-bas, après s'être fait oublier un temps dans un trou d'Irlande. Personne ne savait ça. Jonathan avait tout réussi : disparaître, faire venir la femme qu'il aimait auprès de lui, recommencer une vie au bout du monde. Deux ans de bagne passés sous le nom d'un petit voleur de pain avant le partage d'une mine à trois cents miles de Botany Bay, une bonne affaire, de quoi assurer deux vies tranquilles. Mais « tranquille », c'était le mot qui n'allait pas à Fine. Jonathan comprenait pas ça et il est allé la chercher en Irlande pour la ramener dans son désert. C'est la dernière fois que je les ai vus ensemble. On aurait dit les premiers amoureux du monde, on aurait parié l'éternité sur eux. Il a rien vu venir. Elle l'a quitté en un claquement de doigt, un matin, sans prendre son bagage. Je sais qu'il l'a rattrapée sur le port, mais il a rien fait pour l'empêcher d'embarquer. Jonathan cherchait jamais à empêcher les choses. J'étais là, pour le retour de Fine, elle a vécu chez ma sœur, à Sydenham. Plusieurs fois, j'ai essayé de la convaincre d'y retourner mais elle avait la tête dure. On tirait rien d'elle dès qu'on parlait de Jonathan. En plus, elle voulait pas qu'on la surveille. Elle voulait pas devoir. Il m'avait demandé de la protéger mais elle était bien capable de le faire toute seule. Elle a fini par foutre le camp pour rencontrer un genre de gars qui n'était pas des nôtres. Jonathan n'a rien su de tout ça. Quand elle s'est mariée, j'ai pas eu le cœur de lui dire.

Ce que je pense, c'est que le passé dort d'un œil. Tout prêt à être réveillé pour une dernière tournée de sang. Personne n'a réglé ses comptes au Seven Dials. Les vieux ennemis traînent encore et ne crèveront de rien avant de se retrouver. Les vies tiennent ferme à leur fil de vengeance.

Shallow se leva pour dégourdir sa jambe douloureuse. Il marcha un moment entre les corps silencieux du slum et revint s'allonger dans la chaleur de Kate.

— Dors, ma belle Kate. Dors, ma belle. « Les ciels vont s'assombrir », comme disait le professeur, qui n'a jamais été foutu de dire clairement les choses. J'avais fini par penser que j'étais pas fait pour mourir. Mais le rendez-vous approche, je le sens. Et c'est une belle nouvelle. Dors, ma Kate, je mourrai mieux si tu dors.

Chapitre 7

Lever du jour à l'hospice du Mall.
Une Irlandaise. Un traître.

— Tu parles trop, Robert Shallow.

Kate ajustait sa blouse et le tablier de cuir qui couvrait ses cuisses. Shallow massait son cou douloureux. Le réveille-matin de ses vieilles cervicales.

— Je parle pour entendre, lui dit-il.

— Pour entendre quoi ?

— Ce que les gens me cachent.

— Si Jonathan est vivant, pourquoi tu racontes tout ça au journaliste ?

— Pour savoir d'où ça vient.

Shallow racla sa gorge. Ses poumons crachaient une huile noire comme tous ceux des anciens des bas-fonds. Kate lui tendit un mouchoir propre.

— Le journaliste m'a parlé d'une lettre, écrite par Jonathan, qui n'est pas arrivée où il fallait. Je veux savoir pourquoi.

— Robert ?

Kate rassemblait ses cheveux en arrière devant le miroir de la chambre. Elle s'arrêta et regarda avec tendresse le reflet du vieux Shallow assis au bord du lit.

— Comment est-elle ?

— Qui ?

— Tu sais bien.

Shallow se souvenait de la jeune Irlandaise que Jonathan regardait comme le soleil. Il avait pour elle une de ces passions enragées qu'on ne devrait jamais laisser entrer dans un cœur. Mais c'était Jonathan. Il n'avait pas les sentiments de tout le monde. Il aimait comme il se battait, jusqu'au bout et sans se protéger. Il ne réfléchissait pas aux conséquences. Et Fine brûlait. Oui, pensa Shallow, une vraie brûlure de lumière, capable de vous roussir la peau. Ce n'était pas sa beauté, les femmes belles ne manquaient à personne au Seven Dials. Elle avait quelque chose de brillant qui attirait les insectes de nuit qu'ils étaient tous à l'époque. Elle éclairait la sale tristesse que les gars ramenaient d'Irlande et qui la tenait elle aussi. On sentait qu'il ne fallait pas trop s'en approcher. La difficulté, c'est qu'on ne pouvait pas aimer Jonathan, sans aimer Fine. Fallait le prendre avec elle ou bien le laisser.

— Alors ?

— Quoi ?

— Comment est-elle ?

— Irlandaise.

Kate haussa les épaules et ouvrit le verrou de la pharmacie pour prendre les doses de camphre que le médecin prescrivait pour repousser les miasmes.

Shallow remit ses bottes, se leva et caressa ses reins en passant.

— Robert…

Il sentit l'inquiétude dans sa voix. Elle prit sa tête entre ses mains et lui dit :

— Fais attention.

Il la regarda avec toute la tendresse dont il était capable en pensant qu'il y avait bien longtemps qu'on ne lui avait pas donné un conseil aussi nécessaire.

Old Bailey. Midi.
Bureau du greffier Hackman.

Lionel Hackman ne regardait personne en face. La gymnastique de son regard pour éviter celui des autres était complexe. Ses yeux tournaient comme ceux d'un malade affligé de tics nerveux, cherchant une cible pour se reposer, à la plus grande distance possible de ses interlocuteurs. Il suivait, à ce moment précis, les lignes du plafond de son bureau qui n'avaient pour lui aucun secret car son invincible émotivité le conduisait invariablement de l'horizon muré de la pièce à ces fissures familières creusant le plâtre pourri d'humidité qui s'effritait au-dessus de sa tête.

Il n'avait jamais rencontré l'homme assis devant lui et aurait été bien incapable de décrire son visage tant son regard s'entêtait à le fuir. Il avait pourtant lui-même organisé ce rendez-vous après une recherche de plusieurs mois ; sujet que l'étranger venait d'aborder d'une voix courtoise mais froide.

— Comment m'avez-vous retrouvé ?

— Votre nom apparaît dans le dossier. Comme… (Lionel Hackman hésita sur le qualificatif)… comme un témoin essentiel de l'enquête sur l'affaire Weakshield.

— Quand j'ai remis cette lettre, un engagement avait été pris. Mon nom ne devait figurer nulle part.

— Scotland Yard promet beaucoup, murmura le greffier.

— Que puis-je faire pour vous, Mr Hackman ?

Lionel Hackman essaya d'être un autre. Il prit le masque détaché des juges qu'il assistait et demanda d'une voix moins ferme qu'il l'avait espéré :

— Comment était le voyage ?

— Long, répondit l'homme.

En regardant le petit greffier sur sa chaise puis, par la fenêtre du tribunal, les toits serrés de la City, il pensa qu'il détestait ce pays. Pas seulement cette vieille Angleterre qui puait le ranci sous ses airs d'adolescente fardée de progrès, momie dont on avait changé les bandelettes, mais l'Europe entière, cette sinistre demeure hantée, aux couloirs poussiéreux où ne se croisaient que des fantômes. Ses rois avaient le même sang gâté qui coulait dans les veines de Victoria, cousins, neveux, petits-fils tous reliés à elle et à sa malédiction, malades, d'une maladie qui empêchait les plaies de s'assécher. Leur sang se déversait sans s'arrêter, à la moindre écorchure. Et ce vieux monde saignerait comme eux, un jour, jusqu'à sa dernière goutte, quand se déchaîneraient toutes les vanités de ses princes. Retourner aux pays jeunes, se dit-il, aux espaces infinis, aux déserts, aux forêts des grands arbres de Nouvelle-Galles, les eucalyptus qui parfumaient la terre méprisée par les asservis d'Europe. Retourner là-bas, dans ce pays peuplé d'enfants du bagne qui transmettraient à leur descendance leur marque de liberté et de rébellion. Il ne portait jamais de gants pour ne pas cacher le « C » de *convict*, condamné au bagne, que le fer brûlant avait gravé au dos de sa main droite.

Le greffier inspira pour commencer un discours que l'homme coupa sèchement.

— Les choses étaient claires. Weakshield serait arrêté, jugé et pendu et mon nom effacé du dossier.

— L'accord n'est pas en cause. Les informations que vous nous avez données ont été confirmées. Un inspecteur a été envoyé pour enquêter en Nouvelle-Galles et…

L'étranger eut un geste d'impatience. La voix de Lionel Hackman se troubla, il essaya de retrouver le rythme calme de ses phrases et fixa le tableau au mur, où un bateau voguait sur une mer étale. Son voyage à lui n'avait jamais dépassé les rives de la Tamise, et ses ports s'appelaient le Hole Tavern et le Busy Corner où les marins étaient jeunes et aussi beaux que sous le plus lointain tropique.

— Weakshield a quitté le pays. Son bateau a été repéré sur la route de l'île de Mauritius, dans l'océan Indien. L'inspecteur a envoyé un télégramme. L'arrestation devrait être imminente.

— Vous n'avez pas répondu à ma question.

Le greffier racla sa gorge derrière un mouchoir bordé de dentelle.

— Hors du rapport de police, votre nom n'apparaît que sur un seul document. Le procès-verbal enregistrant le dépôt de la lettre que vous avez remise, preuve de la survie de Weakshield, lettre écrite de sa main, adressée à une femme inconnue. J'ai pensé que vous pourriez être intéressé par la récupération de cette pièce.

L'homme croisa le regard qui s'était fugitivement posé sur lui. Il réfléchit, en silence, en observant le crâne chauve du greffier que la sueur faisait briller dans la lumière du gaz. À une époque, ce genre d'individu ne franchissait pas deux rues du Seven Dials sans y laisser son habit ou sa gorge.

— J'ai déjà payé pour ce service, Mr Hackman.

— Certes…

— Et j'ai entendu dire aussi qu'un journaliste du *Daily News* avait percé le secret de l'instruction, confidentielle en théorie.

— Certes, répéta Lionel Hackman dont la sueur s'épaississait, mais les frais de justice ont augmenté.

Il fut satisfait de sa formule. Les « frais de justice » lui permirent de détourner ses yeux des fissures du plafond. Il crut même avoir pris un avantage sur cet homme dont il sentait l'hostilité. *Daily News*… le parfum de Louis Meadows traversa sa mémoire. Le jeune journaliste avait trouvé les mots et les gestes. Lionel Hackman avait ouvert son cœur. L'argent reçu lui avait offert un salaire de juge auquel il s'était « acclimaté ». Mais les fonds avaient filé. Il ajouta en prenant une assurance excessive :

— J'ai su que vous aviez prospéré depuis le bagne. Dans les métaux, je crois, dont l'exploitation demande des sacrifices. Pour préparer notre rendez-vous, j'ai pris contact avec le service des concessions auprès du tribunal de Bathurst, première ville minière de Nouvelle-Galles. Le nom d'un homme que personne n'a identifié apparaît associé au vôtre, sur l'ensemble des titres. Un nom irlandais.

Il chercha parmi les feuilles du dossier.

— Mr Mullingar... comme le village où Jonathan Weakshield a vu le jour. Coïncidence... J'ai demandé à mon homologue une description de ce... partenaire, qui s'est révélée très proche de celle que nous possédons dans le dossier criminel qui nous occupe. J'ai conclu qu'après avoir partagé quelques années d'abondance sous un nouveau soleil, vous aviez décidé de couper court à une amicale association.

L'homme réfléchissait en contemplant le greffier. Et une idée prenait corps. La mort de Weakshield faisait de lui un grand propriétaire riche et sans passé. Le mécanisme était lancé et ne s'arrêterait pas. Il n'avait finalement besoin de personne. Le flic de Scotland Yard avait raté Jonathan en Nouvelle-Galles et le raterait encore. Rien ne l'empêcherait de revenir en Angleterre. Il suffisait d'attendre. Le lieu de rendez-vous était simple à trouver, il portait le nom d'une femme : Fine Mc Gall. La police n'avait jamais arrêté Jonathan au temps du Seven Dials. Il avait commis une erreur en se remettant à ces incapables de Scotland Yard. D'autres chiens pouvaient se lancer sur la piste. Parmi les vieux ennemis de l'Irlandais, le Viking vivait encore, plus dangereux que toutes les polices du monde. Si l'âge ne l'avait pas trop abîmé, il était peut-être le seul capable de l'arrêter. Les silhouettes du Seven Dials se redessinaient, celle de Weakshield, la plus haute et à ses côtés, difforme, celle du nain.

Lionel Hackman ne saisit aucune des nuances qui adoucirent le regard glacé fixé sur lui. Il y vit le signe d'un progrès dans leur relation et la promesse d'une négociation fructueuse. Mais l'homme venait juste de prendre conscience de l'infinie inutilité du petit greffier qui le menaçait. Il hocha la tête et dit :

— Je connais quelqu'un que votre proposition devrait intéresser.

— Quelqu'un ?

— Un vieil ami de Weakshield qui paiera beaucoup plus cher que moi pour ce dossier.

Le greffier réfléchit quelques secondes puis glissa dans une enveloppe le procès-verbal où le nom de l'étranger apparaissait. Il hésita en serrant maladroitement le document contre sa poitrine.

— Qu'est-ce qui me prouve…

— Je n'ai rien à vous prouver, Mr Hackman.

Le visiteur se leva et ajusta son chapeau. Le greffier lui tendit l'enveloppe puis avança une feuille vierge en trempant une plume dans l'encrier de son bureau. L'homme écrivit un nom et une adresse. Lionel Hackman le raccompagna jusqu'à la porte qu'il franchit sans un mot.

Le greffier reprit sa place sous les fissures. Il essuya son front luisant et tira de son gousset le miroir en forme de montre dans lequel il vérifiait, sans éveiller de soupçon, la bonne tenue de son apparence. La poudre, achetée à prix d'or sur Jermyn Street, qui cachait les imperfections de sa peau s'était agglutinée au-dessus de ses sourcils. Il gratta la surface pour la récupérer au fond d'une petite tabatière nacrée, puis chaussa des bésicles qui grossissaient exagérément ses yeux. Le nom au centre de la feuille paraissait calligraphié. Le contour des lettres était fin et les majuscules doublées. Une écriture soignée, inattendue pour un ancien bagnard de Nouvelle-Galles. L'adresse suivait le nom comme un titre.

John Blackmore, prison de Reading.

Chapitre 8

23 septembre 1899.
Daily News, bureau du rédacteur en chef.
Une amitié. Le tournoi de pugilat.

— Et ce soir ?

— Quoi ce soir ? demanda Louis.

Steven chercha les mots nécessaires. Et s'embrouilla. La situation lui apparut dans une lumière crue. Humiliante. Aussi humiliante que possible et sans échappatoire. Qui l'humiliait ? Pas d'adversaire, hors de lui-même. Il ne savait pas ce qui le poussait et ce qu'il voulait précisément. La seule certitude était que ce soir, à ce moment exact de sa vie, il lui était impossible de rentrer seul. Impossible, répéta une voix intérieure. Il mesura avec la plus grande lucidité la menace mortelle de cette solitude et entendit l'aboiement d'un chien par la fenêtre. Un chien… il détestait l'idée d'avoir besoin d'un autre homme, le méprisable secours d'un frère. Il n'avait plus de frère, plus d'ami, ne restaient que des passants autour de lui. Juste ce qu'il fallait souhaiter. Des hommes en mouvement. L'air que déplaçaient ces inconnus le revivifiait et donnait l'envie de leur emboîter le pas. Peu importait de n'être rien pour eux, les hommes utiles passaient. Ceux qui offraient leur aide s'arrêtaient pour l'attendre et, sous le poids de leur secours, Steven sentait celui de la terre à venir. L'aboiement du chien cessa et le froid figea l'air de la pièce. Il bredouilla.

— J'avais pensé qu'on pourrait se retrouver…

— Au Café Royal. Vingt heures.

Louis avait répondu si facilement. Il voulut reculer, mais à quoi bon ? Le journaliste lui demanda s'il pouvait continuer l'écoute de l'enregistrement. Oui, pensa Steven, Louis pouvait continuer. Ce soir, au Café Royal, quel habit choisir ? Une veste rouge. Première pensée en bouclier contre la tristesse. Faible bouclier. Une veste rouge, un bout de tissu coloré contre l'infini chagrin. Pour la première fois depuis son entrée au journal, Steven se sentit dépendant. Il avait pourtant appris à ne compter que sur lui-même. Vieille leçon d'enfance qui ne s'effaçait pas. Son père l'avait abandonné. Personne n'avait jamais versé de larmes sur les jeunes années du cadet de la famille Ross, éduqué, nourri, habillé et propre. Il n'avait pas dû rejoindre la file des miséreux aux portes d'un asile. Pas besoin d'orphelinat pour l'abandon des enfants de la gentry confiés aux nurses, aux précepteurs, aux pensions, et oubliés lors de la « saison » quand les riches montent leurs parades de printemps, dans les avenues du West End, sur leurs attelages rutilants, le long de la Serpentine de Hyde Park. Et après… sa vie de fils avait été une succession de jugements et de sentences de solitude, ses choix d'adulte, raillés. Pour sir Henry Ross, les journalistes étaient des domestiques engagés par des maîtres en vulgarité, pour servir les faits divers. Depuis longtemps, il n'était plus reçu au domaine d'Aldwickbury que pour les fêtes et son père ne lui adressait qu'une parole avare et publique en maudissant les plaies modernes qui infectaient l'Angleterre et son Empire. Les plaies des « télégraphistes ». Pourquoi utilisait-il ce mot en le fixant du regard ? « Télégraphiste » signifiait « inverti », nouveau venu dans le vocabulaire londonien depuis le scandale de Cleveland Street en 1889, premier scoop que Steven avait couvert pour le journal. Cleveland Street accueillait une maison de passe où des hommes employés d'un bureau de poste et télégraphe voisin s'offraient à des politiciens de haut rang et à des clients aristocratiques. Son frère Robert, dont le portrait avait été retiré de la galerie des ancêtres, s'était vanté d'y avoir pris ses quartiers d'été. Pour sir Henry, la gangrène de l'Angleterre venait des « télégraphistes ». Que disait Wilde ? « Toute préoccupation à propos de ce qui est bien ou mal dans le comportement témoigne d'une atrophie intellectuelle. » Atrophie intellectuelle, se répéta Steven, il s'agissait bien de cela, démence morale plus destructrice que la sénilité la plus profonde.

Le jeune journaliste tapotait doucement le bureau de son index. Steven frôla sa main.

— Continue, Louis.

Le moteur du gramophone tourna et la voix de Shallow résonna à nouveau.

« Le mois qui suivit Strugglefield, je suis resté caché. La parole du Viking ne valait rien. On n'imagine pas le silence de l'East End, à cette époque. Les bull-dogs faisaient leur ronde dans une église. Personne bougeait. Les yeux des chefs avaient été cloués à la porte de leur maison. Le nain était le maître de Londres. Au Seven Dials, on ne me connaissait plus. Mes fidèles amis avaient oublié mon nom. Sans la veuve Daker, j'aurais pas trouvé un seul refuge, mais elle m'a accueilli, la bonne femme, et pendant un mois, dans sa cave, je l'ai consolée de la mort du forgeron. Elle me racontait les rumeurs qui couraient. On disait qu'une milice s'était constituée. Les hommes du Viking patrouillaient dans les quartiers pour détruire les derniers foyers de résistance. Les filières n'étaient plus contrôlées. La police avait arrêté quelques amateurs qui profitaient du mauvais temps pour passer par les recéleurs indépendants et même de vrais crasseux qui traînaient dans les planques plombées. Le racket ne rapportait plus, plusieurs de nos dockers avaient été noyés et les filles travaillaient pour elles. La nuit, je sortais habillé en mendiant, pour prendre l'air de la rue. Vous savez, l'air qu'il faut. Pas le pur, celui des montagnes que les médecins recommandent aux poumons fragiles, non, l'air marin pour les matelots des villes, la haute mer des épaves que nous sommes tous, vous et moi, Mr Meadows. Ma coque un peu plus faisandée que la vôtre, voilà tout. »

Louis accepta un verre de « whiskey » irlandais que Steven avait acheté pour l'ambiance.

« C'est un de ces soirs, en rentrant, que j'ai trouvé la porte de la cave ouverte. Il m'attendait. J'avais dû effrayer son écureuil en approchant car il poussait ses cris aigus qui crevaient les oreilles. Je n'avais pas peur, je savais qu'il allait se montrer un jour ou l'autre. Il attendait là, sans rien dire, comme si c'était à moi de comprendre ce qu'il voulait. Je lui ai demandé pourquoi il m'avait épargné sur le champ de bataille.

"Tu aurais pu faire payer ta mâchoire plus cher, à Blaker Street. Je te devais quelque chose et j'ai besoin de toi."

Il avait entendu parler de mes succès au pugilat comme boxeur et comme entraîneur. Le Viking voulait couper Londres en quatre régions, chacune commandée par un seul homme, quatre chefs sous sa haute autorité, un vrai petit royaume dans le royaume, avec un roi à sa taille qui avait choisi son Buckingham : Saint Giles. Le tournoi de pugilat devait départager les prétendants. Vous avez l'air surpris, Mr Meadows. Vous vous demandez pourquoi le Viking n'a pas juste installé Jonathan à la tête d'une région ? Leur amitié était connue de tous... Je ne devrais pas parler du Seven Dials à quelqu'un qui pose ce genre de questions. Dans nos rues, monsieur, on ne couronne que les têtes qui saignent, pas les mieux coiffées. Il m'a dit : "Le combat est prévu dans un mois. On se battra pour la zone nord, Bethnal Green, Hoxton, Clerkenwell. Si je gagne, tu seras mon premier lieutenant." Il était impatient comme un jeune coq. Il voulait commencer tout de suite. Je connaissais son adversaire : Mac Laugh, deux fois champion d'Écosse, un bon boxeur avec une technique de vieux renard et une droite qui avait déjà séché à mort un vrai professionnel. Espérer donner une chance à un amateur comme Jonathan en une poignée de semaines, c'était un pari perdu d'avance, mais il avait cette présence et j'étais le meilleur entraîneur d'Angleterre… et j'avais pas le choix. On s'est entendus. Les premiers jours, j'ai commencé la théorie. Il se battait comme un voyou. Je dessinais les lignes à suivre sur un ring pour lui apprendre un peu de technique, j'expliquais les combinaisons… il n'écoutait pas. Je savais que Mac Laugh allait le casser en deux et j'étais inquiet pour mon avenir. Mais j'ai commencé la pratique et là, tout a changé. Jamais j'ai vu un homme traiter son corps comme Jonathan. Pendant les séances, il passait son temps à me défier. Plusieurs fois, pour lui montrer que sa garde était trop basse, je laissais partir un coup. Il le prenait à toute volée dans la figure, mais il ne levait pas ses mains, au contraire, il les baissait à la ceinture. Je montais sur lui en séries de droites, séries de gauches jusqu'à lui faire éclater la peau des joues pour qu'il se protège. Il ne se protégeait pas. “C'est tout, Shallow ?” disait-il. Son écureuil affolé sautait d'un mur à l'autre et ses cris le poussaient sur mes poings. Cette volonté de venir sur les coups était la marque de sa boxe. C'était ça qu'il fallait enrichir. Pas le temps de lui apprendre le reste. J'avais déjà vu de meilleurs encaisseurs. Plusieurs fois, il était descendu sur mon uppercut, en feuille morte, mais personne n'avançait de cette façon sur l'adversaire. Il fallait durcir sa mâchoire et ses poings. La nuit, je l'emmenais à Saint James Park, dans le coin des écorces tendres qui ne cassent pas les mains. Pendant des heures, il restait devant les arbres. Je le revois encore, la tête rentrée dans les épaules, frappant les troncs par séries de vingt crochets, gémissant sur les impacts, mais cognant sur la douleur. Une nuit, il ne pouvait plus serrer ses doigts éclatés, mais il a continué à frapper avec ses coudes, ses poignets, ses genoux. Il était comme fou. Le courage n'avait rien à y voir. C'était du sale entêtement comme les mouches qui battent aux vitres sans comprendre. Ça le démangeait de l'intérieur…

"C'est tout, Shallow ?"

Ça n'a pas traîné, en une quinzaine, ses mains n'étaient plus les mêmes. De la corne épaisse recouvrait les angles de ses phalanges et il frappait plus sec. À l'entraînement, il continuait à me provoquer. Je le sonnais tous les jours, j'aimais ça, j'avais des morts à venger, et puis, il m'inquiétait. C'est quelque chose qui me pousse à avancer, à démolir. Je lui avais appris une technique de contre : laisser venir l'adversaire sans lui donner de réponse, en jouant le gars sonné. Dans ces cas-là, on monte toujours trop vite. On veut finir le travail avec de larges swings qui vous découvrent. Le menton pointe, il suffit de bien l'aligner. Il faut courber l'échine et baisser les gants, jouer le KO debout. Personne n'est jamais KO debout, Mr Meadows. L'autre cherche à finir et il y a une petite fenêtre qui s'ouvre à l'instant où son poing descend. Faut être précis. Le punch, à la fin d'un combat, c'est la lucidité.

Les jours passaient et ça devenait de moins en moins facile pour moi. Un soir, il m'a envoyé au tapis pour une demi-heure. À partir de là, j'ai su que je compterais avec lui. Son écureuil m'a réveillé. Drôle d'animal… Quelquefois, il se dressait sur ses pattes, la queue levée pour montrer la fourrure blanche de son ventre, y avait rien de plus joli. Le reste du temps, il se ratatinait, sa queue disparaissait et il dardait sur vous deux petits yeux cruels. On aurait dit un rat. Je n'étais pas le seul autour de lui à penser qu'il méritait un bon coup de lame. Mais Jonathan ne s'éloignait jamais de son écureuil et personne, absolument personne, n'aurait risqué de toucher un poil de sa fourrure. Je ne sais pas ce qu'il aurait fait à celui qui aurait tué sa bête… »

Le gramophone grésilla. Louis regarda Steven, la concentration de son rédacteur en chef était bien éloignée du détachement des premières auditions. Ils se rapprochèrent pour entendre la voix.

« Je lui avais donné un peu de technique et j'avais durci son corps. Ce qu'il fallait, maintenant, c'était lui faire connaître les sensations d'un vrai combat. Se repérer entre des cordes, se faire cogner par un gars plus fort, savoir se relever d'un K-O, sentir la viande. Rien ne devait être nouveau le jour du match. Pour trouver des adversaires et les meilleurs, c'était pas difficile, y avait les furieux de l'asile, à Bethlehem*. Mon père, paix à sa belle âme, nous faisait passer le soir quand les médecins dormaient. Les infirmiers étaient dans la combine et nous ouvraient les cellules. Ces nuits-là, Jonathan n'a pas dû les oublier. Il entrait et, depuis la porte, on excitait les fous sur leur lit avec un fouet de cocher. Je restais dehors, neddy à la main, au cas où ça tournerait mal. Les fous se

* Célèbre asile d'aliénés, connu aussi sous le nom de Bedlam.

battaient comme des taureaux, la tête en avant. Ça changeait Jonathan de mes crochets ou de son arbre et il apprenait l'esquive. Au début, j'ai dû en assommer une bonne dizaine tellement il était surpris. Je lui balançais des injures par les lucarnes. Il ne savait pas quoi faire devant ces furieux. Ses coups n'arrivaient pas ou alors pour rien. Il était envoyé par terre en un rien de temps et les gars se ruaient sur lui à coups de dents et de griffes, avant de finir par l'étrangler. Je devais les sonner dur pour leur faire lâcher sa gorge.

Au bout d'une semaine, il avait des sensations.

Le match approchait. Chaque nuit, il gagnait en rapidité. Je ne me servais plus de mon neddy, les fous tombaient tout seuls. Pour travailler l'esquive, je lui ordonnais de rester devant eux, mains dans le dos. Il devait les éviter avec des feintes de corps. On ne pouvait pas imaginer ce qu'il était devenu. Il avait sa chance. Nous répétions la technique de contre et, quelques fois encore, je tapais sec au-dessus de sa garde. Mais je ne me battais plus contre lui, il était devenu mon élève.

À l'asile, il y avait un sous-sol où personne n'allait jamais. Quand un chien enragé vous mordait, on vous jetait là. Les enragés ne vivaient pas longtemps après la morsure, fallait pas compter plus de dix jours. De toute façon, on les nourrissait pas. Un infirmier m'a fait descendre un soir pour me montrer un fameux spécimen. Un nommé Bozraël, le “Boz”, un juif chassé de Russie par les massacres. Il avait été mordu au talon par un renard en traversant une forêt, six semaines avant, et il respirait toujours. Les infirmiers s'étaient attachés à lui et lui jetaient les restes de leur repas. Sa maigreur faisait peur à voir et il était plus pâle qu'un cadavre. Plusieurs fois d'ailleurs, on l'avait cru mort, car il restait des heures immobile dans sa paille. La curiosité, c'est qu'on déclenchait ses crises dès qu'on ouvrait la lucarne et que la lumière le touchait. Ça le rendait fou, il hurlait en se jetant contre les murs, la bave aux lèvres tant qu'on refermait pas. Avec l'eau, c'était pire. Il suffisait qu'il entende le bruit de la pluie pour se déchaîner comme un possédé. L'eau et les enragés, ça n'a jamais fait bon ménage. Pour les faire boire, il faut les attacher ou les assommer à moitié. Jonathan a voulu l'affronter. On était à quatre jours du combat ; j'ai refusé. Il est descendu quand même. Un infirmier lui a dit : "S'il te mord, je te laisse pas sortir." Il a ouvert la lucarne et il a poussé la porte. Le Boz n'a pas bougé. On a eu beau l'aveugler avec la chandelle, ça n'a rien changé. Il le regardait sans faire un geste, replié sur un coin de sa paillasse. J'ai dit à Jonathan de revenir. Il m'a pas écouté. Il est allé remplir un seau et lui a balancé l'eau à la figure. Celui qui croit pas au diable aurait dû faire un tour au sous-sol de l'asile, ce soir-là. Le Boz a d'abord plongé sous la paille pour râper la peau de son visage comme s'il avait reçu de l'acide. Et puis, il s'est jeté la gueule ouverte sur Jonathan qui a manqué son esquive. Ils ont roulé par terre, Jonathan a pu l'attraper et l'a cogné comme son arbre pendant une bonne minute. Ça l'a pas refroidi, au contraire, il lui a mis un coup de tête qui lui a fait lâcher prise. Le Boz hurlait. L'écureuil bondissait comme toujours dans la pièce, mais les cris lui ont fait peur et il s'est échappé par la lucarne. Ça a fait reculer Jonathan.

Sans mentir, ça lui a mis un coup que son écureuil se débine. Le Boz a foncé sur lui, l'épaule en avant comme pour défoncer une porte. On voyait que ses os, mais il avait une force de démon. Il l'a envoyé à l'autre bout de la cellule et ils se sont battus contre le mur. Jonathan essayait d'ajuster ses crochets mais le gars ne les sentait pas. Il lui cognait la tête contre les briques et lançait sa mâchoire en avant pour le mordre. Ça suffisait. Je suis entré et je lui ai fendu le crâne.

Après ça, Jonathan ne pouvait plus perdre un match. Contre Mac Laugh, il fallait le voir quand il a passé les cordes, l'écureuil sur l'épaule et le corps martelé des coups des combats de l'asile. Mac Laugh n'avait pas l'air de comprendre. Personne d'ailleurs, la cote était à 18 contre 1. À la dixième, Jonathan a baissé les bras et s'est laissé barbouiller par les crochets de l'Écossais. Pour rien. Pour prendre des coups. Il avait les arcades en sang et je lui gueulais dessus pour qu'il se protège. J'ai cru qu'il était devenu aussi cinglé que les furieux de l'hôpital et que tout était perdu. Et puis, il a reculé vers notre coin. Pour me regarder. Juste pour ça, vous imaginez ? Avec sa belle gueule massacrée. Mac Laugh était sur ses pieds, un mètre derrière, aussi solide qu'une montagne et lui comme de la viande étripée, lui, me regardait, le dos tourné à l'adversaire, en prenant son temps. Et là, monsieur, j'ai su qu'il allait gagner. Oui, sans le moindre doute. Le regard de Jonathan, c'était vraiment quelque chose de spécial. Ça beuglait autour du ring. Tout l'East End était là, les chefs au premier rang, le Viking au milieu. Il a craché un bon verre de salive écarlate, s'est essuyé la bouche avec la serviette que je lui tendais et il s'est retourné. L'autre a foncé sur lui comme j'avais prévu en grands swings, Jonathan s'est baissé et a attendu l'ouverture. Il l'a descendu sur un uppercut qui venait de la terre, de tout en bas. Le gros a sauté comme un bouchon. J'ai cru qu'il lui avait arraché la tête. Il est tombé raide, sur le dos, les bras en croix, comme un Christ qui aurait forcé sur la bière. C'était fait. Voilà l'histoire. Jonathan était sacré, j'étais premier lieutenant de la zone nord et je retrouvais toute une flopée d'amis qui ne m'avaient jamais oublié. »

Chapitre 9

Soirée au Café Royal.
Melmoth. Miller's Court. Opium et flash money.

Le Café Royal accueillait le monde, les nobles de la gentry qui venaient de Mayfair et de Kensington pour s'encanailler et les huiles de l'East End qui essayaient de leur ressembler. Les maisons à colonnes du sud de Regent Street regardaient passer l'argent qui filait dans la cave des propriétaires français, la meilleure du monde, disait-on. Ils avaient bu. Louis avait lu quelques pages des aventures de son chef de bande aux amis invités à leur table. La conversation avait été facile, drôle, pleine de sous-entendus. Steven s'était senti bien et mal. Il avait pensé à Wilde qui venait ici, peut-être à la place même qu'il occupait sous les colonnades émeraude de la grande salle au plafond de cuivre. Il avait vu passer Alfred Douglas, le petit lord qui dînait là chaque soir. Sa beauté était bouleversante. À cette heure, Wilde était à Paris, malade, avec Robert Ross, son frère, qui ne quittait pas son chevet. On disait que ses deux années de travaux forcés l'avaient transformé en vieil homme.

Steven l'admirait de s'en être sorti vivant. À la prison de Wandsworth, l'enfermement n'était pas une punition suffisante, il fallait passer sa peine à expier. Silence absolu, réclusion solitaire, promenades masquées, recouvert d'une capuche de moine, moulin à discipline dont il fallait faire tourner le cylindre en marchant à l'intérieur éternellement, pour rien. Wilde avait vécu tout cela, sans recevoir le moindre signe de l'homme pour lequel il avait ruiné sa vie. Il avait écrit qu'il se suiciderait le jour de sa sortie, sa peine accomplie, sur le seuil de sa prison, mais il avait finalement décidé de vivre, en exil, son écriture perdue. Il se cachait en France, sous le nom de Sébastien Melmoth*. Steven se répétait souvent ce nom en comparant la tragédie de Wilde à sa propre vie dont la triste plume n'écrivait que des petits drames. Il ne ressemblerait jamais à Wilde, à Melmoth peut-être. Et Louis... Louis était le frère de jeunesse d'Alfred Douglas. Ils se ressemblaient, le même menton fort en arc régulier, les yeux clairs et flous sous des cheveux d'or. L'air de poètes gâtés qui n'avaient pas souffert. « Ta présence auprès de moi a été la ruine absolue de mon art », avait écrit Wilde. Steven se demandait si quelque chose tenait encore assez solidement debout, en lui, pour pouvoir être abattu et ruiné. Il sourit au journaliste qui racontait à ses amis le tournoi de pugilat avec un enthousiasme qu'il s'efforçait de partager. Mais l'image de Wilde revenait,

* D'après *Melmoth, l'homme errant*, roman gothique paru en 1820 dans lequel Melmoth, le personnage principal, passe un contrat avec Satan.

plus majestueuse que celle de Weakshield sur le ring où l'écrivain aurait fait pâle figure devant son frère d'Irlande. Pourtant Wilde avait combattu, lui aussi. Le marquis de Queensberry, le père de lord Douglas, avait édicté les règles de la boxe professionnelle qui portaient son nom. Chaque combat était maintenant marqué du sceau de l'assassin du plus grand poète d'Angleterre. Steven se sentit nauséeux. La boxe l'écœurait comme l'air chargé de la fumée des cigares et des vapeurs de gin. Sa tête tournait. En sortant, il trébucha. Le bras du portier lui épargna l'humiliation d'une chute publique. Louis proposa de le raccompagner chez lui. Il déclina. Un rendez-vous avait été convenu pour la matinée dans son bureau. Rien de plus, ensuite, qu'une poignée de main, probablement un peu plus longue que nécessaire et à laquelle il mit fin, avant de se diriger vers Whitechapel.

Steven connaît l'itinéraire. Le brouillard ne le fait pas hésiter. Par Aldgate, le Ten Bells, puis les ruelles, Wentworth Street jusqu'à Miller's Court. Elle est là, à la même place sous le bec de gaz qui jaunit la brume autour d'elle. Il baisse les yeux, la presse. Il ne veut surtout pas entendre les minauderies habituelles. Elle le reconnaît, il avait espéré qu'elle ne se souviendrait pas. Il monte derrière elle dans la chambre, au 13, dans la minuscule soupente au lit sale. Dès qu'elle ferme la porte, il soulève sa robe et la prend debout. Elle ne proteste pas. Il fait vite, sans pensée, sans la moindre pensée dans son crâne, seule jouissance qu'il est venu chercher.

Bureau de Steven. Le lendemain.

— Et après ?

— Après, il a été plutôt vague sur les activités de Weakshield, à la tête du Seven Dials. Ça a duré jusqu'au début des années 80. J'ai un rapport de police qu'on pourra utiliser. Il faudra simplement le rendre plus…

— Plus quoi ? interrogea Steven.

— Plus *Daily News*, répondit Louis.

— Parle-moi de ses activités.

— Le trafic d'opium. C'est ça qui l'a lancé. Un commerce plutôt neuf à l'époque. C'est Weakshield qui l'a développé à Londres. Le Viking lui avait confié les East India Docks où mouillaient les bateaux qui revenaient d'Asie. Lucratif et relativement tranquille. La police couvrait surtout les vols et les crimes pour la paix dans les rues, la « divine sécurité » si chère au cœur de la reine. L'opium ne gênait pas grand monde. Shallow dit qu'on les accusait de faire de l'argent trop facile, sans risquer la peau de personne. Je crois que Weakshield était très jalousé. Le Viking l'écoutait. Il participait à toutes les grandes décisions, y compris pour les zones qui n'étaient pas les siennes et il avait l'esprit mieux fait que les autres.

— Mieux fait ?

— Ce n'était pas une brute, Steven (la soirée de la veille avait emporté le « monsieur » qui les séparait), il avait du prestige.

Louis chercha dans les notes de l'interview Shallow. « … le prestige de Jonathan… il était bien là. Il ne faisait rien de plus que les autres chefs, les hommes auraient même regardé d'un mauvais œil sa vie à Saint Giles, toujours fourré dans les pattes du Viking. Mais personne ne l'aurait traité de cireur de bottes. Il y avait la présence sans doute et la crainte aussi. Il donnait une impression bizarre, un drôle de mélange de brutalité et de cœur, sans qu'on puisse jamais prévoir ce qui sortirait de la boîte. »

— Il y a eu une histoire de trafic d'enfants dont tu ne parles pas. Une tache sur ton héros immaculé…

— J'ai interrogé Shallow sur ce point.

La voix du vieil ivrogne vibra dans le cornet du gramophone que Louis relança.

« … pour deux pence, on louait les gamins aux gitans ou aux mendiants. C'était du premier choix, on leur avait appris ce qu'il fallait : comment faire pleurer le bourgeois, la boucle blonde perdue dans la crasse et les petits gants troués pendant les gelées d'hiver. Ils ramassaient parfois plus de dix shillings dans les beaux quartiers. On élevait tous les bâtards, ceux des mères trop pauvres ou ceux des putains. Les nourrices se débrouillaient avec quinze rejetons dans les caves des *workhouses** qu'on avait réquisitionnées. Il en mourait pas mal sur le lot, mais ça

* Hospices pour l'hébergement et le travail des pauvres.

payait à l'entrée et à la sortie. À l'entrée, les bourgeois qui voulaient se débarrasser d'un bébé gênant, quatre shillings par semaine ; à la sortie, la location aux mendiants ou aux bordels connus pour ça, six shillings la passe. Quand ils attrapaient des maladies, ils étaient vendus sur le port de Brighton. On les envoyait avec les femmes, au Maroc, en Tunisie, en Égypte, ils infectaient les autochtones. Notre façon à nous de transmettre la culture anglaise. »

Louis corrigea sa mine réjouie devant l'air grave de Steven.

— Je n'ai jamais prétendu qu'il était immaculé, ni espéré à vrai dire.

« … j'ai payé pour tout ça, Mr Meadows. Quatre ans aux cachots de Reading et six mois sur les pontons de Woolwich et Chatham, les pénitenciers flottants, en attente de déportation. Ma bonne conduite m'a sauvé, mes souvenirs d'un coroner qui s'attardait chez une de nos filles aussi. »

— C'est le Viking qui s'occupait du trafic des enfants…

— Et Weakshield avait le cœur brisé… ironisa Steven.

Il souligna ce passage de l'interview.

— Il faudra que tu détailles les activités criminelles, avec des précisions « techniques ». Le public a besoin d'exactitude pour s'identifier comme il faut.

Louis acquiesça. Steven cocha les pages à exploiter pour l'épisode qui suivait le tournoi de pugilat.

« Il a monté bien d'autres coups, des nouveautés pour la bande : les fausses œuvres de bienfaisance et les nuits de résurrection où les fossoyeurs déterraient les cadavres de la veille pour les vendre à la faculté de médecine. Pour beaucoup, c'est ça qui lui a porté la guigne, c'était pas chrétien. Il a pourtant fait des miracles avec la fausse monnaie, la spécialité du Seven Dials. Au temps de Warbuck, les faussaires ne travaillaient que sur l'argent, c'était la combine la moins risquée. Je connaissais un gars qui plombait les fausses pièces d'or, mais un souverain, c'est déjà précieux et on l'examine bien. Il a pas duré longtemps. Avec les pièces de six pence, en revanche, même un juif ne s'y retrouvait pas. Pourtant les faussaires vivaient mal. À Londres, le shilling valait deux pence et le florin, trois. Il fallait fondre beaucoup de médailles en bronze pour gagner sa vie. En plus, on avait une belle cote à Old Bailey : la corde ou le bagne à perpétuité. Jonathan a développé un commerce trop cher pour les indépendants, mais d'un bien meilleur rapport : la flash money. Il nous a envoyés faire le marché chez les petits imprimeurs qu'on a su décider. Le jour, ils sortaient leur papier ; la nuit, nos billets. Le plus faible valait cinq livres. L'écoulement était difficile, mais on vendait les stocks à quinze shillings l'unité, de quoi tenter les étrangers, les amateurs français surtout. À l'époque, les juifs arrivaient en masse en Angleterre. On les massacrait, à ce qu'il paraît, un peu partout sur le continent. On a dû mettre les choses au point avec eux pour qu'ils acceptent d'échanger leur or contre nos billets. Dans leur bible, il est écrit "œil pour œil", ça convenait bien au Viking. Un beau trésor de guerre s'accumulait sans trop de vagues. »

— Deux chapitres sur les mémoires de Shallow, c'est trop, Louis. Le lecteur se lassera d'entendre toujours la même voix.

Louis acquiesça.

— Shallow n'a plus rien voulu dire après ça. Il a déclaré qu'il en avait assez de se confier à une machine.

— Il faut développer le rapport entre Weakshield et le Viking. Trop d'événements extérieurs aux personnages, pas assez d'intimité.

— C'est en les voyant agir qu'on s'attachera à eux.

— On s'y attachera si on partage quelque chose. La bataille de Strugglefield, le tournoi de pugilat, aucun lecteur ne les a vécus. La peur de Shallow quand on arrache les yeux des chefs de bande, l'entêtement de Weakshield devant l'enragé, l'amitié avec le nain... c'est ça qui compte. Les hommes, Louis, pas les histoires.

— J'ai un autre témoignage que je voulais te faire écouter.

— Assassin, racketteur, maquereau ?

— Non, éleveur de rats.

Chapitre 10

Une histoire de rats.
Interview de Mr John Grave. Ancien propriétaire du Devil's Pub à Wapping.

« Je ne me serais pas autant battu pendant ces années-là, si je n'avais pas souhaité que mon fils ait une meilleure jeunesse que la mienne. Ce qu'il est devenu maintenant ? Un jeune crasseux déjà ivrogne qui n'a qu'une seule fierté : avoir connu les plus célèbres compagnons du crime, les princes du triste royaume de l'East End. Je déteste ce quartier. Il n'a su sécréter que ce qui lui ressemblait, du choléra, des poux, du vice, des hommes comme le Viking ou Weakshield. On n'est jamais plus fort que ces murs sales. Leur puanteur contamine tout, c'est elle qui enseigne le mal aux enfants. Un père ne peut rien quand son fils choisit une autre famille. J'en ai pourtant passé des jours à lui apprendre le travail du métal. Les Grave ont toujours travaillé le métal. Depuis des générations, la forge brûle. On naît devant elle, on meurt devant elle. Elle est notre bien et notre honneur. La flamme que nos pères ont conservée pour nous prolonge nos vies et celles de nos ancêtres. Nous sommes les compagnons les plus célèbres. Aucun forgeron n'a jamais laissé l'un des siens à la mendicité. Quelle autre corporation peut en dire autant ? Les menuisiers, qui possèdent la meilleure organisation d'entraide ? J'en ai vu dix tailler des troncs de quête pour recevoir la charité. Dans chaque ville, un point de chute attend le forgeron contraint de quitter son village. Quand l'État a construit ses usines à fer dans l'Essex, ses boîtes à chômage, ils ont été des centaines à venir trimarder dans nos quartiers. Ils se retrouvaient dans les pubs autour de mon élevage. J'ai vu les compagnons venir à tour de rôle les aider à chercher du travail et remplir la caisse d'assistance pour la nourriture des plus pauvres. Voilà notre profession, voilà ce que j'aurais voulu pour mon fils. Mais je ne lui jette pas la pierre, ni à lui, ni même au Viking ou à Weakshield. Ils n'ont pas sali leur cœur tout seuls. C'est leur maudite industrie qui nous a poussés ensemble dans cette cage misérable, comme les artisans des campagnes et les paysans que nous étions tous avant. Tous enfants de la terre, monsieur, enfants prodigues de la terre que nous avons abandonnée. Un patron a dit que le progrès allait sortir des cheminées de nos usines, moi je n'y ai jamais vu qu'une fumée noire et dégoûtante qui étouffe le feu des forges. Je n'aurais peut-être pas été meilleur que mon fils si mon père, à son âge, avait fermé l'atelier, jeté nos affaires sur une charrette, traîné sur les routes et fini sur les docks parmi les rats, pour échapper à la charité. C'est par mon élevage que je les ai tous connus. Par les rats. Un vrai crasseux de Londres, quand il ne vole pas, boit, joue au *cribbage** ou dresse son chien pour la chasse aux rats. Devenir éleveur de rats pour un artisan peut être un déshonneur, je l'ai évité à mon fils en rendant mon élevage célèbre dans toute l'Angleterre et en lui montrant le souci de perfection qu'un compagnon doit à son métier, aussi peu reluisant qu'il soit.

Dans les bonnes années, on me prenait trois à quatre cents bêtes par semaine. Ma cave n'en contenait jamais moins de mille. Un an m'avait suffi pour sélectionner les meilleures familles. J'avais creusé huit fosses au sous-sol de la Devil's Tavern, une pour chaque fratrie. Il fallait six jours pour doubler sa mise quand on apportait la bonne nourriture au bon moment. Chaque famille avait son caractère : la taille, la vitesse, la hargne… j'éliminais tous ceux qui n'avaient pas le sang. La meilleure cuvée était celle du Galter, le rat du fleuve. Ceux-là, je les avais vus se retourner contre un bull-terrier et le dévorer comme un rôti. Les joueurs ne risquaient pas souvent leurs champions contre eux. Les campagnols de grange, plus vifs, montraient bien ce qu'un chien avait dans le ventre. Je ne vendais jamais un rat de ces familles à moins d'un shilling pièce. Dans les coins éclairés, j'entassais toutes les bêtes de second choix, pour les petites chasses : les rats d'égout, ces puanteurs qui infectent la gueule des chiens mais qui se vendent une demi-couronne la dizaine. Je ne les élevais pas, les ratodromes de Compton Street me les livraient par charretées tous les mois. La question de

* Jeu de cartes.

la lumière est essentielle à connaître dans ce métier, elle vole l'agressivité des bêtes parce qu'elle les maintient toujours en éveil. Dans l'obscurité, le rat n'a pas peur, il attend tranquillement et ne gaspille pas ses forces. J'avais installé l'arène dans le fond de la taverne. Il pouvait y avoir jusqu'à cent cinquante clients. Le matin, on pesait les chiens et on montrait les bêtes. Les paris commençaient. À midi, la cote était fixée pour chaque bull-terrier. On pariait sur celui qui tuerait le plus vite, le plus grand nombre de rats. Le propriétaire du gagnant recevait les trois quarts des enjeux et le collier d'argent. Il fallait juger de tout : la taille du chien qui trompait les amateurs, la couleur, la dureté de sa truffe, l'état de ses dents. Le meilleur est le petit terrier à dents coupantes. Sa mâchoire est trop faible pour garder longtemps sa proie, du coup, il tue vite et beaucoup, parfois une demi-douzaine à la minute. Les soirées étaient fastes au temps de Weakshield et du Viking. Leurs hommes me sifflaient quinze gallons de whisky par nuit et on prenait plusieurs guinées sur leurs paris. Fallait les voir s'agiter autour de mon trou, quand mon fils montait les cages. Personne n'aurait manqué ça. Mon Jem était né au milieu des rats et jouait avec eux, il en prenait dix dans les mains, les posait sur sa tête, les faisait courir sous ses vêtements. Je n'en aurais pas fait autant, mais ils ne le mordaient jamais.

La soirée commençait par les petites chasses pour les acheteurs de chiens. Le Viking avait possédé une bâtarde à tête de fox dont l'East End parle encore. Elle s'appelait Tiny, la merveille d'Angleterre.

Elle l'avait couvert d'or en battant les meilleurs bull-terriers. Elle pouvait tuer vingt rats aussi gros qu'elle. Mais ils l'ont eue finalement, parce que la pourriture des égouts flanque des chancres qui résistent aux emplâtres et à la menthe poivrée. Le Viking n'en parlait pas, mais il ne l'oubliait pas, sa chienne, les champions qu'il choisissait pour ses paris avaient toujours le pelage feu taché de Tiny. Il avait fait fabriquer une statuette d'elle en cire par une ouvrière de chez Tussaud qui traînait quelquefois avec eux. Une sacrée main. Le Viking portait la statuette dans ses bras, quand il venait dans ma taverne et Tiny paraissait bien vivante. Après la vente des chiens, c'était le match défi. Le propriétaire sautait au milieu du trou pour présenter sa bête et le premier round commençait. Les combats étaient à trois ou cinq rounds d'une minute chacun. Si l'homme touchait son chien dans l'arène, la partie était perdue. On n'avait le droit que de parler à sa bête et de souffler sur les rats pour les faire courir. Un soir, au printemps 1883, la petite chasse avait commencé. Autour du trou, il y avait Weakshield, le Viking et sa femme, Zarn, une négresse. Le reste de la bande beuglait et se grimpait dessus pour suivre les mises à mort. Weakshield ne quittait jamais un petit écureuil qui espionnait tout le monde de son épaule, une sale bestiole qui montrait les dents si on l'approchait. Quand on lançait les chiens, c'était un spectacle de le voir sauter sur les bras de son maître, s'agripper à ses vêtements, les déchirer parfois à coups de griffes. Il devenait fou et poussait des cris stridents qui vous perçaient le crâne. Weakshield ne le calmait jamais, on aurait dit qu'il prenait du plaisir à tout ça. Les cris de l'écureuil faisaient peur au chien et quand le soigneur lui demandait de le faire taire, il répondait quelque chose comme "qu'est-ce que vaut ta bête si un écureuil la fait trembler ? Je serais prêt à parier qu'il est meilleur chasseur de rats".

Aucun homme n'avait jamais relevé un défi pareil, Weakshield était trop puissant pour prendre le risque de gagner un pari contre lui, mais c'était pas la seule raison. Sa bête avait quelque chose de pas normal, je l'avais vue effrayer des rats d'égout du double de sa taille et les faire rentrer dans leur trou. Pourtant, ce soir-là, quelqu'un osa lui répondre. Le Viking, en personne. Cent livres pour lui si son écureuil faisait mieux que le chien. Le plus gros pari de ma carrière. Weakshield accepta et on fixa le match pour la clôture. Ça s'est vite su dans les parages et tout un tas de gars sont venus s'entasser dans ma taverne. On aurait dit un jour de derby avec les voyous à la place des gentlemen. Pendant les chasses, un homme est venu me chercher pour me conduire au Viking. Sa moitié, Zarn, était sortie car elle n'approuvait pas l'affaire et le nain était avec elle dans la rue. Je sais toujours pas trop quoi penser de cette femme. Elle avait un charme de sorcière, mais il n'opérait pas sur moi, je peux le dire. J'aimais pas sa manière. Elle faisait sa généreuse, mais sa place n'était pas parmi nous. Une sainte au bras du Viking… elle portait malheur. D'ailleurs, c'est par elle que le malheur les a tous saisis, les uns après les autres. »

Steven demanda à Louis de cocher ce passage.

« Quand on s'est retrouvés seuls, le Viking m'a dit :

— Tu donneras des Galter à l'écureuil.

Ça a dépassé les limites du Seven Dials. Je n'avais jamais vu un tel remue-ménage. Tout le monde pariait derrière le nain. Weakshield ne parlait pas. C'était rare de l'entendre, même avec l'alcool, il disait jamais grand-chose. Je baissais les lampes pour ne pas effrayer mes rats. Les gars s'agglutinaient autour de lui avec leurs billets. Il acceptait tous les enjeux, il était sûr de son coup. Des pipes s'allumaient autour de lui, juste comme les petits yeux rouges de mes Galter. L'odeur du tabac, le whisky, l'arrogance de Weakshield, ça a remué mes souvenirs. J'ai revu le départ sur la route, la vieille forge de Falk Hill nous dire adieu, le brouillard de l'East End et mon fils qu'on ne reconnaissait pas entre les voyous. Tout à coup, j'ai pensé que c'était à lui que je devais tout ça, à Weakshield, à tous les Weakshield du monde. En l'humiliant, je lui rendais la monnaie de sa pièce de souffrance. Je suis descendu dans la cave et j'ai choisi les meilleurs Galter, un par un. Ils étaient tellement affamés qu'ils ont commencé à s'entredévorer dans le panier. Je les ai jetés dans le trou en même temps que l'écureuil et Jem a tiré la grille. Au début, les cris de l'écureuil ont fait reculer les rats. L'agressivité de ce petit animal était telle que j'ai cru que ça allait mal tourner. Je me suis dit "il va tous les égorger". Mais il ne les attaquait pas, il restait dans son coin, le poil hérissé, montrant les dents. Weakshield avait beau crier dessus, il ne bougeait pas. Je sentais la peur de mes bêtes. Sans le Viking, j'aurais peut-être ouvert la cage pour sauver mes pères de famille à un shilling pièce. Mais, très vite, ça leur a plus suffi, les cris de l'écureuil, et ils ont commencé à s'approcher. Alors, il s'est mis à bondir pour sortir du trou. Il tapait contre la grille, il criait de plus belle mais quand il retombait, les Galter se précipitaient sur lui et le recouvraient. Il y laissait à chaque fois des tranches de viande. Les hommes hurlaient en lançant du tabac allumé sur le trou pour exciter les rats. "*Hi butcher !* Crève-le..." Pour une fois, c'étaient mes bêtes qu'ils encourageaient. Weakshield ne bougeait pas d'un centimètre. Il restait tétanisé devant mon arène. J'ai bien cru qu'il allait tomber d'épilepsie comme mon Jem quand il a forcé sur la bière. On aurait dit une drôle de statue. De verre, parce qu'on lisait à travers... toute la désolation du monde. Pourtant, il ne faisait rien pour aider son écureuil. Il suffisait d'effleurer la cage pour que le combat s'arrête, mais il ne bougeait pas. Alors, il y a eu cette fameuse affaire. Quelqu'un a ouvert la grille pour libérer l'écureuil. Tout le monde s'est mis à gueuler plus fort, mais ça s'est calmé quand on a vu celui qui avait arrêté la boucherie. Le Viking... oui, le Viking, imaginez. Le seul geste charitable que l'East End lui aura vu faire, de toute sa pitoyable existence, s'est accompli chez moi, devant cent témoins. Le Viking, qui laissait agoniser les hommes sans leur accorder un regard, attendri par un petit écureuil... ou bien c'était Weakshield qui avait fait lever une étincelle, en frôlant son cœur de fer. Comme la poussière tiède que rend le métal pour réchauffer le forgeron en hiver. La poussière d'amitié, comme on l'appelle. En tout cas, c'est ce qui s'est passé. Weakshield avait perdu plus que sa mise et c'est ça qu'il sentait car il faisait pitié avec son écureuil à demi mort dans les mains. »

Chapitre 11

Suite de l'interview de Mr John Grave (deuxième cylindre). Une sorte d'amitié.

« Il y avait une sorte d'amitié entre eux, c'est certain. Weakshield était le second du Viking mais il ne recevait pas d'ordre de lui, il y avait de l'entente. Ça devait faire un curieux sentiment au nain. Depuis sa naissance, il n'avait jamais eu qu'une seule monnaie d'échange avec son prochain : la peur ou le mépris. Avec Weakshield, c'était différent. Lui, il ne craignait personne. On disait que la mort l'avait adopté en Irlande. Il avait connu la grande famine et, comme pour les autres survivants, des rumeurs couraient sur ce qu'il avait fait pour s'en sortir. Je sais pas quoi précisément, mais il avait laissé quelque chose là-bas. C'est pour ça qu'il avait cette drôle d'attitude la nuit. Il paraissait se foutre de savoir s'il se réveillerait le lendemain. Il n'avait pas l'inquiétude de disparaître, comme si c'était déjà fait. Le Viking n'était pas habitué à ce genre d'homme. Je crois qu'il se sentait flatté, en un sens, qu'il s'attache à lui sans nécessité. Les morts-vivants, on les trouve d'habitude chez les épaves de la rue, qui ont l'âme crevée et qui attendent que le corps suive. Weakshield, c'était un mort-vivant qui s'était pas encore décidé. Il hésitait entre les deux rives. Il avait pas tout abandonné. Sans doute qu'il était pas certain que toutes ses chances étaient perdues.

Je les ai revus souvent ensemble, pas seulement dans la taverne, mais chez eux, à Saint Giles. J'étais invité à ces fêtes où j'avais honte d'emmener mon fils, mais tous nos bons clients étaient là, et il fallait le faire connaître. Le Viking organisait des banquets dans les tunnels. Ses hommes remplissaient les salles construites avec des caves voisines dont on avait crevé les murs. On y suait dans une chaleur de four et un brouillard de tabac plus épais que celui de la Tamise. Des bagarres éclataient partout, on ne les voyait pas à moins d'être dedans. On suivait les cris et la casse. Les filles dansaient sur les tables ou dessous. L'odeur de viande mêlée à la fumée rappelait celle de mes caves en hiver quand les rats crèvent. Les vivants se blottissent contre les morts pour garder leur chaleur, on les trouve quand ils commencent à pourrir… Le Viking organisait des jeux et des défis. Les hommes passaient leur temps à lancer des couteaux, à se taper dessus, à faire combattre des coqs ou des chiens. Tout ce qui saignait était bon. Ils pariaient de la monnaie ou des putains de Haymarket. C'était un marais où ces jeunes gars s'enfonçaient sans se débattre. Le matin, on balançait des seaux d'eau pour laver le sang comme dans les abattoirs. Mon fils s'endormait dans mes bras et ne voyait pas grand-chose, mais ça a suffi… Je ne me mêlais pas à leurs jeux. Je surveillais l'intendance et je restais près de Weakshield et du Viking. Ils m'avaient intrigué le soir de l'écureuil. C'était pas habituel dans l'East End de voir deux hommes s'entendre et, finalement, il n'y avait que ça de propre dans les tunnels de Saint Giles. Ils jouaient à une drôle de partie. Je crois que chacun aimait chez l'autre ce qu'il avait pas en lui. Le Viking trouvait du sentiment chez Weakshield.

— Du sentiment ?

— Oui, monsieur, Weakshield avait ça, du sentiment pour les autres. Et lui, enviait la cruauté du nain. Il arrivait pas à ressembler tout à fait aux gars du Seven Dials. Il essayait pourtant mais on sentait que c'était pas sa trempe, même si quelquefois il était le pire de tous. Moi, j'aimais pas cet homme. Il cachait ce qu'il était. Il y avait un défaut, une fêlure qu'on pouvait pas repérer, comme dans certaines lames qui s'ouvrent toutes seules sans raison, pour détruire la réputation du meilleur forgeron. Le Viking lui trouvait ce charme qui m'a toujours échappé mais c'était bien dans ses goûts, il aimait Zarn aussi. Un jour, ils étaient fin saouls tous les deux. La bande s'amusait avec des cochons. Ils essayaient de les exciter comme mes rats en leur soufflant dessus pour les faire combattre. Mais les bêtes crevaient de peur et se montaient dessus au lieu de se mordre. À leur table, on parlait de leur grande bataille, Strugglefield. Autour, les hommes couraient après les cochons qui se réfugiaient sous les chaises. Le plus gros a fini par glisser salement et se casser les pattes avant. Ça a donné une idée au nain. Il a tiré son couteau et s'est approché de la bête qui poussait sur son cul en couinant comme un nouveau-né. Le Viking a crié : “Au loup de Strugglefield !” Il a retourné le cochon et l’a éventré d’un coup de lame. On a apporté des seaux pour recueillir le sang. Ils se sont tous agglutinés autour. Il a pas fallu attendre longtemps. Weakshield s’est levé et a attrapé la deuxième bête. “À John Blackmore !” il a dit. Il l’a prise par le col et il a fait sauter ses yeux, l’un après l’autre, avec son poignard. Il est allé les jeter aux pieds du Viking et puis il a foutu le camp. Pendant ces soirées d’orgie, on aurait dit que Weakshield prenait un malin plaisir à descendre toujours plus bas. Ses actes frappaient l’esprit de tous les hommes de la bande et ça faisait beaucoup pour sa réputation. Il y avait comme de l’acharnement pour se salir. Le Viking aurait bien voulu arrêter leur comédie, mais Weakshield n’écoutait rien. Il y avait quelque chose de pas naturel chez lui, un fantôme qui le rendait fou. Il était bien comme les autres, il me dégoûtait autant mais, comme j’ai dit, on ne pouvait pas le mettre dans le même sac.

Un jour, ils ont condamné à mort un traître qui avait donné deux hommes aux bull-dogs. Ils l’ont accroché par les pieds à une poulie et ils se sont tous jetés sur lui à coups de neddies, de ceinturons et de torches allumées. Comme toujours, Weakshield se distinguait en cruauté. J’ai alors vu le Viking se glisser entre les jambes de ses tueurs et lui dire de pas s’en mêler. C’était pas donné comme un ordre, pas dans la manière du Viking qui aboyait sur tout le monde, c’était juste demandé, voyez-vous… je sais pas trop ce qu’il faut en retenir. Ce qui était sûr, c’est que plus le temps allait, plus j’avais du plaisir à les voir ensemble. Je les montrais même en exemple à mon fils dans le marécage. J'essayais de lui apprendre ce genre de valeurs. J'ai rien compris à ce qui s'est passé après. Ça a été une mauvaise leçon pour mon Jem. Sans doute un coup de folie dans la tête de Weakshield, un de ceux qui auraient dû le conduire à l'asile. Le Viking a prétendu qu'il avait tué Zarn. Tuer Zarn, c'était se coller une balle dans le cœur. »

Question de soi.

Steven réfléchissait. Les dominos d'Aldwickbury, le dernier cadeau de son père pour un lointain anniversaire, étaient placés sagement les uns contre les autres sur le guéridon du salon. Il contemplait les longues minutes de temps passé à les assembler par figure commune, la face railleuse du temps qu'il avait consacré à une activité aussi futile. Il brouilla le jeu d'un revers de main puis redressa quelques rectangles d'ivoire en laissant vagabonder sa pensée. Son doigt effleura la première pièce et il sentit la vibration se transmettre aux autres. Inutile de provoquer des chutes trop prévisibles. « Inutile », se répéta-t-il. Il écarta le premier domino et le fit tomber seul. Il fallait reprendre l'enquête depuis la mort de cette femme. Zarn. Qui était-elle ? Quelle place occupait-elle dans la vie de Weakshield ? Et quelle fureur ce meurtre avait-il déclenchée ? Le dossier de police devait être exhumé. Steven avait une source à Scotland Yard, l'inspecteur qui renseignait le journal pour les affaires de sang. Creuser autour, trouver l'information essentielle que William Stead, son premier patron, lui avait appris à chercher quand les coupables tardaient à apparaître. L'information à laquelle personne ne pensait jamais et qui fournissait les clés : les autres morts. La liste de tous les décès à Londres, la semaine qui précédait le crime et celle qui le suivait. Dans l'East End, la plupart des meurtres respectaient la loi des dominos. Vengeance, règlement de comptes, les cadavres ne restaient jamais seuls longtemps, ils se reproduisaient, fertiles. « Chercher la descendance des morts », disait William Stead. Il voulut laisser une note à Louis mais se ravisa. Quelque chose de personnel se dessinait. Solitude de Weakshield. Solitude de Steven. Lien de cœur, forgé avec les fibres du métal le plus dur, l'acier de solitude. L'enquête était la sienne maintenant. Il n'était pas question de voler le travail de son journaliste. Il était question de soi.

Chapitre 12

Une histoire d'amour.

Steven reposa la note que Louis avait laissée sur le bureau. La date de publication avait été retardée. Il fallait avancer dans l'enquête et rassembler les documents utiles. L'article accaparait la presque totalité de son activité. Il avait délégué la plupart de ses fonctions de rédacteur pour se consacrer au feuilleton. Ce n'était pas seulement l'effet de cette énergie que Louis savait transmettre, le sujet Weakshield était plus vaste qu'il l'avait cru, avec des sous-sols qui gardaient peut-être la promesse d'un choc comparable à la grande affaire Stead, le mythe du journalisme anglais.

— Tu le connaissais à cette époque ?

— Oui, j'étais entré au journal comme pigiste en 1885. Il était rédacteur en chef.

Steven se sentit gai tout d'un coup. Il sourit en pensant à cette ridicule expression « gai comme un pinson ». Un pinson comme ceux que Mr Darwin avait étudiés au bout du monde pour rapporter sa curieuse théorie qui le réjouissait. Son père avait frôlé la crise d'apoplexie à l'idée d'ajouter un troupeau de babouins à la liste de ses ancêtres. Gai comme un pinson de Mr Darwin…

— Pourquoi souris-tu ? interrogea Louis.

— Pour rien. Je pense à Stead.

— Tu travaillais à la *Pall Mall Gazette* ?

— Oui. C'était trois ans avant les crimes de « l'Éventreur », j'étais entré à la « Royale Gazette », engagé par Stead lui-même, auréolé du succès de son feuilleton sur la prostitution des enfants : « Le tribut des jeunes filles à la Babylone moderne ». Peut-être pas le plus grand scandale du siècle, mais assurément un scoop. Pour dénoncer le commerce des enfants, il avait acheté une petite fille, une jeune vierge de 13 ans vendue cinq livres par sa mère, après avoir écumé tous les bordels de Londres, rencontré les proxénètes, les faiseuses d'anges, les médecins pourris qui recousaient les hymens… lui, ce fils de pasteur qui ne buvait jamais une goutte d'alcool. Il était allé jusqu'au bout pour dénoncer tout ça. Jusqu'au bout, Louis… plus loin que les ligues de morale, les flics et les politiciens. C'est Stead qui m'a formé. Il avait une personnalité double, c'était un puritain dans l'âme et, en même temps, un homme de tentation, probablement attiré par ce qu'il combattait mais capable de transformer ses instincts en énergie généreuse. Réprimer ses instincts était une façon pour lui de les accomplir. La civilisation sert à ça. En fait, c'était un homme maîtrisé. Une race en voie de sévère extinction. Il a inventé le « nouveau journalisme » dont tu es l'héritier, le « *stunt* », le coup de force qui provoque l'événement et fait la publicité.

Les effets d'annonce, la salivation, le sensationnel enrobé dans une crinoline de morale mais toujours lié au désir de faire progresser la société. Peu importaient les moyens. L'article lui coûta trois mois de travaux forcés à Holloway. Une fierté personnelle. Chaque année, il célèbre l'anniversaire de son incarcération en endossant son uniforme de détenu. Sans lui, les communes n'auraient pas voté le *Criminal Law Amendment Act* qui élève l'âge du consentement légal de 13 à 16 ans. C'est ce qui lui a valu la prison, en récompense. Les juges ont estimé qu'en ayant acheté cette petite fille, il avait violé la nouvelle loi, qui était de fait la sienne. On se souviendra de lui. William Thomas Stead, un homme utile.

Steven alluma sa pipe en regardant le jeune journaliste qui l'écoutait avec attention.

— Et toi, Louis, es-tu un homme utile ?

— Ça dépendra de Jonathan Weakshield.

— Tu veux faire voter une loi pour la réhabilitation des criminels repentis ?

— Je ne crois pas qu'il se soit repenti. Et je ne compte pas changer quoi que ce soit à la société avec cet article.

— Et qu'est-ce que tu veux exactement ?

Louis approcha une flamme de la pipe de Steven qui s'éteignait et répondit d'une voix claire :

— Je veux raconter une histoire d'amour.

Chapitre 13

Fin de l'interview Shallow.
Mort de Weakshield.

« Le vice suprême est d'être superficiel. Devenir un homme plus profond est le privilège de ceux qui ont souffert. » Que disait Wilde à Weakshield ? Lui accordait-il le titre d'homme profond pour toutes les souffrances qu'il avait endurées ? Et la douleur était-elle la seule à creuser suffisamment les âmes pour leur enlever tout ce qu'elles avaient de gratuit ? Souffrir pour valoir Mr Wilde ? Mourir pour être quelque chose… et si la profondeur était le privilège de ceux qui avaient aimé plus que les autres ? Weakshield appartenait peut-être à la race des hommes rares, les hommes de sentiment qui n'accordaient aucun sens à une vie sans amour. Louis l'avait compris, plus vite et mieux que Steven qui ne comprenait bien que les choses sombres.

« J'ai besoin de toi », pensa-t-il en regardant le journaliste passer devant la fenêtre du bureau, traverser la lumière et donner l'illusion d'en être la source.

Steven sentit monter une larme stupide à ses yeux et la repoussa vite.

— Et sur sa disparition ? interrogea-t-il d'une voix neutre.

— Voilà le point intéressant. Shallow ne dit pas la vérité. Le 27 octobre 1884, Weakshield quitte Londres. Brusquement. Évaporé comme du gaz. Tous les témoignages concordent. Shallow prétend qu'il est tombé malade, une « mortelle mélancolie » qui se serait achevée par un suicide dans le bassin de Wapping.

Louis fixa sur la base du gramophone le dernier rouleau de l'interview, étiqueté « disparition ».

« Après tout ça, il a commencé à ne plus tourner bien rond. Au début, je l'ai vu à sa carrure. De dos, on ne le reconnaissait plus. Il maigrissait et ses épaules avaient tellement rétréci qu'elles portaient pas sa chemise. Un médecin a conclu qu'il faisait de la mélancolie, de la "pourriture sèche" comme on dit. Il mangeait peu et, surtout, ne dormait plus du tout. Des nuits entières sans fermer l'œil. Je le savais parce que des hommes à moi montaient la garde devant sa porte. Il parlait à son écureuil comme à un être humain. Il donnait de moins en moins d'ordres et n'allait plus au conseil. Le bruit se répandait dans la ville. Personne savait très bien quoi penser. On me demandait mon avis, mais j'en avais pas. Jonathan disait rien. J'étais inquiet. Les chefs des zones piétinaient. Chacun se voyait déjà à sa place. Danny Harrow surtout qui serait passé sur le corps de son frère pour grimper un peu plus haut. Je ne reconnaissais plus Jonathan. Le soir, il traînait sur les docks habillé comme un miséreux. Il se saoulait avec les putains des quais et faisait les cent pas le long du fleuve. Au bout d'un mois de ce régime, Danny Harrow se conduisait en maître, mais la chaise à la droite du Viking restait vide pendant le conseil. À ce moment, sûr qu'on aurait pu reprendre toute la ville en claquant des doigts et fermer pour toujours le clapet du petit chef. Mais il y a eu l'affaire du Paddy Goose, un pub de marins vers Bethnal. On s'y retrouvait souvent. Ce soir-là, un équipage d'un bateau des Indes faisait un beau chahut. Des hommes à nous étaient dans un coin. Ils gueulaient et cassaient des bouteilles. Jonathan est entré. Les marins l'ont pris pour un mendiant et l'un d'eux lui a jeté son verre de bière à la figure. Nos gars se sont levés, mais les marins les ont assommés. Jonathan a regardé tout ça sans bouger. Un matelot l'a fichu dehors à coups de pied. Personne n'a jamais su pourquoi il avait accepté cet affront.

On a fait courir le bruit qu'il n'avait pas quitté Saint Giles cette nuit-là. Mais Harrow n'a pas tenu sa langue. Le lendemain, Londres savait que Jonathan Weakshield, le “loup du Seven Dials”, avait été foutu à la rue par un marin et on entendait partout : “Weakshield a perdu sa trempe.” Pourtant, beaucoup d'hommes lui restaient fidèles. Pour les embarquer, Harrow a dit qu'il n'occuperait le trône que le temps nécessaire pour éclaircir l'affaire. Il était plein d'attentions pour moi. Il m'assurait que j'allais monter en grade et qu'il respectait Jonathan, mais par-derrière, il répétait qu'il était fini. Qu'est-ce que je pouvais y faire ? S'il avait été là, j'aurais trouvé des bras, je me serais chargé d'apprendre l'obéissance à toute cette racaille. Je lui disais que ça devenait dangereux, que Harrow allait bientôt lui envoyer du monde. Ça n'avait pas l'air de l'inquiéter. Un jour, on l'a repêché dans le fleuve vers Wapping. On a dit qu'il y avait eu une bagarre avec les bull-dogs qui venaient l'arrêter et qu'il s'était défendu comme un lion, qu'il en avait mis trois sur le carreau. Mais c'est des histoires. La seule chose qu'on a trouvée sur le carreau, c'est un petit écureuil. Il s'est jeté par-dessus bord, voilà tout.

— Êtes-vous sûr que…

— J'ai reconnu son corps. Mort, Mr Meadows, aussi mort, à ce qu'on dit, que les étoiles qu'on voit briller au-dessus de nos têtes. Et mes pauvres yeux ont vu son corps tout gonflé de la pourriture du fleuve. Mort, monsieur, de la mort la plus honteuse… »

Louis souleva l'aiguille du gramophone.

— Il ment. Le corps qu'on a repêché n'était pas celui de Weakshield. Il n'y a que la déclaration de Shallow dans le rapport de police et celle du coroner qui a été condamné plus tard pour corruption. Deux autres personnes ont été interrogées et leurs dépositions devaient être suffisamment douteuses pour qu'on les fasse disparaître du dossier. Le corps du noyé a été incinéré avant la fin de l'enquête. Et il y a cette femme…

— Une femme ?

— Oui, la lettre sur laquelle les empreintes de Weakshield ont été identifiées était adressée à une Irlandaise qu'il avait connue dans sa jeunesse. Une fille de son village, d'après un prêtre dont j'ai le témoignage, et qu'il a retrouvée plus tard, à Londres. Quand j'en ai parlé à Shallow, il m'a dit qu'il ne se souvenait de personne en particulier, ce qui est faux, car Weakshield n'a pas aimé d'autre femme.

Chapitre 14

Woolwich, Londres, quais de la Tamise,
une histoire de choléra.

Louis quitta le bureau de Steven. Il appela un fiacre qui passa sans s'arrêter et faillit le renverser. Jour noir. Il serra son écharpe contre le froid mouillé qui s'élevait du fleuve et contempla les rues désertes avec irritation. Le greffier d'Old Bailey ne répondait plus à ses télégrammes, sa porte était close et personne n'expliquait son absence. Steven avait jugé son dernier article « faiblissant ». Faiblissant, répéta-t-il en haussant les épaules. L'interview du vieux prêtre qui avait recueilli Jonathan en Irlande après la mort de son père n'apportait rien. « Les lecteurs se lasseront d'une énième enfance malheureuse. » Retrouver ce prêtre, après tant d'années, avait été un exploit que le jeune journaliste avait réalisé en payant de sa poche pour consulter les archives du diocèse de Maldwick où les curés irlandais se retiraient pour mourir entre eux. Voyage jusqu'au Sussex, églises fermées, monastères qui n'ouvraient pas leur grille, jusqu'au vieux cadavre qui se souvenait du jeune Jonathan de

Mullingar. « Faiblissant »… il négligea l'ombre qui croisait la sienne. Pourquoi le greffier ne répondait-il pas ? Le dossier Weakshield était incomplet. Il lui manquait une clé, une petite clé pour ouvrir la dernière porte. Jeunesse, ascension dans les bas-fonds, disparition et retrouvailles en Nouvelle-Galles. Mais il manquait la clé du présent. L'inspecteur qui suivait la piste n'avait plus donné de nouvelles depuis deux mois. Impasse. Il sentit une présence dans son dos et se retourna avec inquiétude. Un visage rond et familier le rassura. Shallow l'invita à faire quelques pas avec lui. Louis accepta et lui proposa un verre au pub du coin, qu'il refusa. Ils marchèrent vers les pontons de Woolwich où les bagnards attendaient autrefois le départ des bateaux vers le Nouveau Monde. « Le dernier monde », corrigea Shallow. Il ne restait plus grand-chose de l'ancienne prison flottante qu'il avait connue. Un canon qui tonnait pour signaler les évasions, à moitié digéré par la rouille. Ils s'arrêtèrent au bord de l'eau noire. Shallow tendit une pipe que Louis partagea.

— Vous savez ce qu'on dit par ici sur l'épidémie de choléra de 1854 ?

— Non.

— Comment elle a pris naissance ?

La voix de Shallow s'était durcie et Louis sentit le subtil changement de ton.

— Ça aurait commencé à Chaldwick, là où la Tamise a son berceau. Deux gamins auraient déterré un mort. Pourquoi ? Pour rien. Juste pour voir à quoi il ressemblait. Oui, c'est là que ça aurait commencé, avec ce cadavre qui aurait infecté le sol autour de lui puis les cours d'eau. Le fleuve aurait porté ses miasmes jusqu'aux banlieues, jusqu'à nous, jusqu'à tout le monde.

Shallow ne ressemblait plus au vieil ivrogne qu'il avait interrogé. Son regard était clair et le fixait avec froideur.

— Vous pensez qu'il est dangereux de déterrer les morts, Mr Shallow ? demanda Louis d'un air faussement détaché.

— Je pense que le choléra est une maladie dangereuse qui vous tombe sur les tripes brusquement. Une maladie qui ne se garde pas, qu'on partage avec les gens qui vous aiment même s'ils sont innocents. Oui, une sale maladie dont personne n'est suffisamment protégé. Ni moi, ni vous.

— C'est une menace ?

— Une menace, Mr Meadows ? Non, quelle idée, juste une histoire de choléra.

Après avoir quitté Shallow.
Nuit chez Steven.

— Tu le décrirais comment ?

— Shallow ?

— Oui, Shallow, répondit Steven.

Louis venait de lui raconter l'entrevue des docks et la mauvaise impression qu'elle lui avait laissée.

Il avait sonné chez lui, tard dans la nuit, un peu titubant après le gin du pub et pâle. Ils s'étaient assis dans le salon autour du feu qui faisait rougir les verres de brandy que Steven avait largement remplis.

— Je ne sais pas, hésita Louis, gros, crâne dégarni, vieux.

— Vieux, non, corrigea Steven. D'un âge incertain, plutôt… les assassins ont ça en commun. Une horloge plus lente, à l'intérieur.

— Un cœur plus dur, surtout… ça ne les fait pas rajeunir pour autant.

— Ils possèdent un élixir de jouvence, Louis…

— Quel élixir ?

— La cruauté.

Steven trinqua avec le jeune homme. Shallow lui avait demandé le nom de celui qui l'avait renseigné sur Weakshield et l'origine de la lettre. Sa réponse était restée évasive et Shallow n'avait pas insisté mais, quand ils s'étaient séparés, Louis l'avait senti hésiter derrière lui et s'était dit que le vieux lieutenant du Seven Dials évaluait le poids de son existence.

— Rapproche-toi du feu.

Steven y jeta le fond de son verre de brandy pour faire monter les flammes. Le sourire du jeune homme racheta l'alcool perdu.

— Comment sais-tu que Weakshield n'a aimé qu'une femme ?

— Je le sais, répondit Louis.

— Shallow en a parlé ?

— Non.

— Alors ?

— Alors, je le sais.

Louis remplit à nouveau les verres et se laissa aller au fond du fauteuil en respirant profondément, retrouvant peu à peu sa couleur et son calme.

Steven avait été averti de la mort du greffier d'Old Bailey. On l'avait retrouvé au sud du fleuve, pieds et poings liés, et les yeux arrachés. D'après le coroner, la mort remontait à deux jours. Mais la nuit avançait et Steven s'était suffisamment enivré pour remettre les nouvelles tristes à un lendemain lointain. Il vida un autre verre de brandy pour perdre la conscience du temps et oublier les comportements nécessaires. Il pensa à Wilde et à son frère, Robert. Louis saurait faciliter les choses. Il ne savait pas ce qu'il souhaitait au fond. Il n'avait jamais connu d'homme. « Connu », comme disait la sainte Bible, qui ne disait pas comment connaître autrement. Il voulait surtout ne ressentir aucune vulgarité, ni de lui-même, ni de celui qui venait de poser sa main sur sa cuisse. Il aurait peut-être souhaité une nuit, simplement amicale, épaule contre épaule, romantique et inespérée pour les hommes sans innocence qu'ils étaient devenus. Mais autant l'avouer, une telle nuit n'aurait pas suffi. Déposer, se dit-il, déposer ses pensées comme un vêtement à la porte. Les pendre. Louis saurait faire et Steven saurait rêver. Rêver, murmura-t-il, alors que Louis retirait sa chemise, et préparer un lit d'oubli pour y coucher les souvenirs.

28 septembre 1899.
Louis.

Louis prenait son temps. Les urgences du jour avaient reçu l'attention qu'elles méritaient, en quittant son cerveau à l'instant où ses yeux s'étaient ouverts. Le brandy de la veille s'était converti en vacarme sous son crâne. Il fit couler une double pinte de café noir dans la cuisine où flottait le parfum de Steven. Il avait aimé cette nuit, il aimait cet appartement aussi joyeux que celui d'un pasteur salutiste. Chaque pièce donnait l'absolution. Et en particulier le bureau au sous-sol, où un poêle douteux empoisonnait l'air déjà vicié par des vapeurs de vieux tabac. L'endroit était tellement sinistre qu'on ne pouvait y vivre qu'avec gaieté, sous peine de se transformer en meuble, frère de ceux qui encombraient l'espace, unis par le même sortilège de désolation. Louis traîna parmi les objets de Steven, avec une bonne humeur qui semblait les interroger dans une langue étrangère. Il se sentait amoureux. La vie avait été, jusqu'à ce jour, douce et indolore. Il ne se vantait pas de ce bonheur naturel qu'il n'avait ni gagné, ni volé. Le bonheur parlait à travers sa peau et ses gestes sans qu'il le décide. Son âme était souriante de naissance et les caprices des jours n'y changeaient rien. Il flâna en attendant le retour de Steven, prenant un temps infini pour accomplir le moins de choses possible. Il se lava lentement, s'habilla avec quantité d'hésitations inutiles, respectant à la lettre les consignes de Brummell, le prince des dandys, qui exigeait un minimum de cinq heures de préparation pour se vêtir et de la mousse de champagne pour lustrer ses bottes. Louis, en hommage, lustra les siennes avec un fond de whisky millésimé. Il feuilleta quelques livres et passa plusieurs fois devant le vieux miroir du salon. Il ne pensa à rien en particulier, mais le lambeau d'un souvenir d'enfance s'accrocha au verre piqué qui déformait les contours de son reflet. La vieille demeure de sa famille, à Kensington, sur le parc, gardé par Mr Caesar Welles, ancien voleur repenti que son père avait engagé et auquel il s'était attaché. Fidèle entre les fidèles, Caesar s'était occupé de Louis. Il avait été son protecteur, son compagnon et le seul enseignant dont il avait aimé les cours. Il se rappelait la voix chaleureuse qu'il écoutait, le soir, devant un miroir qui ressemblait à celui-ci. La voix de Caesar Welles qui racontait l'histoire des seigneurs de la nuit. Il les avait tous connus, jurait-il, les vivants et les morts et il était l'ami du plus célèbre d'entre eux, dont il s'était fait tatouer le nom sur la poitrine. Le loup du Seven Dials, à qui il rendait visite pour parler du jeune Louis Meadows, homme de très prometteuse valeur. Jonathan Weakshield avait fait le serment de venir, un jour, lui serrer la main.

« Te serrer la main », lui répétait quotidiennement Caesar Welles, pour lui rappeler ce grand honneur qui méritait une vie pour s'y préparer. Le souvenir du bon regard et des favoris roux du vieux gardien fit battre le cœur de Louis. À sa mort, son père avait voulu qu'on l'enterre dans une tombe voisine du caveau familial, pour qu'il veille sur les siens. Depuis, Louis avait attendu toutes les nuits. Dans le miroir de Kensington, il avait essayé de ressembler à celui qui avait donné sa parole. Caesar Welles lui avait fait le portrait d'un homme grand comme un étranger du Nord, la chevelure claire, le regard bleuté, aussi glacial que le fer des armures de ses ancêtres. Face à son reflet, il fit le geste de lancer le couteau que Weakshield plantait toujours dans sa cible puis caressa, sur son épaule, l'ombre de l'écureuil qui ne le quittait jamais. Pourquoi « une seule femme » ? avait demandé Steven. Parce que lui aussi n'aurait qu'un seul amour. Le cœur de Weakshield battait dans sa poitrine.

Louis descendit vers le bureau et suivit par la fenêtre les jambes des passants qui divisaient la lumière. Il trouva la pipe inclinée sur la table et l'alluma. Le tabac grésilla faiblement et une vapeur amère glissa dans le tuyau que Steven laissait s'encrasser pour fumer moins. Il feuilleta le dossier sur lequel ils avaient travaillé ensemble au journal. Les croix dans les marges étaient encore nombreuses. La dernière page s'arrêtait sur le mystère de cette femme qu'il n'avait pas retrouvée. Steven avait dessiné une vague silhouette de dos, enveloppée d'un point d'interrogation. La femme… il lui avait demandé de concentrer tous ses efforts sur elle, chercher des témoignages sur son passé, trouver le rôle qu'elle avait joué dans la disparition de l'Irlandais, ce qui les avait réunis puis séparés. Oui, pensa Louis, la femme était le cœur de son enquête. Mais une question était plus essentielle encore. Et personne ne pouvait y répondre aujourd'hui.

28 septembre 1899, Jonathan Weakshield était-il encore vivant ?

II

Chapitre 15

Weakshield.
25 octobre 1899. Mauritius.
Pointe sud-ouest. Midi.

L'arbre était d'une espèce inconnue. Ses racines sortaient du sol, en arche. Une araignée aux pattes géantes, plantées autour de son corps. Un vent glacial traversait ses membres, sans troubler l'immobilité des feuilles du banian. Il connaissait ce vent intérieur, ce souffle dur sous sa peau. Les fièvres attrapées en Nouvelle-Galles voyageaient. Il ouvrit les yeux en déchirant le voile de sel qui couvrait ses paupières et distingua une forme noire à la place du ciel. Si l'enfer ne lui réservait que cette sorte de cauchemar, l'enfer serait facile à traverser.

Il mit du temps à réaliser qu'il était vivant. Comme toujours. Depuis sa venue au monde, il était celui qui en réchappait. Survivre était un don qu'il avait reçu, un sixième sens sur lequel il n'avait aucun pouvoir. Impossible de ne pas entendre, impossible d'interdire le toucher à sa peau, impossible d'empêcher son cœur de battre.

Au début, il ne vit que les racines de l'arbre, en cerceau au-dessus de la terre, reliées au ciel, loin du tronc abattu qui pourrissait, sur la plage. Sa raison butait contre ces racines suspendues au néant. Au néant ou à lui-même. Le souvenir brouillé du naufrage lui revint. Une gangue d'algues sèches comprimait ses membres et dégageait une odeur de putréfaction. La douleur dans son dos fit renaître l'image de la tempête. Les corps des esclaves, cloués sur la barrière par les vagues géantes qui s'abattaient en marteau sur les pointes de corail. Comment avait-il échappé au sort des naufragés ? Comme toujours. En tenant le corps d'un autre devant lui. En bouclier. La poitrine crucifiée d'un vieillard l'avait protégé jusqu'à la marée basse qui emportait les tempêtes.

Les algues se resserrent. Il n'a jamais été aussi fermement attaché. Le soleil les assèche et les fait durcir. Autour de sa gorge, les lacets verts de pourriture le garrottent et vont lui arracher son dernier souffle.

— Jonathan.

Il connaît cette voix. Personne ne l'appelle plus ainsi, depuis l'Irlande. C'est la mort qui fait sa douce, qui s'allonge contre lui, pour chuchoter à son oreille comme une amoureuse.

« Jonathan. »

Comment lui répondre et quel prénom lui donner ? Celui d'une femme, puisqu'elle en a le parfum et la grâce. Il n'en connaît qu'un seul : Fine.

Mais Fine est le prénom de la vie.

Souvenirs d'Irlande. Famine.

Le soleil traverse l'araignée et crache avec elle son venin. La brûlure lui fait perdre connaissance.

Les mers s'ouvrent.

Irlande, Mullingar, hiver 1845.

Le muret de pierre sèche, en collier autour de sa maison, se repère facilement sur la falaise. Les champs de pommes de terre vont jusqu'aux collines. Le manoir du *landlord** garde l'entrée du village en contrebas. Il faut payer le fermage malgré la famine. Les Anglais n'ont pas bloqué les ports. Leurs bateaux emportent le blé que la terre continue à produire pour nourrir les leurs. Les convois sont escortés par la troupe. Il ne reste plus rien pour l'Irlande. Son père dit que les Anglais sont pires que la faim. Ils se font face autour de la table où brûle une bougie qu'il ne doit pas laisser s'éteindre. Il est l'enfant unique. L'aîné de personne. Ses frères et sœurs sont dessinés dans un cahier qu'il cache. Toutes les familles du village sont nombreuses. Son père est veuf. Sa mère, à sa naissance, lui a donné sa vie contre la sienne. C'est parce qu'ils ne sont que deux qu'ils vont tenir plus

---

* Propriétaire anglais.

longtemps. C'est ainsi qu'il comprend les choses, au début.

Lorsque la pomme de terre commence à pourrir, les paysans se disent qu'il suffira d'une autre récolte. Mais les autres récoltes livrent les mêmes tubercules mous et puants. Malheur à celui qui les mange. Tous ceux de Mullingar savent qu'il vaut mieux mourir de faim. Le blé est pour les Anglais, la pomme de terre pour les Irlandais. Le blé sert à payer les propriétaires pour des champs où plus rien ne pousse. Il n'y a rien d'autre ici que les fruits morts. Les Anglais conseillent de prier notre vierge pour obtenir de meilleures récoltes. Les Anglais ne croient pas au même Dieu. Ils croient en leur reine qui a décidé de la mort de l'Irlande. Elle refuse les aides que son Parlement propose pour ne pas encourager la paresse des affamés. « *Self-help** » est la règle de Victoria. Seuls ceux qui travaillent méritent son aumône. Mais il n'y a aucun travail. Elle fait construire des murs au bord des routes, des murs inutiles pour occuper le peuple. On les appelle « les murs du pain ». Les Irlandais meurent en s'appuyant dessus.

« Hiver 1846. La pomme de terre noircit dès qu'on la touche et prend une puanteur de champignon. Tous les champs sont perdus sauf celui de Fine Mc Gall. Mon père le sait. Il est le seul maintenant à connaître le secret. Le vieux Mc Gall le lui a confié juste avant de mourir, pour qu'il nourrisse ses enfants. Mais mon père ne nourrit pas les enfants. Le champ n'a pas la maladie. Il produit des

* S'aider soi-même.

tubercules petits comme des oignons et durs qui n'empoisonnent pas. Il y en a très peu. On creuse la nuit, en cachette. Dans tous les villages, les affamés rôdent pour trouver des bouts de terre encore féconde et s'entretuent pour elle. Les pommes du vieux Mc Gall, mon père me les réserve.

Il dit que je suis son seul fils. Il ne dit rien d'autre. Je comprends ce qui se passe. Je comprends tout. Fine Mc Gall nous surprend sur le champ. Mon père lui tend une pomme de terre qu'elle accepte. Il lui en donnera une tous les jours si elle se tait.

L'hiver ne s'arrête pas. La famille de Fine meurt de faim avant le printemps. Ils s'en vont un par un, d'abord l'aîné puis sa sœur, sa mère, et plus tard, la petite qu'elle garde dans ses bras, avec le ventre enflé de celles qui mettent au monde. Je vais chercher de l'eau pour eux. J'entre dans la maison et je les vois de près. Pour tous, je suis celui qui apporte l'eau. Fine dit que je lui ressemble. Elle le dit chaque nuit avant de quitter le champ qui lui appartient. Elle est plus grande et plus forte. Ses cheveux noirs qui descendent à ses épaules sont ceux d'une femme. Elle ne parle à personne, sauf à un écureuil qu'elle a trouvé à demi mort dans la lande et qui ne la quitte jamais. Les gens du village disent que l'écureuil est une créature du diable et que personne ne doit s'en approcher. Pour la ressemblance, je cherche. Je passe des heures à chercher. Je me demande si ce sont nos yeux, leur forme ou leur couleur claire, mais ce ne sont pas nos yeux. Elle cache une tache de naissance sous une mèche, sur son front. Je frotte ma peau à cet endroit pour la faire rougir. Mais la ressemblance ne doit pas dépendre de ce que je fais. Je regarde sa manière de marcher, les vêtements qu'elle porte. Je me décourage mais elle promet que j'aurai ce que je veux, si je trouve. Je vais jusqu'à sa maison sans qu'elle le sache, j'imite ses gestes, je pose mes pieds dans ses traces. Quand mon père dort, je me relève et je cherche dans le miroir de ma chambre. Je comprends que ce n'est ni son visage, ni sa manière, ni ses secrets. Elle résiste à la douleur. Elle est capable de tenir sa main au-dessus du feu bien plus longtemps que moi. Mais ce n'est pas ce qu'elle sait faire de mieux qui compte. Je ne pense à rien d'autre qu'à ma ressemblance avec Fine Mc Gall. J'y pense plus qu'à la faim. La dernière nuit, elle refuse la pomme que je lui offre contre la vérité. Ses parents sont enterrés hors de nos champs où le *landlord* ne veut pas de cadavres, dans un des trous creusés au bord des falaises pour donner les mauvaises vapeurs aux vents. Nous abandonnons la terre. Je ne sais pas où je vais. Mon père me parle d'un voyage vers des pays vivants. Fine suit la charrette qui m'emporte et me donne l'écureuil qui ne veut pas la quitter. Elle court à travers le village, jusqu'au bout de la route. Quand elle s'arrête, je lui demande une dernière fois le secret de notre ressemblance. J'ai sa réponse. Un mot que ses lèvres dessinent et qui est le seul dont je me souviens, dans ma langue d'Irlande : *"Beo"*.

Vivant. »

Un prêtre.

« Ici, on ne peut pas faire comprendre aux gens ce que la pomme de terre représente pour un Irlandais. Le paysan irlandais ne cultive pour lui ni le blé, ni le maïs, ni l'orge. Ses champs n'existent que pour une seule graine, elle porte bien son nom de fruit de la terre. Elle est le pain, la viande, l'eau. La terre l'offre sans exiger de sacrifices. Sur quoi le châtiment de Dieu aurait-il pu porter hors de ce don béni ? Je sentais la colère du ciel, elle me laissait sans souffle. Chaque matin, j'allais de maison en maison pour les mettre en garde. Je les sommais de venir à l'église prier pour leur salut. Je châtiais de plus en plus durement les enfants. Je fouettais la plante de leurs pieds pour qu'ils n'oublient jamais le goût de ma cravache. Je ne t'ai pas frappé assez fort, Jonathan, et je n'ai pas pu éviter la colère du Très-Haut. Ton père est mort de fièvre sur la route de Cork et tu es revenu sur tes pas, jusqu'à la porte de mon église. Mullingar était vide. Ceux qui n'étaient pas morts avaient fui. Je partais sur la route et je t'ai pris avec moi. »

La pluie tropicale noie son corps. Il sent des mains le soulever. Les hommes ressemblent à ceux du bateau. Des esclaves, sans l'anneau de fer autour du cou. Ils le traînent sur le sable, vers une barque. Quel lieu ? Quel temps ? Seule certitude, la douleur dans ses membres, à chaque pas de ceux qui le portent. Quand ils le hissent sur la barque, il sent son cœur s'éteindre. Mais Jonathan n'a pas peur de la mort. Il a peur du prêtre.

« Dieu châtie parce qu'il ne trouve jamais assez d'humilité. L'homme a besoin d'être châtié. L'Irlande est devenue une terre de peste habitée par les morts. Les vivants sont comme eux. Observe-les, ils pensent avoir enduré tous les maux du monde, ils supplient, ils jurent, mais ce qu'ils demandent au Seigneur n'a rien à voir avec la vie éternelle. Ils demandent du pain pour leur ventre et quand le Très-Haut leur offre Son amour en sauvant leur vie, Il sort de leur mémoire. La famine est le fruit noirci de la luxure, sur cette île surpeuplée où trop d'enfants sont à nourrir. La mort vient de ce nombre, souillé du péché de la chair. Je te faisais coucher dehors dans le froid et la peur des chiens sauvages. Je faisais taire ton corps par les privations les plus rudes. Libéré du désir, le regard ne peut se tourner que vers le ciel. Une seule mauvaise action condamne à la famine, Jonathan, la famine de l'âme, plus cruelle que celle du corps, et éternelle dans les forges de l'enfer.

Les propriétaires anglais nous recevaient avec générosité. Dans leurs foyers, tu retrouvais tes forces. Les Anglais étaient les seuls sur cette terre à montrer un peu d'humanité. Il y avait de braves gens dans les villages, mais ils étaient comme les autres habitants de cette île maudite : des Irlandais, des gémisseurs. Pillage, mendicité. Le pays n'était plus qu'un refuge de bandits et de fainéants poussant à la révolte et aux tueries. Les paysans nous présentaient avec fierté les prétendus “patriotes” de l'Irlande Nouvelle. Ils les bénissaient comme des croisés partant combattre l'envahisseur hérétique, le luthérien, l'Anglais, coupable de tous leurs maux. Je t'ai appris à gagner l'amitié des rebelles. Tu repérais leur tanière et j'envoyais les soldats derrière toi. Les Anglais remplissaient notre charrette de vivres et te récompensaient en t'offrant du chocolat Fry* pour lequel tu ne refusais rien. »

Jonathan étouffe. Un esclave plonge ses doigts dans sa bouche pour retirer les longs filets noirs des algues qui descendent dans sa gorge. La pluie recouvre l'océan. Inutile. Comme les hommes sur la terre.

« Février 1846. Le froid détruisait ce qui avait échappé à la maladie. Semblable aux charniers qui appellent les corbeaux, la famine appelait les fièvres noires : le typhus et le choléra. Je t'envoyais au chevet des mourants. Ils t'étreignaient et te confiaient leurs prières, à toi, plus espéré que le Fils du Père. Je t'apprenais à mélanger la tourbe aux feuilles de menthe et à l'eau bénite. Tu croyais à la vertu de mes remèdes. Tu promettais si bien la vie aux malades. Que de morts, nous avons vus, Jonathan, que de

* Principale chocolaterie d'Angleterre.

morts. Des prairies de charognes et de vermine. L'air était tellement rempli de leur puanteur, que la mort elle-même entrait dans nos poumons, alimentait nos cœurs et notre sang. Nous étions remplis de cadavres, comme des cimetières, des hommes tombes, des lieux vides pour l'accueil de toutes les pourritures du monde. Et j'ai voulu graver cela dans ta mémoire. Je t'ai offert une croix de fer, non pas comme une médaille à porter, mais comme la croix que l'on plante en terre, pour indiquer la place d'une sépulture. Quand nous sommes revenus à Mullingar, au début du printemps, ce n'était plus qu'une ombre de village. Le toit de mon église avait cédé sous les orages, personne ne l'avait réparé. Tout n'était que ruine dans notre pauvre Irlande, les maisons et les hommes. Les survivants embarquaient en masse vers l'Amérique, le Canada, la France et l'Angleterre. J'ai reçu la lettre du père Mac Lean m'offrant asile dans son église, à Londres. Je voulais que tu viennes vivre dans cette atmosphère sainte où mon enseignement aurait pu croître en toi. Mais tu as sauté du pont sur le port et je ne t'ai jamais retrouvé. »

Jonathan cherche le contact du métal sur sa poitrine. Mais sa poitrine est vide. Il y a longtemps que Fine a arraché la croix de fer, pour la jeter dans l'égout où elle avait sa place.

Chapitre 16

Yash. « Ne tue pas les Anglais. »

— Garçon, repose-toi. Bizin dormi*.

Jonathan reprend conscience. La pièce est obscure et humide. Les angles de la paillasse écorchent ses épaules et ses jambes comme au bagne de Botany Bay, là où les lanières du fouet creusaient les plaies les plus profondes. Le cachot est le rendez-vous des bêtes, des tarentules et des cafards aussi épais que le pouce. Il faut rassembler son corps en boule pour réduire sa surface, et garder les mains serrées sur son crâne pour tenir sa raison. Mais il n'est pas à Botany Bay. Non, à coup sûr. Le visage de douceur qui se penche sur lui n'est pas de Nouvelle-Galles. Une vierge noire, sœur de celle de Mullingar que le prêtre couvrait de suie, à l'image de la Dame de Dublin. Il tend la main vers sa joue lisse. Elle l'accepte. La finesse de la peau est celle d'une femme.

— De l'eau.

---

* Il faut dormir.

Le sel a creusé ses lèvres. L'eau brûle. Son corps est couché sur une treille de roseau dans une cabane au flanc de la montagne. La femme ne veut pas qu'il se lève, il ne lutte pas. Quand la fièvre retombe, elle l'aide à se tenir debout. Des heures ont dû passer, mais le temps lui ment depuis le naufrage. Il écarte les tresses de coquillages qui ferment la case. Le soir commence. La montagne domine l'océan. L'épave du navire repose à l'horizon, à un mile, perchée sur la barrière de corail et coupée en deux, au milieu d'une mer banquise. Il reconnaît cette montagne. La nuit de la tempête, on aurait dit une porte géante. Géante et fermée. C'est le Morne, lieu sacré pour ceux de Mauritius, connu par tous les esclaves de l'océan Indien. « La montagne de la liberté », avaient dit ceux des cales. La liberté n'avait pas le même visage, ici. Personne n'espérait la trouver sur terre. Ceux qui touchaient le Morne allaient la chercher dans l'autre monde. Les hommes montaient jusqu'au sommet et avançaient sur une petite corniche qui surplombait l'océan. La liberté les attendait en bas à cent mètres, sur les rochers où se fracassaient les corps de ceux qui ne voulaient plus servir. Des dizaines d'entre eux avaient sauté pour rien, en 1835, le jour où des soldats anglais, qu'ils croyaient lancés à leurs trousses, s'étaient approchés de leur refuge pour leur annoncer qu'ils étaient libres comme tous les esclaves de la colonie. Depuis, le Morne était terre interdite.

Ils l'ont traîné de la plage jusqu'à la montagne. Ils savent qui il est. Deux nègres assis partagent une pipe de chanvre et l'observent. Le plus vieux a la peau grêlée par la vérole et l'œil blanc autour d'une pupille pierreuse. D'un signe de tête, il désigne un point vers la terre. Jonathan les voit. Une troupe d'une dizaine de soldats, derrière un fiacre qui tangue le long de la côte, comme un corbillard. Il connaît celui qui le pourchasse. Inspecteur Cumberbatch, ancien sergot de la City, monté en grade, collé à sa piste depuis deux ans et refusant les cadavres qu'il lui offre pour être oublié. Il a déjà rencontré ce genre de flic. La plupart d'entre eux ne rêvent que d'une retraite, mais quelques-uns s'attachent. Des sangsues qui meurent quand on les arrache de leur viande. Cumberbatch est de cette race. Sans lien de sang, ni d'affection. Assez seul pour se sentir en compagnie avec sa propre mort.

— Mon père m'a dit que tu n'avais pas de couleur de peau, Jonathan Weakshield. Moi, je vois un blanc.

Un homme jeune, torse nu, plus grand que les nègres du bateau, se tient à quelques pas. Les gars à la pipe se lèvent avec respect.

— Je suis Yash.

Il parle dans sa langue, sans accent. Sa poitrine est tatouée. Les contours du Morne d'un côté, de l'autre, la croix de saint Georges écrasée par un poing d'esclave. Il s'approche tout près du visage de Weakshield et l'examine en hochant la tête, un large sourire découvre ses dents écartées et taillées en biseau.

— Le vieux dit que tu es le blanc qui échappe toujours aux blancs.

Les hommes observent l'étranger avec curiosité. Il est maigre. Ses cheveux sont gris et sa peau a pris la couleur malade des longues peines. Les angles de son visage se sont accentués. Des rides arquent la ligne de sa bouche et de ses yeux. Ses traits ont perdu l'étrange beauté d'autrefois. Sans son regard, il ne serait pas différent de n'importe quel vieillard d'Angleterre échoué sur l'île. Mais Weakshield ne regarde pas comme les autres. On sent qu'il cherche quelque chose derrière les corps, comme s'ils faisaient obstacle. La gêne qu'on éprouve devant lui est là, dans ce sentiment de faire obstacle.

— Tu recueilles tous les hommes qui échappent aux blancs ?

— Non, Jonathan Weakshield, je recueille les amis de Zarn. Sans elle, je t'aurais laissé mourir.

Zarn. Weakshield revoit la haute silhouette sur les docks de Londres, enveloppée de sa robe pourpre, couleur des femmes de Mauritius. Zarn était grande et marchait seule dans les rues de l'East End. Le Viking, à cause de sa taille, refusait d'aller à ses côtés et personne n'avait le droit de le remplacer à son bras. En sa présence, Zarn devait être assise, mais elle était le seul être au monde qu'il ne voyait pas comme un insecte à écraser.

— Tu me prends pour un autre.

— Non, Jonathan Weakshield, tu es déjà venu ici. J'étais un enfant alors, mais je me souviens de toi. Je me souviens du blanc qui accompagnait le cercueil de Zarn.

Novembre 1884. Il était venu pour elle. Il avait traversé les mers, pour toucher la terre où son corps allait reposer. Fine était en sécurité, en Irlande, à Mullingar. Et lui, n'était plus… la mise en scène de sa propre mort avait tenu jusqu'au bout, jusqu'à la découverte de son corps noyé, identifié à Wapping. Il fallait disparaître le temps nécessaire. Deux années avant de retrouver Fine, deux années aux antipodes du Viking, dans le dernier trou qu'un homme pouvait choisir pour se cacher : le bagne de Nouvelle-Galles. Zarn devait l'accompagner sur ce bateau. Elle aussi voulait fuir, retourner à sa vieille terre, effacer le Viking de sa mémoire. Elle avait été la seule à savoir, pour Fine et pour lui. Le capitaine du bateau avait voulu jeter son corps aux requins, mais Jonathan avait su obtenir le détour par Mauritius, à dix jours de mer de la voie australe. Il ne restait plus rien du passé à Londres. Shallow avait fait ce qu'il fallait pour effacer ses traces. Shallow… murmura-t-il. Le sourire qui frôla ses lèvres en prononçant ce nom lui donna la preuve que son cœur était encore vivant.

— Chez nous, dit Yash, tout le monde connaît Zarn. Et tout le monde te connaît. Les anciens racontent ton histoire dans les villages.

Ils surveillent la lente progression de la troupe de Cumberbatch vers le Morne. En plus des deux Anglais, Jonathan compte neuf hommes. Yash inspire une bouffée de chanvre et souffle la fumée en direction du cortège.

— Des Africains… ce sera facile.

Ils suivent le fil sombre sur la grève. Le soleil descend vite. La mer brûle. D'en haut, le paysage pourrait faire croire à la beauté de la terre. Mais Weakshield n'aime aucun paysage. La nature est une ennemie encore plus dangereuse quand elle se pare comme une putain. Yash à ses côtés ne regarde pas non plus l'horizon. Son ombre suit celle du blanc qui glisse jusqu'au bord de la corniche, vers le vide. Le vieux allume une pipe de chanvre et la tend à Jonathan. Le lagon disparaît avec l'épave et le cortège au pied de la montagne. Les points jaunes des lanternes continuent leur progression. Jonathan laisse monter la nuit liquide, la marée de Nouvelle-Galles et d'Irlande et ses houles de cauchemars. Yash pose sa main sur son épaule.

— Va te reposer.

La main sur lui est une douleur. Depuis Botany Bay, il ne supporte plus le contact du vivant. Ami ou ennemi, peu importe. Si quelqu'un le touche, son cœur se fige. Il faut reculer vite, à l'écart de tout ce qui peut l'effleurer. Et si la main de Fine était repoussée, elle aussi ? Mais le corps de Fine lui est refusé depuis si longtemps.

Ils se retrouvent autour du feu. Yash ne cherche pas à cacher les flammes pour ceux qui les traquent. Il parle d'une voix douce que le chanvre cadence en rythme lent. Les nègres acquiescent en l'écoutant. « Wi », scande le plus vieux dans les pauses. « Wi », répètent les autres. Jonathan écoute en fumant. La vierge noire s'est assise à son côté. « Douceman », lui dit-elle, désignant la pipe et le riz qu'il porte trop vite à sa bouche, comme tous les anciens du bagne. « Douceman », dit la « bonne femme dibwa », la guérisseuse. Il écoute la vie de Yash, vendu à 14 ans à un capitaine de vaisseau anglais. Cinq ans de voyage à travers les mers du globe et six ans de terre étrangère dans un manoir de Bristol où les esclaves apprennent à lire et écrire. Un modèle de maître. Yash l'égorge par reconnaissance, au large de son île, en 1895, pour sa dernière traversée. Un exploit célébré bien au-delà de Mauritius. Une nage de quatre miles pour regagner le Morne, son portrait affiché dans tous les ports anglais avec la plus grande récompense jamais promise pour un esclave.

— Ils savent où je suis. Un seul chemin conduit à la corniche, mais ceux des villages ne laissent monter personne.

Il désigne un arbre fendu par la foudre, au bout de la plage.

— Après l'arbre, c'est la terre de Yash. N'y entrent que ceux qui veulent mourir.

Jonathan ferme les yeux. Il sent le retour de la fièvre.

— Va dormir, Jonathan Weakshield.

— Ne tue pas les Anglais.

Yash traduit pour ses hommes qui l'observent sans comprendre.

— Pourquoi ?

— Ne les tue pas, c'est tout.

Il se lève en titubant et prend le chemin de l'abri. Il devra deux vies qu'il ne pourra pas rendre. Mais qu'importe, il y a longtemps qu'il ne paye plus ses dettes.

Chapitre 17

Embuscade.
L'inspecteur et l'éternité.

Les hommes du Morne se mettent en marche dans la nuit, Yash à leur tête. De larges paniers d'osier pèsent sur leurs épaules. Quelque chose de vivant s'agite à l'intérieur.

Cumberbatch et son adjoint ont fait halte dans le dernier village, au pied de la montagne. Une dizaine de cabanes délabrées entourent une case haute où l'on entasse la canne à sucre. Les hommes s'y rassemblent. La marche à travers le lagon a été harassante. Le corail a ouvert des plaies qui s'infectent sur leurs mains et leurs chevilles. Cinq heures pour atteindre le dernier point au-delà duquel personne ne peut avancer sans connaître l'entrée du chemin qui mène au sommet. Un labyrinthe de sentiers coralliens qui s'achèvent en impasses ou dans des trous sur la mer, cachés par les broussailles.

Les hommes, épuisés, se couchent sur les paillasses de canne. L'adjoint Field s'endort aussi vite que les autres. Cumberbatch sait que le sommeil ne s'offrira pas. Plus de fatigue serait nécessaire. Plus de fatigue… comme si le monde en contenait assez pour épuiser les corps qui ne veulent pas dormir. Bientôt l'aube, il faut déposer les pensées et chercher l'image qui ouvrait autrefois la route de la nuit. Les oiseaux, les migrateurs. Il suit, sous ses paupières, le long battement de leurs ailes, la troupe harmonieuse, en ordre, dessinant le V le plus parfait dans les vents contraires. Le repos vient du ciel.

Les hommes de Yash ouvrent silencieusement les paniers. Les bêtes y restent agrippées comme sur les arbres où elles se pendent. Ils n'essaient pas de les faire sortir. Le vieux tire d'un sac une poudre jaune dont il recouvre les corps agglutinés. Du soufre. Yash allume une mèche. « Wi », murmure le vieux nègre, en la jetant au milieu du panier.

Cumberbatch ouvre les yeux.

Les hurlements des Africains le précipitent au bas de sa paillasse. Il cherche le pistolet échappé sous les tiges poisseuses de sucre. Les corps se bousculent dans le nuage de poussière soulevé par leurs courses. Les cris se mêlent aux sifflements stridents des ombres qui se heurtent au-dessus de leurs têtes. Elles cognent sur les murs de canne et abattent les lanternes. Une nuée de chauves-souris géantes hurlant sous la brûlure du soufre. Les esclaves terrifiés se précipitent hors de la case, Field parmi eux. Cumberbatch connaît les wampas qui nichent partout dans l'île, aussi inoffensifs que des colibris. Il essaie d'arrêter ses hommes. Un coup violent sur sa poitrine le repousse. Deux ailes osseuses se plaquent sur son visage. Le soufre l'aveugle. Le feu a pris dans la case par le toit. Des branches de roseau enflammées transpercent l'air épais et le sucre brûlant s'écoule en lave. Il sort le dernier, à moitié étouffé. Le poids d'une massue le fait basculer au sol. Les cris et les crépitements du feu s'éteignent. Il ne perd pas tout à fait connaissance. Les Africains ont filé. Field est à terre, une lance sur sa poitrine, tenue par un homme jeune, aux dents taillées, qui lui sourit. L'inspecteur appelle à l'aide dans l'air obscur. « Wi », dit le vieux nègre en écrasant sa massue sur sa nuque.

La vierge noire a veillé Weakshield. Le jour s'est levé. Elle lui rend son couteau qu'il accroche à sa ceinture. Yash l'a fait appeler. Cumberbatch et Field sont attachés par le cou sur la corniche des esclaves libres, leur corps en pont au-dessus du vide, reliés à une corde tendue à un pieu. Leurs pieds glissent sur le bord de la falaise. L'abîme aux rochers s'ouvre à pic, au-dessous.

Le sang brûlait. Ses yeux en étaient recouverts et il dut forcer ses paupières. Quand il le vit s'avancer vers lui, l'inspecteur observa le visage de son ennemi, avec l'attention d'un homme encore vivant. Pourtant, il n'espérait pas retrouver l'Irlandais dans ce monde, mais dans l'autre. Retenir cette image, se dit-il, fixer ces traits, pour les reconnaître avec certitude, aux enfers où ils se rejoindraient.

— Tu crois que je vais supplier ?

— Je voudrais que tu cesses de me poursuivre, dit Weakshield d'une voix calme.

— Sinon ?

La lame trancha la corde qui maintenait l'adjoint Field en équilibre à côté de l'inspecteur. Le hurlement du sergot alla se fracasser sur les rochers du Morne. Son crâne se planta sur un bec de corail et s'éparpilla en fragments comme du cristal. De la corniche, son corps ressemblait à un chiffon rouge.

Weakshield appuya la lame sur la corde qui tenait l'inspecteur en arc au-dessus du vide.

— Ça ne fait pas beaucoup de différence pour moi. Réfléchis bien.

— L'éternité ne sera pas assez longue pour te faire payer tout ça.

Weakshield entailla les premières fibres de la corde.

— Tu crois encore à l'éternité, inspecteur ?

Chapitre 18

30 octobre 1899.
Weakshield vers l'Angleterre.

Vent mort.

Deux jours à attendre derrière la barrière. Il regardait les fonds transparents du lagon où la vie s'était concentrée. Les hommes autour de lui étaient comme du corail sec. Gris et immobiles, cuisant au soleil de Mauritius qui figeait toute créature. Il suivait les mouvements des algues sous l'eau et celui des poissons en myriades qui n'appartenaient pas au monde. Pas au sien. Le sien était un miroir qui ne reflétait que des illusions. La vie n'y était pas. L'air n'y changeait rien et le ciel n'ouvrait aucun espace. Les morts étaient enterrés au-dessus des vivants.

Deux jours perdus. Londres à sept semaines de bateau, si le vent ressuscitait. Fine ne tiendrait pas tout ce temps et Shallow n'y pourrait rien. Il chercha un reste de chanvre dans son sac. Mais tout avait été fumé. Un nègre de l'équipage lui tendit une bouteille où croupissait un fond de rhum brun. Du chanvre, du rhum et une île plus fermée que la pire des cellules. Il jeta la bouteille qui s'écrasa sur le premier mât. Le verre éclata en étincelles tranchantes sur le pont. Le chef d'équipage maugréa mais se tut dès qu'il vit celui que les autres désignaient.

Weakshield pensa à la chute de l'adjoint Field. Il n'aurait pas dû épargner l'inspecteur. Il aurait dû n'épargner personne. Il sentit la rage monter en lui. L'immobilité, la pierre, la terre, le bateau… la tempête la plus sauvage serait préférable. Depuis toujours, c'est ce qu'il avait combattu : l'inaction. Le monde se pétrifiait sous les regards du troupeau des méduses humaines qui changeaient le temps en pierre. Le poète de Nouvelle-Galles l'avait dit : la vie était mélancolique et ne demandait qu'à s'éteindre. Chaque jour jetait à l'homme un défi de tristesse. L'univers n'aspirait qu'à l'extinction et ceux qui avaient le désir de survivre étaient juste des singularités. Du bateau qui l'emportait d'Irlande, les côtes de l'Angleterre lui étaient apparues vides, et la mer, le ciel, tous les éléments l'avaient accueilli avec une tranquillité glacée qui avait saisi son cœur d'enfant. Le faux calme du monde ne bernait que les faibles d'esprit. La vie avait besoin de sang. Il l'avait découvert sur les routes, en quittant Mullingar. Le sang dégourdissait les choses, les libérait de l'inertie minérale. Sur le ring, à Strugglefield, et au côté du Viking, il avait irrigué son destin, échangé son énergie, comme le charbon des forges et la vapeur qui lançait les trains hors des gares. Il n'avait jamais eu le goût de tuer, sauf pour créer du mouvement, de la poussée sur son corps. À quoi devait-il l'immobilité présente ? À l'économie de sang. À l'inspecteur qu'il avait épargné. Il aurait suffi d'appuyer la lame un centimètre de plus. Cette mort ne lui manquait pas, elle manquait au mouvement de l'univers. Pourquoi avait-il reculé ? Cumberbatch ne lui avait rien promis et continuerait à le poursuivre, plus obstiné encore. Pourquoi avoir tué l'agent et laissé la besogne inachevée ? Parce qu'il ne voulait plus tuer d'homme vivant. L'adjoint Field n'avait pour lui aucune existence. Qui était-il ? Quelle présence dans son monde ? Son pied écrasait tous les jours des centaines de créatures, insectes, végétaux… tous les Field sous sa lame étaient comme des fourmis sous son talon, déjà mortes dans sa conscience avant de disparaître. L'inspecteur, lui, était vivant. Il planta son couteau entre deux planches du pont. Dix ans plus tôt, il aurait tranché cette corde sans hésiter.

Des cris s'élevèrent vers la proue. Un nègre remontait à la main une dorade coryphène dont le corps bleu turquoise claquait la surface de la mer. Il la fit basculer sur le pont et l'écrasa du pied, en évitant les nageoires coupantes. Il attrapa son gourdin, mais elle s'échappa, l'entraînant en arrière. Il tomba sur le cul, sous les rires de l'équipage.

— Un penny sur le poisson…

La dorade sauta vers le premier mât et glissa vers la pile des badernes. Le gourdin manqua encore sa cible. Elle fila vers le pont, les pieds des matelots se renvoyaient le corps qui s'agitait et le nègre s'essoufflait en menaçant les gars. Il rattrapa le fil qui s'enroula et cassa sur un taquet. Le poisson libre frôla Weakshield en agitant sa gueule sanglante transpercée par l'hameçon. La pointe accrocha la cuisse de l'Irlandais. Les convulsions déchirèrent sa peau et du sang apparut. Les rires cessèrent d'un coup. Le pêcheur lâcha sa ligne et recula vers les autres. Le silence était celui de la mer autour d'eux. Weakshield attrapa la tête du poisson et plongea ses doigts sous les branchies. Les yeux en perle se dilatèrent sous la pression et le bleu vif des écailles pâlit. Quand il relâcha la prise, à l'instant exact où la dorade retombait inerte, le vent se leva. Personne ne pourra discuter cela et les nègres le racontent encore. Le vent se leva à l'instant précis où le cœur du poisson s'arrêtait entre les mains de l'homme blanc.

Les marins se précipitèrent vers les mâts. Les ordres gueulés par les chefs d'équipage et le tumulte sur le pont couvrirent le claquement des voiles et le crissement de l'ancre frottant sur les poulies. Le navire se dégagea lentement, en craquant, comme libéré d'une coque de glace.

Weakshield se redressa et lança un regard froid au ciel.

L'enclos du Morne.

La toux de l'inspecteur effraya les porcs de l'enclos.

Il était enchaîné parmi eux, nu, un collier de fer sous la mâchoire. Les hommes de Yash lui lançaient des restes de viande qu'il devait défendre contre les bêtes. Le temps viendrait. Il en était certain maintenant, depuis l'instant où Weakshield n'avait pas tranché la corde. Le temps viendrait. Du courage ? Il n'en avait pas eu plus que n'importe qui. Il s'était même pissé dessus quand il avait senti ses pieds glisser sur le bord de la falaise. Mais Weakshield l'avait choisi lui, inspecteur Saul Cumberbatch, pour être celui qui passerait le collier de corde autour de son cou. Il repoussa les bêtes qui partageaient leur chaleur. Le vent frappa son visage. Il regarda les nuages vers l'ouest. L'ouest… il savait vers où Weakshield naviguait. Le cap de l'Irlandais… il reçut un mélange de fruits gâtés, à moitié mâchés par les hommes de Yash. Celui qui lui jetait le fond de son écuelle cracha au milieu. Le cap Weakshield… Cumberbatch respira l'air marin qui montait autour du Morne en mangeant les fruits souillés. Il racla du fond de sa gorge un mucus strié du sang de ses poumons infectés. Un minuscule atome de l'air de Londres devait flotter dans la suffocante atmosphère tropicale. La phtisie pouvait détruire chacune de ses cellules, elle ne l'empêcherait pas de retourner en Angleterre. Manger, se dit-il, en repoussant le groin des porcs autour de lui. Donner quelques graines à cette matière. Ce corps qui n'était rien d'autre qu'une masse inerte à tenir comme un outil dans sa main, un marteau ou un poignard. Le poignard qui pousserait Weakshield sur les marches de son gibet.

Chapitre 19

28 novembre 1899. 34 Tite Street chez Steven Ross.
Lettre à Fine. Cap de la destruction.
Souvenir de « Jack l'Éventreur ».

Steven ferma le dossier. Il chercha le seul document qui avait plus d'importance que les dizaines de feuillets qui avaient défilé entre ses mains, depuis son retour dans l'appartement sombre de Tite Street. Il avait rejoint la pièce où il aimait travailler, en bas, devant la fosse qui la séparait du trottoir. La fenêtre sur la rue s'ouvrait à hauteur de jambe, le ciel semblait être le monde des passants qui marchaient au-dessus de sa tête. La publication du feuilleton était prévue pour le dernier lundi de décembre. Quatre semaines. Autrement dit, une éternité. La lettre de Weakshield manquait. Elle avait été recopiée par le greffier qui l'avait gardée comme ultime monnaie d'échange avant de disparaître. Toute l'affaire était là, avait dit Louis qui avait tenu l'original entre ses doigts et respiré l'encre de « l'homme magnifique ». Steven ouvrit le livre que le jeune journaliste lui avait prêté pour s'imprégner de l'esprit d'Irlande : *The*

Irish Tear de John Melville, le journal de la grande famine par ceux qui l'avaient vécue. Louis avait coché les passages utiles. « ... *les gens de là-bas ne s'accordaient pas de pardon. Ils quittaient leur terre en emportant la maladie qui faisait pourrir leurs fruits. La famine avait déclaré l'Irlande coupable. Et son peuple avait l'habitude d'accepter les sentences de la nature et du Dieu biblique qui se cachait derrière. "Un Irlandais vit comme il peut et meurt comme il veut", disait l'adage avant l'arrivée de la faim. La maladie avait fini par emporter cette ultime fierté. Ceux qui mouraient avaient, au moins, la consolation de ne pas quitter la terre de leurs ancêtres. Les émigrants laissaient au port les lambeaux de leur dignité et, avec eux, leur énergie de vivre. Ceux qui traversaient les océans sans mourir gardaient jusqu'à leur dernier souffle la règle du "sans pardon". Sans pardon pour soi-même, c'est le prix à payer, puisqu'il faut payer en Irlande toutes les dettes du monde. Là-bas, le plus fort tient le cap de sa destruction...* » Steven s'approcha du poêle où un feu maigre s'éteignait. Il avait froid. Il recouvrit ses épaules d'un châle de laine et croisa son reflet dans la glace. La présence de Louis au long de ces derniers mois avait effacé le glacis de grisaille. Il corrigea la courbe d'une mèche sur son front et fut satisfait de son apparence. Il se rappela cette phrase de Shakespeare : « Le temps ressemble à un hôte du grand monde, qui serre froidement la main à l'ami qui s'en va. » La main indifférente du temps cherchait la sienne. Poignée glaciale qu'il refusa. Il poussa une bûche dans la gueule du poêle et chercha sa pipe. Le goût du tabac froid l'apaisait. Les lignes revenaient dans sa pensée : « *Le plus fort tient le cap de sa destruction.* » Tenir le cap de sa destruction… l'avait-il vraiment tenu, comme Weakshield en son temps ? Un matin peut-être, par la plus insignifiante des voies, en serrant autour d'une poutre le cordon d'un rideau attaché à son cou. Pourquoi avait-il reculé ? Par peur de la mort ? Non, bien plus terre à terre que cela. Pour le nœud de la corde qu'il avait trouvé ridicule. Oui, pour la forme du nœud, vulgairement préparé, qui donnait une preuve aveuglante de sa malhabileté. Il avait alors décidé de vivre et sa présence au monde ne tenait donc qu'à la manière de nouer une corde.

Il sentit son humeur s'assombrir. Son esprit vagabonda vers Miller's Court et la femme qui l'attendrait pour rien ce soir sous la brume jaune. Il était déjà venu à cette adresse, à une date lointaine, le 9 novembre 1888, bien avant leur première rencontre. Le jour du cinquième meurtre de l'Éventreur. La victime s'appelait Mary Jane Kelly et son corps avait été trouvé dans sa chambre de Miller's Court. Toute la presse était là. Les flics avaient dressé un cordon humain pour contenir les journalistes et les badauds. Pas seulement les journalistes de la City, mais ceux du monde entier, qui vibrait au rythme des meurtres de Whitechapel. Personne n'avait rien vu de pareil… Français, Allemands, Américains, plus nombreux que pour la Grande Exposition de 1851. Les dessinateurs croquaient les lieux, les amateurs de sang prenaient la pose devant eux et les photographes, trépied en avant, ouvraient la foule. Stead avait été clair, le cliché de la victime valait un contrat d'engagement ferme à la *Gazette*. Steven inclina la bouteille qui aidait sa mémoire. Ses souvenirs se réchauffaient à l'eau-de-vie qui brûlait les heures d'insomnie et il les racontait, comme à son habitude, au reflet de lui-même qui le contemplait avec indifférence dans le cristal de sa coupe de brandy. Raison pour laquelle il buvait trop, le double de ce qu'il fallait. Un verre pour lui, un verre pour l'autre. Enivrer son reflet demandait de l'expérience et une quantité d'alcool suffisante. Le gramophone de Fleming ne tournerait pas pour son passé et Louis était absent. Sa voix résonna dans le vide.

« J'étais seul, Mr Meadows, et chaque jour un peu plus pauvre, le contrat était simple : la photo ou le retour à la maison familiale d'Aldwickbury. Ils étaient tous là, le coroner, le commissaire de l'arrondissement, les bobbies de la police métropolitaine et les sergents de la City. On ne mesure pas la folie qui régnait à Londres et comme ça palpitait dans les bas-fonds et partout dans les rues où naissaient des rumeurs d'émeute. Les pauvres se rassemblaient dans les impasses de l'East End. La vieille Angleterre se sentait menacée par le rasoir d'un cinglé et la garde devant Buckingham avait été doublée pour protéger la gorge de la reine. Jack avait pris la forme du peuple, cette goule prête à trancher la seconde tête couronnée de son histoire.

Le docteur Albert Mayhew, expert légiste, cherchait un photographe pour fixer les étapes des autopsies. De cruelles expériences animales avaient fourni les preuves que les images pouvaient rester figées, dans certaines conditions, à la surface des yeux et en particulier les dernières sur lesquelles ils se refermaient pour toujours. Le visage de l'Éventreur se découvrirait peut-être, sur la cornée de sa victime. La police, ne trouvant aucune piste sérieuse, avait décidé de tenter l'impossible. Des occultistes travaillaient sur la question, des dizaines de tables avaient été interrogées et l'idée du docteur Mayhew, dans cette forêt d'absurdités, n'avait pas paru moins rationnelle qu'une autre. Le légiste cherchait donc un spécialiste capable de fixer l'invisible. J'étais cet homme, le fixateur d'invisible. Un oncle français avait assisté un photographe célèbre, Gustave Le Gray, pour les clichés d'océan qui avaient fait sa gloire. Le nom de Le Gray fit impression. Un autre concurrent de Sheffield, bien plus compétent que moi, fut sèchement renvoyé avec une moue méprisante, pour un défaut que nous étions pourtant nombreux à partager : l'origine anglaise. Le légiste, papiste et admirateur de la France où ses ancêtres reposaient, m'avoua plus tard vouloir quitter ce pays peuplé d'hérétiques, me considérant, du fait du bref séjour parisien que j'avais accompli quelques mois après ma conception, dans le ventre de ma mère, comme un compatriote. Je fus donc nommé photographe assistant en septembre 1888. Je passais l'essentiel de mon temps entre le journal et le sous-sol du commissariat en attendant un nouveau crime de l'Éventreur.

9 novembre 1888. Premier rendez-vous à Miller's Court. J'ai poussé la porte de la chambre de Mary Jane Kelly, un peu avant midi. Le meurtre avait eu lieu dans la nuit vers quatre heures. Je m'attendais à affronter cette situation, mon avenir était en jeu et Aldwickbury pesait un poids suffisant dans la balance

de l'horreur. Mais je n'étais pas prêt. Je suis entré dans cette pièce à 26 ans, j'en suis sorti sans âge. Je savais pourtant ce que j'allais voir. J'avais été préparé par les corps de la morgue. Mais ce n'était pas un meurtre comme les autres. Il y avait, derrière la volonté de tuer, une volonté de barbarie, un message envoyé au genre humain et à toutes les civilisations, un ricanement sauvage pour chacun d'entre nous. Et pour moi, en particulier. Le docteur Mayhew procédait à l'examen sous la surveillance du coroner et d'un émissaire de la reine. Le rapport était pris à la main sous sa dictée par un sergent avant la mise sous scellés. La jeune femme était nue, sur son lit, éventrée, les cuisses ouvertes, les organes retirés du corps et disposés en ordre autour. Les intestins rassemblés sur la table de nuit en masse vivante, à côté de son épaule gauche, vibraient à chacun de nos mouvements. Le cœur avait disparu. Mayhew se félicita que les yeux aient été inexplicablement conservés intacts par l'assassin qui avait tranché le nez, les lèvres et les oreilles. Je dus rester une heure à quelques centimètres de ce visage. L'objectif centré sur le regard où les traits de l'Éventreur devaient m'attendre. Une heure à respirer la mort et à photographier un regard vide, avec pour seul reflet le mien. »

La main de Steven s'attarda sur l'unique objet enlevé de sa chambre d'enfant à Aldwickbury. Une maquette de bateau, construite avec l'aide de son frère. Un voilier, dernière relique de l'étranger qu'il avait été là-bas. Il surprit une larme sur sa joue. Il avait honte de pleurer sur lui-même. Pleurer sur soi-même ? Et sur qui d'autre pouvait-on pleurer ?

Personne ne brisait assez notre cœur pour lui arracher des sanglots altruistes. Il trinqua avec son reflet somnolent qui ne l'écoutait plus.

« Le siècle de Jack l'Éventreur dura 71 jours, du 31 août au 9 novembre 1888. Son corps doit pourrir quelque part dans les sous-sols infectés de l'East End. Je n'ai jamais oublié le regard de Mary Jane Kelly. Je ne sais pas ce qui me pousse à retourner là-bas, mais la femme de Miller's Court est la seule que j'arrive à désirer. »

Chapitre 20

Près de London Bridge. Retrouvailles.

Les deux hommes le suivaient. Il le savait à leurs pas, en écho exact du sien. Shallow les avait vus le long des docks, devant la passerelle d'un navire, au milieu d'un équipage. Deux natifs de l'East End. Un rouquin avec une casquette trop large qui couvrait la moitié de son front et un chauve, grosse carrure, chique au coin des lèvres. Pas différents de ceux qui s'activaient sur les ponts, mais sûrement pas des marins. Ils avaient craché face au vent.

Sa main descendit à sa ceinture, pour saisir la corde qu'il avait enroulée autour du manche de son poignard. Une lame courte, recourbée, qui servait aux bouchers pour trancher la langue des veaux.

« Patience », se dit-il. Il retrouva les vieux réflexes du Seven Dials, la bonne manière : le point du corps à visualiser avant de porter l'attaque, la résistance du sol pour l'appui, et la position du soleil. Ce qu'il pensa à cet instant lui procura une satisfaction intime, la plus forte ressentie depuis l'entrée à l'asile du Mall. Il eut le sentiment que son corps s'allégeait et que ses muscles reprenaient vie. Mais surtout, il sentit la vitesse, l'exquise sensation de vitesse. Dans les mouvements de ses yeux qui exploraient l'espace, la fluidité de ses doigts qui tenaient la lame contre sa cuisse et la bonne accélération de son cœur. La vitesse que son poignet allait redécouvrir, pour se détendre et trouver l'artère à la gorge du chauve, le premier qu'il devait mettre hors de combat. La mémoire de Strugglefield lui redonnait le goût du sang. Le sang fluide de son passé qui ne coagulait pas. Le sol boueux durcit sous ses pieds à l'approche d'un angle de la rue qui ouvrait sur une impasse. « Là. » Il ralentit pour les laisser venir. Attendre. Il pivota en armant son poignard mais ne trouva que de la brume devant lui. Les hommes avaient disparu. Il attendit à l'abri d'un porche avant de faire demi-tour pour rejoindre Southwark Street au plus vite. La disparition des faux marins l'inquiétait beaucoup plus que l'affrontement. Ce n'était pas la menace de vulgaires voleurs ou assassins. Il ne pouvait plus attendre le retour de Jonathan. Il prit la direction de l'est, vers les docks du marché d'ivoire. « Le cimetière des éléphants » où s'entassaient les défenses des pachydermes chassés en Asie et rapportées par les navires de haute mer qui s'amarraient ici. Un crachin glacé fit lever le brouillard des berges. Les lanternes jaunes des cabs s'allumaient sur sa route pour tracer le chemin qu'il connaissait. Il ne répondit pas au salut d'un d'ivrogne à la porte du pub. Trouver Fine, très vite.

Saint Katharine Docks.

— Tu sens toujours la pourriture du Seven Dials, Robert Shallow. Avec de la vieillesse par-dessus.

— Salut, Moe.

L'aveugle se leva en respirant l'air que le corps de Shallow déplaçait. Il cracha une salive jaunâtre, avec un rictus de dégoût. Shallow regarda les rangées de défenses qui remplissaient le hangar. Des centaines de kilos d'ivoire s'amassaient là. Des dents géantes plantées au fond d'une gueule qui s'ouvrait dans un couloir sur cinquante mètres de profondeur.

— Tes patrons doivent croire en un Dieu puissant, pour confier leur trésor à un aveugle.

— Je t'ai senti quand tu étais encore sur les docks. Un coup de sifflet et tu rejoignais le fond du fleuve, sans pouvoir lever un doigt.

La main de Shallow caressa les défenses fraîchement débarquées.

— Pourquoi t'as choisi tout ça, Moe ?

Le vieux gardien cracha à nouveau. Qu'est-ce que Shallow pouvait comprendre aux choses ? À l'extérieur, les odeurs étaient trop fortes, elles cognaient dans sa tête comme des sons ou des couleurs si criardes qu'elles donnaient la nausée. Personne ne pouvait comprendre. Ni ceux qui voyaient, ni les autres. Les autres aveugles ne flairaient pas aussi bien. Comme tout le monde, Shallow ne sentait que ce qui puait. Il perdrait son temps à expliquer au vieil ivrogne la subtilité de ses sens. Une seule matière ne prenait pas les odeurs : l'ivoire. Elles glissaient dessus sans s'arrêter, mieux que sur les pierres précieuses dont les reliefs accrochaient toujours des humeurs, et sans la porosité des perles qui pouvaient se laisser pénétrer. Ivoire était la couleur de la dentelle que sa mère brodait. Il se souvenait de ce temps, aussi précisément que de son premier parfum. D'ailleurs, les souvenirs aussi avaient leur odeur, proche de l'encens des églises où il n'allait jamais. Le seul dieu qu'il priait quelquefois était celui des survivants du Seven Dials, le dieu Hier. Pour protéger les dentelles, sa mère n'autorisait qu'un seul plat, le riz, qui ne laissait aucune trace olfactive. S'il avait gardé ses yeux, il serait resté pour toujours dans l'atelier familial, mais Moe ne se voyait pas dentellière. L'idée le fit sourire et il découvrit une bouche édentée, noircie par le tabac des Indes qu'il ne fumait plus depuis des années pour ne pas troubler son nez. Il arracha pourtant la cigarette que Shallow tenait à la bouche et prit une bouffée qu'il souffla sur lui. Une seule suffisait pour identifier un visage. La fumée concentrait ses essences dans les creux, les orbites, le fond des rides et les diluait sur les reliefs. La gueule usée de Shallow lui apparut avec une précision que personne ne pouvait concevoir. « Vieil homme, murmura Moe, vieil homme… » Shallow le suivit au fond du hangar dans une obscurité complète, jusqu'à son terrier : un hamac tendu entre des caisses pour éviter la morsure des rats qui grouillaient dans l'entrepôt. Une chemise mouillée pendait sur une corde et un faible rayon de jour tombait d'une lucarne entrouverte sur deux chaises autour d'un tonneau vermoulu où traînaient des bouteilles de gin vides et des sifflets. Shallow s'assit avec prudence en massant sa jambe douloureuse. Une pointe dans le mollet droit se réveillait quand il marchait trop longtemps, aussi douce qu'un fer chauffé au rouge planté dans la profondeur du muscle.

— Où est-elle, Moe ?

— Pourquoi je le saurais ?

— Me fais pas perdre de temps.

Ils se connaissaient bien. Moe était une figure à l'époque. Un des meilleurs receleurs de l'East End. Les marchandises difficiles passaient par lui : grosses pierres, objets de collection, animaux précieux... humains précieux aussi. Les bordels de la ville le comptaient comme un fournisseur sûr et respectueux des règles d'hygiène. Il était connu pour sa peur des maladies et il avait longtemps gardé, autour de la gorge, une collerette en dentelle, comme un mur protecteur contre les miasmes qui montaient du sol. La plupart de ceux qui s'en étaient moqués étaient morts d'infection.

— Tu ne portes plus ta dentelle ?

— Pas depuis que j'ai perdu mes yeux.

— Ça fait combien d'années, Moe ?

— Qu'est-ce que ça peut foutre ?

L'aveugle lui servit un verre de gin, chargé jusqu'au bord. Shallow l'avala d'un trait.

— Où est-elle ?

— Si je le savais, pourquoi je te le dirais, Robert ?

Shallow chercha une raison solide. La seule qu'il trouva croisait le vieux souvenir qui battait comme un cœur neuf.

— Strugglefield.

Ils s'étaient affrontés sur le champ. Moe combattait dans la garde du Viking, en première ligne. Et il avait vécu comme lui, aussi près que possible de Jonathan.

— On n'était pas dans le même camp.

— Qu'est-ce que ça change ?

— Je ne l'ai pas revue depuis son mariage. Et pourquoi est-ce qu'elle serait venue ici ?

— Parce que tu l'aimes, Moe, et qu'elle sait que tu es le seul dans cette ville, avec moi, qui ne trahirait jamais Jonathan.

— Jonathan ?

La voix du vieillard se troubla.

Shallow se pencha vers lui.

— Il faut que je la trouve avant eux.

Moe tressaillit. Odeur étrangère qui venait des docks. Sueurs d'hommes qui n'étaient pas de Wapping. Il toucha le bras de Shallow.

— Combien ?

— Deux.

L'aveugle porta le sifflet à sa bouche, Shallow arrêta son geste et tira le couteau de sa gaine.

— C'est pour moi.

Les hommes entrèrent dans l'entrepôt. Le rouquin tira la longue chaîne qui barrait le seuil, le chauve pénétra sans l'attendre dans le couloir aux ivoires. Il décrocha une lanterne éteinte sur le mur et craqua une allumette pour enflammer la mèche. L'odeur du soufre et du phosphore frappa le crâne de Moe. Shallow le guida vers un espace entre les caisses sous le hamac où il se glissa. Les gars avançaient dans le couloir, en silence. Shallow sentit l'absence de précipitation, l'économie des gestes et la conscience que chacun avait de la place de l'autre. Deux tueurs exercés qui faisaient équipe depuis longtemps. « Bien », se dit-il en attachant la boucle de son couteau autour de son poignet droit. Il rampa sur le côté, sous une paroi d'ivoire, trouva un coin entre deux palettes et suspendit sa respiration. Le rayon de la lanterne sourde l'effleura et perça l'obscurité jusqu'au terrier de Moe. Shallow laissa passer le chauve. Son poing droit était gainé d'une chaîne dont les maillons doublaient les phalanges, au-dessus du chardon tatoué sur le dos de sa main. Le rouquin avançait lentement derrière. C'était simple. Shallow inspira. La jambe du rouquin apparut à quelques centimètres de sa tête. Il trancha son jarret, au plus profond, jusqu'à la résistance de l'os. Le muscle arracha le tendon sectionné et l'homme s'écroula en hurlant. Shallow sortit de son trou pour faire face au premier tueur. Le chauve déposa calmement la lanterne à ses pieds et monta vers lui, poing de fer serré contre sa cuisse. Shallow vit le crochet partir de loin. Son corps pivota, juste à la distance nécessaire. Il sentit le fouet de la chaîne le frôler et détendit le bras au bon moment, mais imperceptiblement moins vite que dans sa pensée où le geste mental avait été accompli. Le poignard ripa sur la nuque de son adversaire et manqua l'artère. Il perdit l'équilibre en avant, l'homme le rattrapa par la gorge, et le prit en clé dans son dos. Le couteau lui échappa. Shallow sentit la puissance des muscles écrasant sa tête. Il ne tenta pas de se dégager. Le corps massif l'entraînait vers le mur des défenses. Il libéra son coude et frappa au ventre, mais la clé se resserra, bloquant sa respiration. La pointe d'une défense toucha sa poitrine. Le chauve forçait de tout son poids. Shallow ne perçut pas la douleur, juste l'humidité du sang sur sa peau. Il essaya de tirer la corde du couteau qui résistait. La défense écrasait ses poumons. L'air lui manquait, mais il restait d'une lucidité absolue. Il connaissait tout cela. Rien de nouveau. Ses vieilles vertèbres ne se briseraient pas et la douleur qu'il finirait par ressentir dans chacun de ses membres ne serait pas différente de toutes les douleurs déjà ressenties. Il abaissa sa main et chercha les testicules. La prise se relâcha d'un coup. Le chauve le repoussa en écrasant la chaîne sur son visage. Shallow tordit son poing dans l'entrejambe. L'homme recula, gueule ouverte pour un cri qui resta coincé au fond de son larynx. Le poignard trancha la jugulaire, en creusant une plaie en forme d'œil rouge. Le tueur tomba sur le dos, les mains serrant son cou ouvert. Shallow le retourna et tira sur sa nuque jusqu'au craquement des cervicales. Il resta assis à côté du corps, souffle coupé. La douleur dans son mollet droit était revenue comme la morsure d'un chien. Il laissa passer une minute et se releva pour achever le premier gars près des défenses. Inutile. Le corps du rouquin était déjà froid, un crochet planté dans la poitrine. Shallow accéléra le pas vers le fond du couloir en tenant sa jambe, et appela Moe. Le terrier était vide, le hamac arraché. Il aperçut près du trou la trace d'un corps qu'on avait traîné et les empreintes de bottes à semelle cloutée, celles du troisième homme que l'aveugle n'avait pas senti. Il redressa la bouteille de gin couchée au sol et en avala le fond d'un coup. Il pensa au vieux gardien, en espérant qu'il lui restait de la carcasse. « Pauvre Moe », murmura-t-il. Le Viking faisait parler les morts.

Chapitre 21

Prison de Reading. John Blackmore dit « le Viking ». Moe et le dernier parfum.

Reading. Moe reconnut l'endroit bien avant que l'homme aux bottes d'acier qui tenait son bras ne vît la sinistre prison s'extraire du brouillard. Il entendit les cloches de Saint James Church et retrouva l'odeur de fumier humide de la Kennet River.

Il n'avait pas résisté. Il n'avait plus l'âge de résister et plus l'envie. L'homme l'avait entraîné sans lutter hors de l'entrepôt de Wapping alors que Shallow combattait dans l'allée aux défenses. Le vieil ivrogne avait dû s'en sortir, la sueur de son adversaire relançait la peur, pas la sienne. Un fiacre. Un stupide Indien à l'odeur d'épice voulut recouvrir son visage d'une cagoule. « Inutile », lâcha le gars aux bottes avec un accent du Nord. Moe chercha en vain un relief sur lui. Odeur blanche. Une peau sur mille n'avait pas d'essence. Un homme d'ivoire.

Vers Tower Bridge. Le houblon des brasseries, l'air vicié des tanneries et la fumée du grand four où brûlaient les feuilles de tabac vieillies. Il savait, au block près, où il se trouvait. Le tunnel sous la Tamise, les vibrations du train qui le traversait. Le pont, au-dessus. Le fumet des bois précieux de Rotherhithe, les vernis du quai aux acajous, la savonnerie Atkinsons à Bermondsey et ses lavandes. Les relents d'égout du fleuve s'éloignaient. L'air sucré des Cherry Gardens. Direction sud-ouest. Burgess Park et ses jasmins. Plus à l'ouest, les puanteurs tropicales des jardins de Kew, puis la campagne. L'odeur du cigare de l'homme aux bottes brouilla les images jusqu'à l'orange puissante de Windsor, le parfum des robes de la vieille putain royale. Au moins quarante miles, jusqu'aux forges Simple. Phosphore, carbone et chaleur de la combustion de l'acier allégeant l'air et diluant les effluves : les fourneaux du Berkshire. La saleté humaine perçait derrière et trouvait son chemin à travers les épaisseurs de suie. L'enclos des murs et les relents de souffrance. Sang, déjections posés en signature sur la pierre salée des carrières de Portland. Retour à Reading.

Il la voyait encore, la croix de Reading, les quatre ailes, la garde au milieu. Cellule 3, étage 3, aile C, dernières images pour ses yeux mourants. Six ans. Et la promesse tenue jusqu'à ce jour de ne pas crever dans le pire cachot d'Angleterre.

Les souvenirs accompagnaient sa marche dans la cour de la prison jusqu'à la vieille porte que poussa un gardien silencieux à l'uniforme amidonné. Odeur de maigreur sucrée par le diabète que Moe savoura. Les maladies rendaient la meilleure justice. Tous ceux qui l'avaient arrêté, condamné, gardé, frappé auraient leur peine à expier, inscrite au fer dans la corruption de leurs organes. 1865, sortie de l'Old Bailey, sous les crachats des badauds, entre deux flics de la City. Six mois après son entrée, le monde s'éteint. Rétine malade. Le médecin de la prison lui conseille de prier sainte Lucie qui protège les aveugles. Pas besoin de prières. Sa vue baisse à chaque nouveau jour, mais les odeurs apparaissent. Elles se souviennent de Moe, l'enfant qui les aimait. Sa mère les chassait loin de ses dentelles mais il allait les retrouver dans la rue, le nez plongé dans les fumiers, pour en rapporter les parfums dans sa chambre. Il sait comment faire renaître leur amitié. Les couleurs s'éprouvent en images olfactives. Dans la nuit de Reading, il les appelle. Chaque minute compte. Il distingue encore des contrastes à transformer en effluves : jasmin, lavande, fruit, musc… il perd du toucher, de l'audition, il sacrifie ses autres sens pour concentrer les arômes. Son cerveau grave dans ses profondeurs la traduction parfumée de chaque composante des bleus, des verts, des gris qui s'estompent. Pendant la promenade, il n'entend plus les ricanements des taulards quand il trébuche, il flaire leurs haleines, l'odeur de dents gâtées, les aliments corrompus. La maladie croit lui arracher ses yeux, Moe les lui offre, cadeau de l'aveugle aux pierres, aux portes, aux grilles, aux images moisissantes. Contre Reading et sans prière. Contre le jour de Reading, de l'aube morte jusqu'à la nuit vivante. Traverser les senteurs bruyantes qui sonnent comme des cymbales. Les puanteurs de merde d'abord, le fumet de la pénitence. Tous les prisonniers ont la dysenterie. On avale à chaque repas un immonde gruau, de graisse de rognon, de pain mal cuit et d'eau sale. Aucun intestin ne résiste au banquet de la centrale. Aucun esprit à son quotidien : moulin à discipline et défécation. Le seau en fer donne la nausée aux matons, l'odeur du phosphore dégagé par les forges brûle les muqueuses et glisse comme une matière visqueuse entre les barreaux. Toutes les épaisseurs du monde à percer. Mais un jour, ça vient. C'est fragile. Les puanteurs s'ouvrent. Les cymbales s'assourdissent et laissent monter les odeurs murmures, les bouquets qui chuchotent ; effluves de peur, de souffrance, d'espoir. Il sent la sueur du condamné à mort qui passe le long de sa cellule vers la cour, où les hommes sont pendus. La sueur du gibet lui donne la fragrance éternelle, mère de toutes les essences. La sueur de la Faucheuse au parfum d'herbe coupée.

Un coup sec sur son épaule. Il savait où il était conduit. Les cellules du sous-sol, les cachots inoccupés du pénitencier ancien. L'homme aux bottes alluma une torche et trébucha dans l'escalier humide. Pauvre infirme. Moe sentait chacune des mousses qui recouvraient la pierre. Les eaux croupies dans les trous des marches les dessinaient, plus précises dans son cerveau que les images silencieuses des yeux voyants. On lui ouvrit la porte d'un cachot doublée d'une grille infectée de rouille. Odeur d'un homme au fond. Puanteur ancienne.

— Tu as vieilli, Moe.

Il reconnut la voix aiguë qui venait du bas.

— Et toi, tu es vivant.

Le Viking acquiesça en souriant.

— Tu sais ce qu'on dit : la faux de la mort passe au-dessus de la tête des nains.

L'aveugle reniflait la pièce aux murs suintants, l'odeur des latrines, le salpêtre, les cafards écrasés, le foin des paillasses.

— Tu sens tout ça, Moe ?

Moe sentait. Et la vie du Viking lui apparaissait dans la geôle ouverte de Reading où le nain avait installé ses quartiers. Aucun air extérieur n'y était entré depuis des mois. Tous les miasmes des caves se concentraient là, dans ce cachot où Moe ne trouvait que de la pourriture. Les vapeurs de l'égout qui s'écoulait sous leurs pieds le recouvraient d'une pluie d'images fétides. Personne ne pouvait vivre dans ce trou. Rien n'avait changé, le Viking avait toujours le même cœur de rat.

Moe était calme. Il allait probablement mourir. L'idée passa dans son esprit comme une autre. La mort avait pris assez de retard, rien à dire. Il avait, depuis longtemps, réglé ses affaires avec lui-même. Tout était prêt pour un autre monde. Un autre monde avec qui ? Aucune peau ne retenait assez longtemps le parfum de la vie. Les couloirs de Wapping étaient pleins de carcasses d'animaux qui perdaient peu à peu leur essence. Et l'éternité leur ressemblerait, remplie de spectres d'ivoire. Il aurait voulu finir près du fleuve dont il connaissait la langue, les mots que ses brumes formaient pour lui, l'accent des odeurs de Londres, leur sens. Le cachot de Reading parlait un langage ancien qui ne sentait que le passé et le silence. Pourtant, il renifla encore un peu de sève autour de lui. La vie brûlait toujours dans le corps du nain. Son désir de vengeance était aussi puissant qu'autrefois. Et Moe respectait cela. La haine du Viking était plus dure que le temps et tournait comme lui autour d'un axe simple. Jonathan avait tué Zarn. Qui savait la vérité ? L'indifférence du monde avait enterré cette histoire qui n'existait plus que pour la poignée de survivants qui aimaient respirer encore son poison.

Le nain s'approcha de l'aveugle et l'entraîna par la main, vers le fond de la cellule, avec la plus inquiétante des délicatesses. Il lui offrit une chaise et déboucha une bouteille de gin.

— Pourquoi sortir, Moe ? Londres est plein de vieilles rancunes, toutes prêtes à faire saigner mon pauvre corps. Je le disais à ton guide.

Il désigna l'homme aux bottes devant la grille.

— Moe est un homme courageux… Flint vient de Corby, la ville de l'acier, un gars dur comme ceux de là-bas, né en Écosse. On m'a dit que les chiens ne le sentaient pas. J'ai pensé que tu aimerais le rencontrer.

Le Viking servit un verre de gin à l'aveugle qui le lui rendit après avoir renversé son contenu sur la table. Le nain trinqua avec le verre vide.

— Flint me disait qu'un vieillard perdait tout avec l'âge et que ce serait facile. Moi, je dis que les hommes de ta trempe ne perdent pas leur valeur.

L'homme aux bottes restait silencieux.

— La lâcheté, Flint, c'est parce qu'on espère. Mais Moe a réglé ses comptes avec l'avenir et il défendra son petit secret jusqu'à la porte de l'enfer.

— Je la tiendrai ouverte pour toi, en t'attendant.

Le pouce du Viking s'enfonça dans le flanc de l'aveugle, qui plia sous la douleur. Il sentit la pression monter vers son foie. Une nausée souleva sa poitrine. L'ongle était aussi dur qu'une lame de couteau et pouvait lui ouvrir le ventre. Le nain retira lentement son pouce.

— J'ai un souvenir, Moe, de l'homme le plus courageux du monde. Je l'ai vu de mes yeux, dans une foire sur le Strand. J'avais 10 ans. On payait un demi-penny pour entrer. Il était assis sous une tente, face au public. On recouvrait ses bras d'araignées venimeuses et il ne bronchait pas. On approchait un fer rouge de ses yeux, il ne les clignait pas. À la fin du spectacle, on plaçait sa tête sur un billot et la hache s'arrêtait à un souffle de sa nuque, sans faire trembler sa paupière. Je l'admirais ce gars-là, Moe, plus que n'importe qui. Tellement, qu'un jour un gitan qui en avait assez de me voir traîner m'apprit que l'homme le plus courageux du monde était un automate, fait de vis et de clous.

— T'es devenu bavard avec l'âge, lâcha Moe.

Le Viking approcha son visage creusé de cicatrices et de plaies purulentes de vérole. Il reprit la voix coupante du Seven Dials.

— Jonathan revient, Moe, et je vais la trouver avant lui.

— Je sais pas de qui tu parles.

Le Viking monta son pouce vers les yeux de l'aveugle et fit glisser l'ombre sur le regard blanc sans le toucher. Il continua avec calme.

— Quand Jonathan m'a pris Zarn, j'ai commencé par vous chercher, toi, Shallow et le professeur, ses amis à enterrer avant lui. Et puis, on a trouvé son corps dans le fleuve, j'ai été arrêté et condamné à mort. J'ai su négocier et je suis venu pourrir ici. J'avais presque oublié tout ça. Et voila qu'un petit greffier de la City vient me rendre visite pour m'apprendre que Jonathan est encore en vie et, mieux, qu'il a aimé une femme. Personne ne m'a jamais apporté une meilleure nouvelle. Et je me suis demandé si ça valait tous ces jours de Reading.

Le pouce déformé effleura les yeux éteints.

— Ça les valait.

Le Viking se tut pendant quelques secondes.

— Où est-elle, Moe ?

L'aveugle sentit le mouvement de l'homme d'ivoire dans son dos. Le Viking l'arrêta d'un geste.

— Voilà ce que m'a proposé Flint : il veut trancher ton nez, ton célèbre nez, et le rapporter chez lui, en trophée. Il pense que ça suffira, pour que tu nous dises ce que tu sais.

L'aveugle serra ses poings et chercha en vain la silhouette invisible de l'homme qui s'approchait.

— Non, Flint, ça ne suffira pas au grand Moe de Wapping que j'ai vu se battre à Strugglefield comme le chien le plus enragé d'Angleterre. Ça ne suffira pas. Un terrier à qui tu coupes le museau garde encore du flair. Quand ils combattent contre les rats et que leur truffe s'infecte, ils sentent encore. Alors je dis, il ne faut rien laisser à Moe. Rien que l'air vide, débarrassé des puanteurs du monde qui passeront sur lui comme un souffle aveugle. Aveugle, Moe, pour la seconde fois.

Il saisit sa gorge et appuya son pouce sur son œil droit.

— Je t'aurais déjà arraché les yeux si Reading s'en était pas chargé.

— Jonathan te crèvera.

Le Viking le repoussa. Il enfila un gant et plongea sa main dans un sac rempli d'une poudre blanche qu'il lui fit sentir. Chaux vive. Moe ferma les yeux et le mouvement de ses paupières lui rappela le temps où les images s'éteignaient là. Fermer les yeux, se dit-il, vieux réflexe de voyant. Flint bloqua ses bras.

— Elle coulera dans tes narines jusqu'à tes os, jusqu'à ton front. Elle creusera un trou au milieu de ton crâne. Elle détruira tout ce que tu sens, pour toujours, et tu vivras, je ferai ce qu'il faut pour ça.

Moe sourit au Viking et releva la tête pour lui faciliter la tâche. Il chercha le seul souvenir utile dans l'entrepôt de sa mémoire où les odeurs étaient classées, plus nombreuses que les défenses des éléphants de Wapping. Il traversa des couloirs infinis d'effluves et de bouquets jusqu'au lieu caché, au plus profond, dans le secret inviolable de son âme, où flottait le parfum d'une femme. Le parfum d'Irlande. Le parfum vert de Fine.

Chapitre 22

30 novembre 1899.
Fine.

Elle laissa faire. Comme toujours. L'homme qui la pénétrait était robuste et délicat. Et il avait ce droit dont il n'abusait pas. Il l'avait épousée trois ans plus tôt. Sans rien savoir d'elle, au retour de Nouvelle-Galles. Elle serra ses cuisses autour de lui et avança son bassin pour accélérer les choses. De la cire, semblable aux corps qu'elle savait sculpter. La cire imitait la peau et vivait d'une vie simple, dépendante de la chaleur qui changeait sa résistance et sa forme. À l'image de ce visage d'elle-même qu'elle modelait dans l'atelier de Marylebone et qu'elle laissait fondre certains soirs à la flamme d'une chandelle pour voir ses traits se déformer et sa matière fuir, brûler ses doigts et dégager l'odeur douce. Faire fondre son image sous le feu ou sous les chairs et la reconstruire chaque matin avec l'habileté suffisante pour que personne ne le sache. Aucun homme n'avait été différent, même Jonathan. Elle repoussa doucement le corps qui pesait sur le sien, passa sa robe pour aller dans la salle humide où une bassine avait été remplie, et lava la semence qui s'écoulait d'elle sans que l'eau glaciale arrache la moindre expression à son visage.

Jour de Londres. À travers la fenêtre, elle regarda l'écluse se remplir. John Harrysborn, son mari, remit de l'ordre dans ses vêtements et caressa son épaule, en fuyant son regard. La maison était rangée et propre. Les enfants de John jouaient sagement dans le salon. Le soleil ajoutait sa douceur au grand mensonge de tranquillité du monde. L'espace dessinait autour d'elle la figure en carré qu'elle connaissait bien. Sa vie à Barking Creek se projetait sur un damier. Case blanche pour les jours, case noire pour les nuits. Et dans cette géométrie infiniment répétée, Fine se sentait en sécurité.

Du temps s'était écoulé depuis le cauchemar du retour de Nouvelle-Galles, à travers les deux océans. Neuf mois de nausées et de faim et son arrivée sur les docks, maigre et puante, aussi perdue qu'à Mullingar. Aujourd'hui, elle était habillée comme les autres femmes de Peelmarket, et dans sa robe noire étroite, col droit, bottes lacées, chapeau banal, on ne pouvait pas la distinguer de toutes celles qui saluaient, en la croisant dans la rue, Mrs Harrysborn, deuxième du nom. Mais Fine Mc Gall, épouse discrète, n'était pas comme les autres femmes et son passé révélé aurait effacé des visages les sourires convenus qui s'y accrochaient. Elle ne ressemblait à personne. Depuis l'Irlande, elle avait appris à reconnaître sa différence. Il ne restait pas grand-chose de la petite fille de Mullingar, cette tache sur son front qu'elle effaçait toujours du même geste sous la mèche brune et sa silhouette adolescente. Fine était petite et maigre. Depuis la famine, ses os étaient restés fragiles et sa peau aussi transparente que celle d'une chlorotique. Sa belle-mère avait insisté pour la faire examiner par un médecin avant ce mariage qu'elle n'approuvait pas. Chaque automne, la famille partait habiter chez elle, à Barking Creek, là où s'ouvraient les grands canaux en brique qui drainaient les égouts de Londres sur quinze miles. Trois tunnels rouges vomissant leurs eaux sales dans le fleuve, en attente du reflux qui entraînait les déchets au large. Les mois les plus longs de l'année pour Fine, à jouer l'épouse, la belle-fille, la belle-mère, élevant des jumelles de 11 ans, deux petites porcelaines blondes indifférentes qui ne lui arrachaient pas une poussière d'affection. Mais Fine ne souffrait pas. Ce qui était le but à atteindre. Le seul qu'elle s'était fixé depuis Mullingar : l'absence de douleur et pour le seul jour vécu. L'avenir était comme ces cires frelatées qui refusaient les formes et qu'elle jetait dans le four de son atelier pour qu'elles y brûlent. Sa belle-mère se méfiait des Irlandaises, des veuves et des femmes qui ne vieillissaient pas. Le vendredi était le jour de sortie du damier de Barking Creek. Chaque fois qu'elle ouvrait la grille, l'angoisse l'attendait pour la conduire dans les rues où elle se savait en danger. « Ne jamais sortir seule », avait dit Robert Shallow, la dernière fois qu'elle l'avait vu, bien avant ses noces. Elle sortait donc en compagnie de sa peur pour lui obéir, le visage toujours baissé et à l'écart des lieux qu'elle avait pu traverser quinze ans plus tôt. Mais aujourd'hui était un beau jour. Et

Londres… Londres respirait tout près, à portée de main.

Avant d'atteindre la grille, elle passa par le verger pour relever les pièges à rats qui pullulaient dans la ville. Elle était la seule de la maison que la tâche ne répugnait pas. Les pièges ne les tuaient pas toujours. Les mâchoires d'acier cassaient leurs vertèbres mais ils survivaient. Elle entendit le bruit familier vers la serre. Un gros rat du fleuve se convulsait en secouant la chaîne qui l'emprisonnait. Elle se rapprocha. À Sydenham, Shallow avait creusé l'extrémité de son ombrelle pour y cacher une aiguille de métal qu'elle pouvait faire jaillir d'une pression sur le pommeau. La bête tirait sur la chaîne en couinant. Fine appuya l'ombrelle entre les dents du piège et libéra l'aiguille. Un sursaut dévia la pointe. Le rat se recroquevilla en gémissant. Elle corrigea l'angle et poussa d'un coup sec à travers son crâne.

La rue principale longeait le fleuve. Elle regardait les charognes dériver à la surface et les femmes cacher leur nez dans des mouchoirs parfumés. Sa vie n'avait été parfumée que par les odeurs fortes. Les charognes de Londres qui flottaient vers la mer ne détournaient pas son regard. Elle parlerait à Moe tout à l'heure. Moe lui avait appris à comprendre les puanteurs, à remplacer son dégoût par l'attention. Elle marchait le long des allées propres de Barking Creek, fermées et immobiles, à côté de la grande avenue du fleuve, mille fois plus vivante avec ses carcasses que les bouchers et les tanneurs lui abandonnaient. Le courant les poussait à côté des marcheurs, pour une course qu'elles gagnaient toujours. Elle accéléra le pas. Des ouvriers travaillaient sur les poutrelles de fer qui montaient sur les chantiers du port. Des chemins vers le ciel que les hommes arpentaient en équilibre. Le dôme transparent de la gare. Les rails, le train pour Londres. Elle s'engouffra sous les arcades. Dans le wagon, la campagne défilait, elle contemplait le vert triste des prairies, les lacets du fleuve, les bois denses, les offrandes de beauté qu'elle ne recevait pas. C'est la ville, la beauté, pensait Fine. La nature n'était qu'une étrangère qui traitait les humains en intrus. Londres, vite. La fumée poisseuse des usines et le smog qui chassait enfin la pureté étouffante de l'air. Elle aimait le train, les gares souterraines, l'épaisseur de la vapeur dans Edgware Road et la foule qui voulait s'échapper. Ne pas résister aux épaules qui bousculent. Retenir l'énergie des chocs. Le chemin des docks traversait son quartier, devant les Beaconsfield Buildings, ces logements modèles pour ouvriers méritants. John Harrysborn, son mari, était un ouvrier méritant. Les sociétés philanthropiques les récompensaient par un loyer modique dans ces clapiers propres que le maire faisait visiter aux étrangers, et où les règles étaient plus rigoureuses que dans un pensionnat. Le rêve de John se réalisait là, dans les immeubles en miroir de Beaconsfield.

Les mendiants à la sortie de la gare tendaient la main vers elle. Inutile. Elle ne donnait jamais un penny à personne, elle méprisait toutes les aides et ceux qui les demandaient. Le mendiant ne méritait rien. Personne n'avait possédé moins qu'elle. Des regards la suivaient, mais on ne l'abordait pas comme les femmes seules qui marchaient dans la ville. Elle était encore belle. Ses cheveux bruns striés de gris, tirés en arrière, découvraient un visage long, aux lignes pures. Elle avançait vite sans laisser la grâce de son corps apparaître, la gorge serrée dans un corset sans relief. Elle gardait le regard baissé ou protégé d'un voile car ses yeux ne s'oubliaient pas et pouvaient la trahir, étrangement brillants, baignés des larmes qu'elle ne versait jamais.

Sur le chemin de Saint Katharine, elle descendit les Wapping Old Stairs à Execution Dock, où l'on pendait les pirates, avec une corde courte pour ne pas briser leur cou trop vite et les faire danser plus longtemps devant le public. Elle resta près du fleuve, là où il se laissait toucher, si différent ici, amical. Puis, elle emprunta les ruelles qui longeaient le quai pour éviter les tavernes de Wapping High Street, la vieille Devil's surtout où des souvenirs pouvaient respirer encore. Elle arriva sur Saint Katharine. L'entrepôt était ouvert. La grande chaîne barrait l'entrée. Elle traversa l'allée des défenses jusqu'au terrier désert et appela. Le silence était inhabituel. Le hamac arraché pendait au milieu des défenses, et les affaires de Moe étaient rassemblées dans un coin. Quelques vêtements, un sifflet et une bouteille de gin autour d'une bougie éteinte. Les défenses plantées dans les ombres semblaient reliées aux fantômes des pachydermes qui hantaient les couloirs. Elle s'assit dans le coin de l'aveugle où elle partageait, avec lui, les seuls moments d'amitié de sa vie. Une petite figurine de cire était à sa place près du hamac. « La reine de Wapping », selon Moe, portrait de la jeune fille qu'elle avait été et qu'elle avait façonné pour lui. Elle alluma la bougie. Sa main conduisit la cire vers la chaleur et son pouce appuya doucement pour la déformer. La matière cédait sous ses doigts comme au temps du Seven Dials. Elle corrigea une encoche sur l'épaule et garda la statuette au cœur de sa paume.

La cire était la jeunesse de Fine. Neuf années dans les feux doux de l'atelier de Marylebone. À son arrivée d'Irlande, elle frappe à la porte de l'imposante maison de Baker Street, sous l'enseigne qui barre toute la largeur de la façade : « Madame Tussaud and Sons ». Les souvenirs de ce temps sont précis dans sa mémoire.

Joseph, le fils aîné, l'engage comme ouvrière. Elle est présentée à la vieille mère qui lui fait visiter la Chambre des horreurs et qui s'étonne de sa froideur. Au début, elle ne s'occupe que des yeux des statues. Le verre vient de Bristol, pour le *paperweight*, procédé secret qui imite les nuances de l'iris. Elle doit disposer les petites baguettes coupantes au fond d'un globe translucide. Il faut des doigts d'enfant. Plus tard, on lui apprend à modeler. Elle est la plus douée des ouvrières. Toutes sont, comme elle, des enfants misérables d'Irlande. Les familles anglaises n'envoient personne dans ces ateliers. On dit que les Tussaud déterrent les morts pour sculpter leurs statues. La vieille Marie l'a fait. C'est sur les cadavres de la Révolution française qu'elle a appris le métier de la cire. Sur les têtes tranchées de ses amies de la noblesse, à Paris. Les Tussaud aiment les morts, c'est vrai. Ils l'engagent pour cela, elle le sait. Fine Mc Gall revient du pays des tombes et les spectres l'habillent. Marie, derrière ses bésicles, repère leur signature noire sur sa peau. Fine l'accompagne visiter les fossoyeurs pour examiner les cadavres et apprendre la fidélité aux modèles. Elle rencontre Calcraft, le bourreau, pour les croquis des assassins avant leur exécution. Elle sait relever les empreintes qui serviront au moulage des têtes : presser l'enduit d'huile de lin mêlée de litharge, faire vite, appliquer le masque, filer au signal du gardien dont on a payé le silence. Elle suit Marie à Newgate*. Elle traverse avec elle la Press Yard, la cour des condamnés à mort, jusqu'à la grande salle où ils attendent leur grâce. Vingt-cinq condamnés, vieux assassins, enfants voleurs, silencieux près d'une cheminée, sur un banc autour d'une longue table, bible au centre, jamais ouverte. C'est là qu'il faut modeler, sous l'œil d'un surveillant vêtu de noir, coiffé d'un chapeau à large bord qui lui donne l'air d'un pasteur. Il suffit de quelques minutes aux mains usées de Marie. Ses doigts courent sur la terre comme sur un clavier et Fine apprend à entendre la composition des visages, chaque relief en note, à sa place exacte, pour obtenir la mélodie juste. Elle ne corrige jamais et sculpte en fermant les yeux. Les condamnés confient des messages à l'ouvrière, pour leurs familles. Marie les déchire à la sortie de la prison. « Ne servir que les morts », dit Madame Tussaud.

Fine couvrit ses épaules. Où était Moe ? Le froid et le silence de l'entrepôt marquaient chaque minute qui s'écoulait de plus de solitude. Elle avait porté

* Prison de Londres.

le sifflet à ses lèvres et poussé doucement l'air en se rappelant l'homme qui ne l'avait jamais abandonnée depuis le temps du Seven Dials. L'enfant surgit au-dessus d'elle, dans un trou au milieu des défenses. Elle ne sursauta pas. Elle savait contenir les réactions de son corps. Il avait l'air décavé des mendiants de l'East End qui traînaient sur les docks. Il glissa sur les reliefs du mur d'ivoire, et désigna le sifflet dans sa main. Elle le lui donna. Il lui tendit un objet familier, en retour : le médaillon de Moe. Elle ouvrit le boîtier. Un bout de chair, arraché au collet d'une défense, avait remplacé la boucle de ses cheveux dont l'aveugle ne se séparait jamais. Elle fixa la matière pâle et couverte de moisissures, puis la rapprocha pour la sentir. Le message était écrit dans la puanteur. Elle referma le médaillon et retourna au quai. Un fiacre s'arrêta. Fine retira de son sac cinq shillings qu'elle remit au chauffeur en promettant le double s'il arrivait à Barking Creek avant le soir.

Chapitre 23

De Reading à Barking Creek. Moe parle.

— Qu'est-ce qu'il a dit ? demanda Flint.

Le Viking colla son oreille contre la bouche ensanglantée de Moe. Il écouta puis se redressa avec un sourire cruel.

— Il a dit : « Encore », répondit le nain en plongeant son gant dans le sac de chaux vive.

Il poussa une nouvelle poignée dans la narine ouverte de l'aveugle qui hurla sous la morsure de la poudre. La chaux dévorait son visage comme de l'acide. Le Viking appuya l'ongle taillé de son pouce à travers la muqueuse à vif. Tout le corps de Moe se convulsa. Tout son corps, à l'exception de sa main droite ouverte, protégée par son bracelet de force, qui recueillait la chaux glissant de sa poitrine. Il échappa à la clé de Flint et tomba à plat ventre. Ses doigts grattèrent la couche blanche qui recouvrait le sol. Lorsqu'il sentit la poignée de poudre assez épaisse, il referma sa main et se laissa faire. Le Viking le releva pour remplir la seconde narine qu'il avait laissée intacte.

— Où est-elle ?

Flint le fit basculer en arrière. Les vapeurs de soude remplissaient le cachot de Reading.

« Il est temps », se dit Moe. Mais Moe ne pressait jamais les choses.

— Où est-elle ?

Un nuage transparent descendit du poing du Viking qui soulevait le sac. Moe attendit le pic de douleur, la décharge qui montait pour arracher les os de son crâne. Du sang brûlant remplit sa bouche. « Il est temps. »

Le sac pencha vers son nez.

— Où est-elle, Moe ?

Quand il sentit la main du Viking sur lui et qu'il eut la certitude d'être capable d'encaisser le double compte de souffrance et plus encore, jusqu'au degré où la douleur se retrouvait seule avec elle-même. Quand il eut cette certitude, Moe décida de parler.

Une heure plus tard, il retrouvait sa place au côté de Flint dans le fiacre. Le Viking avait fait recouvrir son visage décomposé d'une cagoule à lacet que les prisonniers portaient hors de leur cellule. Moe se concentra sur la brûlure qui creusait dans les chairs ouvertes de son nez. « Traverser », murmura-t-il. Il retrouva sa volonté des années de nuit à Reading, intacte. « Traverser », pour retenir le faible espoir de protéger cette femme pour la dernière fois. Son poing serra la chaux qui attaquait sa peau à travers le cuir du bracelet. Tenir. Tenir jusqu'à Barking Creek.

Barking Creek. Moe tue.

John Harrysborn n'était pas un homme courageux. La lame de Flint appuya sous sa mâchoire et il se mit à gémir comme un enfant.

— Où est-elle ?

— À Londres.

— Où ?

— Je ne sais pas.

Les jumelles étaient blotties contre leur père, Flint empoigna les cheveux de la plus proche et l'arracha à ses bras. Il fit reculer la fillette qui le regardait avec une expression de terreur absolue et détacha de sa ceinture un crochet de docker.

— Où ?

— Je ne sais pas, balbutia John Harrysborn.

Calmement, Flint enfonça la pointe du crochet à travers l'oreille de l'enfant. Le père s'élança mais un coup de botte le repoussa. Flint s'écarta vers le fond de la pièce en traînant la petite au bout de son crochet.

— Où ?

— Je vous en supplie.

Flint tourna son poignet. Les hurlements de la fillette traversèrent les murs.

Moe attendait. Il ne sentait pas la sueur de l'homme sans odeur, mais le parfum de lait de l'enfant contre lui. Les chairs à vif de son nez brouillaient les images. Les brûlures traversaient son crâne et le monde était flou. La chaux qu'il avait ramassée creusait sous ses ongles. Il fallait s'approcher de Flint et le voir. Le voir d'assez près pour ne pas manquer la cible. Une seule tentative. Il entendit au loin les roues d'un fiacre qui tournaient vite. La pièce tangua autour de lui. Rester conscient. Un nouvel éclair brûlant le fit vaciller, il eut une vision de braises à l'intérieur de son corps. Le fiacre se rapprochait. Flint alluma un cigare. Moe s'appuya sur le mur et retira la cagoule qui l'étouffait. Son visage était une plaie noire. La cloche du fiacre sonna devant la maison. Flint arracha le fer de l'oreille de l'enfant en lui écrasant la bouche. Les respirations dans la pièce résonnaient comme à l'intérieur d'un corps.

Quand Fine poussa la grille, Flint cracha son cigare et leva son crochet vers le cou de la petite fille.

— Si quelqu'un bouge, je la crève.

Fine avança à travers le carré vert du jardin. Le silence était celui des heures de temple, quand la ville se vidait pour assister aux prêches. Mais ce n'était pas l'heure du temple. Elle aperçut les jouets des filles éparpillés sur l'herbe et hésita devant la porte. La maison était figée, isolée du monde et l'air autour d'elle rappelait la cire froide de son atelier.

Moe se concentrait. Il rassemblait toutes les énergies de son corps pour surmonter l'odeur de soude et de chair brûlée qui suintait de sa peau et retrouver celle du petit courant de fumée qui s'échappait du cigare de Flint sur le sol. Situer avec précision le point à atteindre. L'encre de la fumée tracerait les contours. Il élimina une à une les essences inutiles, cessa d'écouter et de ressentir et appela tous les vieux parfums de tabac qui traînaient dans sa mémoire. Peu à peu, il perçut l'écho de la fumée qui montait du cigare près de son pied droit, et le point exact d'où elle s'échappait. Flint s'était rapproché de la fenêtre et surveillait l'ombre de la femme devant la porte d'entrée. Moe ramassa le mégot et tira une bouffée qui le ranima. Fine décrocha le loquet. « Là-haut », pensa-t-elle en pénétrant dans la pièce principale. Elle aperçut, sur le mur du salon, le sabre que le père de John avait rapporté des combats en Afrique du Sud et détourna les yeux. Se battre avec ses armes. Le Viking l'avait trouvée, elle ne pouvait rien contre ça. Jonathan lui avait appris les règles des fatalités. Elle savait comment lui, les respectait. En s'y pliant. C'était la différence entre eux, depuis toujours. Seule, elle se serait défendue. Pas avec le sabre trop lourd, mais avec ses ongles et ses dents, le couteau à cire en forme de scalpel qui ne quittait jamais son sac, et l'aiguille de l'ombrelle. Mais elle ne voulait pas risquer une goutte du sang de ceux qui l'avaient accueillie avec bonté. Elle retira le châle de ses épaules et vérifia son allure dans le miroir.

Flint collé à la porte à un mètre de Moe tenait l'enfant bloquée sous son bras. Il ignorait l'aveugle qui gardait le reste de son cigare à ses lèvres. Moe se pencha vers lui, laissa l'odeur de lait construire la silhouette de l'enfant, et expira une longue bouffée au-dessus d'elle. La fumée enveloppa le visage de

Flint, glissant sur les reliefs en dégradé d'odeurs et fit apparaître, autour du souffle qui la dissipait, la forme de sa bouche. Moe attendit quelques secondes, une aurait été suffisante avant, le temps que les contours se précisent dans les volutes de fumée. Pas le détail de tous les traits mais une cible claire : le regard, la place exacte du regard, dans le creux des orbites concentrant les vapeurs du tabac en odeur dense. Fine monta les dernières marches et attendit le signal de cette peur qu'elle avait ressentie pour la dernière fois, à l'instant où le bateau de Nouvelle-Galles avait quitté le port, quand Jonathan ne l'avait pas retenue. Jonathan, l'homme qui acceptait les décisions. Mais rien. Elle ne trouva rien d'autre qu'une sensation de vie extérieure, éprouvée de loin et apaisante. En haut de l'escalier sur le palier, elle identifia précisément ce sentiment : la satisfaction de sentir l'abandon, la toute-puissance de l'abandon, juste châtiment des fautes qu'elle n'avait pas payées. Elle respira cette énergie sombre et poussa la porte.

Moe ouvrit sa main et libéra la chaux. Le nuage de poudre couvrit les yeux de Flint. Des milliers d'insectes dévorèrent son regard en un souffle. Il hurla en se griffant le visage, ses doigts écrasant ses yeux déchirés. Ses paupières se remplirent de sang. Moe recula, un sourire de victoire sur sa face détruite. Du sang et des larmes, parfums familiers de sa vie. Il eut l'exaltante vision d'un pinceau qui dessinait la forme de l'homme de Corby et huma son pouvoir devant le corps gémissant, agenouillé à ses pieds. Flint tâtonnait pour trouver son crochet sur le sol. Il l'attrapa et leva son bras. Moe perçut l'odeur de l'aisselle avant la fin du geste. Le crochet fendit l'air. Il tourna autour de lui, comme un oiseau de proie, devançant chacun de ses mouvements. Quand il le sentit faiblir, il arracha le lacet de la cagoule et le passa autour du cou de son adversaire. Il serra lentement pour goûter chaque seconde de l'agonie de l'homme d'ivoire. Et à l'instant où son cœur s'arrêtait, Flint crut entrevoir, à travers ses paupières trouées, le visage de la mort, qui ressemblait à une belle femme brune, immobile devant la porte, qui le regardait sans aucune pitié.

Chapitre 24

Visite à Scotland Yard.
Zarn.

— Je t'ai sorti ce que j'avais sur le dossier et mes notes de l'époque.

Scotland Yard ressemblait à un grenier aux airs de bibliothèque abandonnée, sans livre à l'intérieur. Steven regarda autour de lui. La carrière de Sean avait sombré et ses bureaux avec. Troisième étage du vieil immeuble de Victoria Embankment en 1891, avec la crème des inspecteurs de la Metropolitan Police Force, fraîchement importée de Whitehall Place. Deuxième étage en 1894, après une accusation de corruption. Premier, en 1896, pour laisser la place aux laboratoires, avant l'entresol, depuis quelques mois, avec les préretraités de la grande maison.

— Tu as visité les caves pour l'année prochaine ? demanda Steven à son vieil ami.

— Au-dessous, il y a les catacombes. J'ai vu des bureaux à occuper avec les squelettes des chrétiens. Personne ne viendra plus m'emmerder.

Sean rit ou toussa, la différence était difficile à faire. Sa voix était devenue rauque à force d'alcool et de gargarismes de chlore que les médecins conseillaient pour prévenir les infections de gorge.

— Zarn Blackmore, l'Africaine, la femme du Viking, une figure du Seven Dials, elle aussi, mais pas comme les autres… elle travaillait avec Mary Seacole.

— Mary Seacole ?

— Oui, des « infirmières », un mot tout neuf. Des exaltées, fanatiques de la propreté, qui croient que les maladies chevauchent les grains de poussière et les odeurs fortes. On m'a dit qu'elles passaient leur temps à laver, les malades, les draps, les meubles, les murs… des lessiveuses de microbes. Mary Seacole venait de Jamaïque, ta Blackmore de Mauritius, elles avaient la même couleur de peau et ne craignaient pas les infections. Seacole avait survécu au choléra et Zarn au Viking, plus virulent. Mary avait connu Florence Nightingale en Crimée. Elle était revenue de là-bas avec le même titre de « petite mère des soldats blessés ». Mais elle n'a pas eu droit aux mêmes honneurs. La blanche Florence, décorée de la Royal Red Cross et héroïne du *Times*, a été reçue à Balmoral, pas la noire Mary qui en avait pourtant fait autant qu'elle. Trop portée sur la bouteille et la cuisse des mâles selon sainte Nightingale. Trop de ressemblances avec notre vieille Victoria pour une entrevue à la Cour…

— Zarn Blackmore et Mary Seacole ont travaillé ensemble ?

— Oui, Zarn était son assistante dans sa fondation sur Hayden Street. Un hôpital pour la racaille, soutenu par le prince de Galles et le duc d'Édimbourg qui n'y ont jamais foutu les pieds. Pourquoi tu t'intéresses à elle ?

— Elle apparaît plusieurs fois autour de Weakshield. On dit qu'il aurait été mêlé à son assassinat.

— C'est vrai, mais l'enquête s'est arrêtée, Weakshield était mort deux jours après.

— Et sur l'affaire ?

— Tout est là. On a retrouvé Zarn, le cou brisé, chez elle, dans sa chambre à Parker Street. Pas de trace de lutte, pas de vol, pas d'indice. Sauf…

Sean tendit une petite boîte à Steven avec un sourire découvrant ses gencives bleuies par les bains de chlore. « Vraie trouvaille de limier de Scotland Yard », assura-t-il. Steven ouvrit la boîte. Elle contenait un résidu noirâtre et deux petites billes sombres à la surface effritée.

— On dirait des crottes de lapin, dit-il, en refermant le couvercle sur le trésor de Sean.

— D'écureuil. Le nom de Weakshield a refait surface. C'était son animal de compagnie, il l'avait toujours avec lui. Ça paraissait improbable que cet homme ait laissé une trace de son passage, mais on a eu un témoignage d'un gamin de l'immeuble qui l'aurait vu sortir à l'heure du meurtre. Assez pour l'envoyer méditer au bout d'une corde. Ce que tout le monde souhaitait chez nous.

— On dit qu'il est toujours vivant.

— J'ai entendu ça.

— Scotland Yard aurait ouvert une enquête et envoyé quelqu'un en Nouvelle-Galles. T'es au courant ?

— Je suis à l'entresol, Steven. La plus grosse affaire qu'on m'ait confiée depuis un an, c'est le vol d'un cigare dans les tiroirs du bureau du commissaire général. Mais je vais me renseigner.

— Et sur les liens entre Weakshield et la négresse ?

— Il la baisait pas, si c'est ce que tu veux savoir.

— C'est pas ce que je veux savoir.

— Je crois que c'était une sorte d'amitié. Tu sais, Weakshield avait pas toujours la tête sur les épaules. Je peux pas t'en dire plus. Essaie la Fondation Seacole. Ils ont peut-être gardé quelque chose.

— Et le Viking ?

— Le Viking aimait la négresse. C'est le dernier qui aurait pensé à la supprimer. Le soir du meurtre, il était à l'opéra des pauvres, une sorte de cirque avec des chansons d'ivrogne et des danses de gitan. Il était dans sa loge à l'heure où on l'a tuée. Trente personnes peuvent témoigner.

— Et après ?

— Après quoi ?

— Après la mort de Zarn…

— Ah, la généalogie Stead, s'amusa Sean. « La descendance du mort… »

Steven acquiesça.

— Ça a bougé dans le Seven Dials. La femme du Viking, tu imagines… il y a eu des rumeurs. Weakshield a pris tout le monde de court en sautant dans le fleuve, mais on a trouvé des cadavres, des hommes de confiance du nain. Ses récompenses n'étaient pas toujours celles qu'on attendait. Je t'ai joint la liste des morts violentes et des disparitions la semaine qui a suivi l'assassinat.

Le regard de Steven parcourut la liste des noms que Sean avait copiés d'une écriture tremblante. Il regarda les mains que son ami occupait sur son bureau en saisissant ce qui s'y trouvait, hésitant d'un objet à l'autre. Le tremblement apparaissait dès qu'il les laissait au repos.

— Merci, Sean.

L'inspecteur hocha la tête. Le journaliste sortit de sa poche l'enveloppe des vingt livres que Sean enfouit dans sa veste. Steven prit le dossier et y glissa la liste.

Chapitre 25

Reading. Réveil d'un vieux prisonnier.

Il se réveilla en toussant. Ça venait de loin, du fond de ses poumons. La nuit faisait monter l'œdème en marée lente qui le réveillait toujours à la même heure, juste avant l'aube qui l'étouffait.

À Reading, on crachait l'air du petit matin, lourd des houilles rejetées de la nuit par les fourneaux. Ça faisait une salive noire chargée d'une chique qu'on avait mâchée sans le savoir, en dormant. La chique d'acier, de charbon, de pétrole qui finissait par rendre les poumons comme elle, durs et fétides.

Le Viking se regarda dans le miroir piqué de la cellule. Il peigna ses cheveux gris qui tombaient à ses épaules, le sommet de son crâne était couvert de petites plaies à bords sombres. Il sourit en contemplant la surhumaine laideur de son apparence. « Surhumaine » était le mot que le professeur avait prononcé un jour. Surhumaine laideur, rien de plus exact, professeur, rien de plus magistralement exact… même sa cruauté ne suffisait plus à faire oublier l'horreur de ses traits. Le fard rouge du sang maquillait pourtant les visages les plus repoussants. Il fallait juste faire souffrir assez son prochain pour qu'il cesse de vous juger. Dans la douleur, personne ne le tenait longtemps, son souci d'apparence. Personne ne le tenait jusqu'au bout, son vernis de beauté. Personne, pensait le Viking en suivant les crevasses de la vérole, en rides parallèles sur ses joues. Sauf Jonathan, bien sûr. La beauté de Jonathan, personne n'était capable de la lui enlever. Pas même lui.

Il prit la petite statue de cire que ses hommes, sur la piste de Flint, avaient récupérée dans le cimetière des éléphants. Le corps de l'homme de Corby avait été retrouvé au fond d'une écluse, à un mile de Barking Creek. L'ongle de son pouce suivit le relief de la cire et s'arrêta sur l'empreinte délicate à la courbure de l'épaule. Comment était-ce possible ?

Tout ce temps, il avait ignoré que Jonathan avait une femme. Une femme dont le souvenir était clair dans sa mémoire. L'ouvrière de chez Tussaud, la petite Irlandaise du Seven Dials qui venait chercher les morts… celle qui connaissait le seul secret qu'il avait protégé jusqu'à ce jour. La mort de Zarn. Fine Mc Gall… la statue de cire avait sa signature de délicatesse. Le Viking recula quinze ans en arrière, le soir de sa décision. Tuer Zarn, tuer la vie. Le destin était un bouffon. Tant d'effort pour l'ombre de cette femme, tant de témoins à faire disparaître. Fine Mc Gall était la seule qui pouvait encore prouver l'innocence de Jonathan… l'innocence de Jonathan dans les mains d'une petite ouvrière. Il se souvenait de son habileté. Et du jour où elle lui avait rendu Tiny, sa chienne, devant les ateliers de Madame Tussaud, qui tenait ses promesses d'éternité. Fine Mc Gall, la femme à qui il avait offert sa gratitude, avant de lui tirer une balle dans le cœur. Comment était-ce possible ? Il avait appuyé le canon du pistolet sur sa poitrine et pressé la détente. Le corps s'était écroulé à ses pieds et il avait attendu le temps nécessaire. Elle était morte. Toutes les femmes étaient mortes.

Il ajusta le col de sa veste, une redingote poussiéreuse qui descendait sous ses genoux. Il chaussa, pour la première fois depuis des années, les supports de bois fixés à l'intérieur de ses bottes, qui lui donnaient une taille de plus et une démarche raide. Il revoyait bien le visage de la fille de chez Tussaud. Simple, fin, regard dur de tous les Irlandais survivants. Personne ne modelait aussi subtilement qu'elle. Sa main parlait à la matière comme les odeurs parlaient au cerveau de Moe. Moe… il ne regrettait pas qu'il s'en soit sorti. Le vieil aveugle plus fort que le colosse de Corby… il se jura de le tuer de ses propres mains pour lui prouver son estime. La petite ouvrière faisait des miracles. Ses visages n'étaient pas des copies, les spectres de leurs modèles les habitaient. Tiny, si douce, que la main de Zarn caressait avec la sienne. Les spectres… son pouce trancha la tête de cire. Comment avait-il pu ignorer cela ? L'Irlandaise et Jonathan… comment cette petite créature avait-elle su gagner la passion de cet homme ? Jonathan n'aimait que les putains quand il était ivre. Et sobre, il ne regardait aucune femme. Zarn, peut-être. Le Viking savait cela, Jonathan regardait Zarn. Pas pour sa beauté, le nain seul voyait la beauté de l'Africaine, mais pour son cœur, la pureté de son cœur que la suie du Seven Dials ne recouvrait pas et qu'il ne voulait partager avec personne. Elle tirait les osselets pour lire leur avenir. Ça étonnait Jonathan qu'elle trouve quelque chose à lire. Pas besoin d'un sixième sens pour savoir que l'avenir était passé. Toutes les vengeances étaient donc à portée de main. Elle était là, à quelques miles de Reading, dans un trou de l'East End. Si l'Irlandais était vraiment vivant, il avait déjà pris la route pour la retrouver et la mettre à l'abri, déjà quitté la cellule ouverte qu'il occupait lui aussi, au bout du monde. Mais que Jonathan soit vivant ou mort n'avait pas d'importance. L'essentiel n'avait jamais été de retirer la vie mais de la briser, d'arracher les cœurs pour ne laisser que des enveloppes vides, des simulacres d'homme comme l'automate du Strand. Du temps avait coulé. Quel temps ? Ce temps-là n'avait aucune matière et ne faisait pas obstacle. Rien de solide ne séparait le roi de Saint Giles et le vieux prisonnier d'aujourd'hui. Des jours fantômes hantaient stupidement les recoins de la cellule de Reading sans faire peur à personne. Il contempla les restes du petit amas luisant cloué sur la porte de sa cellule. Les yeux du greffier Lionel Hackman donnés aux mouches et aux cafards. Un arracheur de regard, voilà ce qu'il devait rester jusqu'au bout. Tout cela lui paraissait si futile, la triste célébrité qu'il devait entretenir pour se faire respecter de brutes plus débiles que les Galter du forgeron de Wapping. Seul, il aurait tué le greffier vite, en le faisant disparaître, en l'effaçant d'un revers de pouce. Toute cette mise en scène, cette manière… il n'y avait plus de vérité autour de lui. La vérité appartenait au temps où il était moins qu'une épave dans la rue, un déchet oublié, une ordure vivante. Enfant, nain de corps, d'espérance, d'avenir. Que disait le professeur sur l'avenir ? L'avenir à la surhumaine laideur. Orphelin des rues. Orphelin de qui ? Quels monstres avaient été capables d'une telle création ? Ceux qui l'avaient engendré habitaient les pires de ses cauchemars.

Tous les enfants abandonnés meurent. De choléra, de froid, de coups. Mais son corps minuscule résiste. La bande des mendiants des catacombes de Kensal Green passent leur temps à s'éteindre au bon endroit, sous le cimetière de l'église. Pas besoin de cérémonies, on ouvre le cercueil des autres dans les chapelles et on glisse les enfants dedans. La mort n'effraie personne, elle est la mère qu'aucun d'entre eux n'a eue, protectrice, guérisseuse des douleurs et des chagrins. Elle seule tient ses promesses. Tous ceux qui le méprisent du haut de leur taille passent avant lui. Sans se plaindre, pressés d'en finir, comme des vieillards usés par la vie qu'ils n'ont pas vécue. Non, la mort ne fait trembler personne dans les trous de Kensal Green, mais la peur existe et, pour tous, elle porte le même nom : les chasseurs d'enfants. Ils viennent avec leur roulotte, les nuits les plus froides qui engourdissent l'attention des éclaireurs et repoussent les sergots autour du poêle de leur poste. Les chasseurs capturent les plus chétifs et les défigurent ou les amputent pour la mendicité, les moins laids pour les bordels, et les plus forts pour les ours qu'ils font danser dans les rues. Ils coupent la langue de ceux qui ne rapportent rien. À 10 ans, il trouve l'arme pour se défendre. Sa laideur. À aggraver, à rendre répugnante, intouchable, résistante aux perversions et au bordel de monstres que les gitans promènent dans une roulotte rouge. Tous ces regards de dégoût sur lui à arracher un jour. Il laisse venir les vermines grouiller sur sa peau, les habitants des corps morts. La nature se perd sur lui, se trompe, prend sa chair pour de la nourriture à corrompre comme si la vie l'avait déjà quittée. Un jour, ils le chassent pourtant, ils l'attrapent dans un filet à poisson et l'emmènent dans un camp vers Newham. Les souvenirs se brouillent après. Il se souvient de la corde à sa cheville, du gant de fer pour aggraver la déformation de ses pouces et de la cage de l'ours. Il dort contre elle, dans la puanteur de l'ours, sous sa gueule saignante aux dents arrachées, ses griffes limées et sa chaleur. Elle le sauve en hiver, la bête le sait car elle ne s'écarte pas de lui ; à travers la grille, elle le laisse profiter de sa fourrure, ce qu'elle ne fait avec personne d'autre. Il n'est ni le Viking, ni John, ni Blackmore, il est le nain. Il ne prononce pas une parole. Il sauve sa langue en se faisant passer pour muet. La vie n'est pas pire que celle des catacombes. Il est nourri et il a la chaleur de l'ours. Mais il ne s'attache à personne, ni à la bête, ni aux gitanes qui l'acceptent et dont il aime l'odeur épaisse. Quand l'ours meurt, il le mange avec les autres. Dans la roulotte rouge, ce sont des hommes qui louent son corps pour une livre. De la douleur et du silence. De la douleur jusqu'à Zarn. Jusqu'à l'Africaine. Monstre, elle aussi. Monstrueuse de bonté. Plus repoussante en un sens que ses membres tordus. La Fondation Seacole envoie à la reine un rapport sur le trafic des enfants. Mary

Seacole y raconte le cas d'un adolescent malade livré aux gitans, qui saigne quand on effleure sa peau. Elle sait que Léopold, le fils de la reine, est atteint de la mystérieuse maladie du sang qui ne coagule pas. La vieille Victoria s'émeut et les descentes des sergots poussent pour la première fois jusqu'à Newham. Les gens du coin ont tellement perdu l'habitude de voir des flics qu'ils croient à un carnaval organisé par les forains et lancent des pièces à leur passage. Les bienfaiteurs des fondations qui fleurissent partout manifestent dans les rues pour sauver les enfants. La roulotte rouge brûle. Il est recueilli dans l'orphelinat de Falk Street. Il rencontre Mary Seacole, la nurse noire que tout le monde traite avec respect. Il la trouve aussi grosse qu'un tonneau et puant l'alcool qu'elle distribue à tous ses malades. Les autres enfants ne quittent pas des yeux ce drôle de dieu descendu sur terre, à la peau aussi sombre que le charbon et à l'air d'une femme. Mais ce n'est pas elle qu'il voit. C'est Zarn. Au fond de la salle où ils vont être tenus pour l'épouillage et la quarantaine, Zarn, qui vient vers lui seul, poser une compresse chaude sur ses blessures. Elle a 16 ans. Elle est robuste et droite. Elle ouvre ses bras, comme une mère. Ses mains le touchent sans hâte de s'écarter. Elle vient aussi près de lui que possible. Il sent les odeurs cachées sous sa robe et son souffle, quand elle se penche. Zarn est pure. Il reconnaît avant les autres les déformations des corps, même insignifiantes, même masquées, les cicatrices, les plaies, les asymétries. La nature signe toujours ses créations d'un défaut. Mais Zarn n'a rien à voir avec la nature. Elle n'a pas la signature d'imperfection.

Le Viking pose le chapeau rond sur son crâne. Il a fallu des semaines après la visite du greffier pour organiser la chasse. Mais aujourd'hui, il n'a convoqué aucun de ses hommes. Il fera l'affaire seul. Les poids sur ses pieds le font déjà souffrir mais sa taille est suffisamment haute pour qu'il puisse avancer dans les rues sans être reconnu. Une longue écharpe sur son cou débordant sur son visage suffira. Le fiacre l'attend à l'entrée de la prison.

Premier écart du petit arrangement avec Mr Rigg, le directeur qui l'a déclaré officiellement pendu le 11 février 1885, avant de lui offrir l'hospitalité dans les cachots inoccupés du vieux pénitencier. Une vraie amitié, forgée dans le métal le plus dur, celui du couteau qui attend son ordre, posé sur la gorge de Mrs Rigg, l'épouse fidèle au cœur fragile. Première sortie en quatorze ans de cette prison d'où il avait pu régner pendant ces années insignifiantes. Weakshield disparu, Zarn morte, le monde du dehors était devenu un espace inutile.

Un gardien lui ouvre le portail sans le regarder. L'air de l'extérieur lui paraît aussi corrompu que celui de sa cellule. La chique d'acier revient entre ses dents. Il crache au pied du cheval qui l'attend. Le cocher demande une adresse.

— *Isle of Dogs*, répond le Viking, en jugeant le paysage autour de lui aussi misérable que dans son souvenir et les cheminées des usines nouvelles, comme les doigts sales de la terre levés vers le ciel.

Chapitre 26

Le gin de la Tamise. Une vieille connaissance.

— Va en enfer. Il n'avait que ce mot à la bouche. Va en enfer... ça tombait bien, c'est là que j'avais prévu d'aller.

Le rire de Shallow résonna dans l'auberge qui touchait l'asile de Holden Street où Kate avait réservé deux lits au milieu des mendiants et des malades rejetés par l'hospice. La gaieté de Shallow emportait l'air lourd de désespoir et de miasmes.

— L'enfer, reprit-il, ce serait une erreur de rater ça. C'est là où il y aura du monde. Tu n'as jamais réfléchi à ça, Moe, au public du paradis ? Les saints, les moines, les bienfaiteurs, les idiots des villages, tous à traîner leur bonheur dans un jardin d'Éden trop grand pour eux, à travers des allées pleines de fleurs et de papillons mais vides d'hommes. L'éternité, c'est en enfer qu'elle passera plus vite.

Les cinquante miles à souffrir dans la voiture que Shallow avait empruntée au vieux cocher du Seven Dials, dont il avait sauvé la vie du temps de Warbuck, étaient parcourus. Il avait toujours détesté les chevaux qui secouaient ses humeurs et dont le fumet faisait couler son nez et ses yeux. Un coup de fouet pour chaque larme versée avait accéléré le voyage jusqu'à Brighton où son attelage avait failli écraser une voiture à moteur qui rampait sur la route. Newhaven. La mer enfin et l'asile avant le départ pour la France où Fine serait en sécurité jusqu'au retour de Jonathan. Shallow se sentait aussi serein qu'un homme pouvait l'être. Il avait retrouvé le goût de lui-même. Kate l'avait embrassé, avec les yeux humides d'une veuve. Il lui avait dit adieu. Plus rien ne lui appartenait. Il était parti avec les poches vides. Aussi libre que possible et prêt à bien mourir. Mourir, il y pensait toujours pour se réconforter. Sa vie à l'asile ressemblait à une mauvaise maladie qui durait contre l'ordre de la nature et méritait bien son impatience à la voir disparaître. Seules Kate et la parole donnée à Jonathan de protéger Fine l'avaient tenu loin des quais où il avait souvent pensé prendre une bonne gorgée du gin de la Tamise, le meilleur du monde à ce qu'on disait. Aucun noyé ne s'en était jamais plaint.

— Tu as déjà bu du gin de la Tamise, Moe ? demanda-t-il au vieil aveugle, qui descendait une pinte largement servie.

— Le gin de la Tamise ? interrogea Moe.

— Oui, celui qui remplit tes poumons et ton crâne en une seule gorgée, pour t'envoyer cuver dans l'auberge éternelle.

— On devrait partir avant que tu sois complètement cuit.

— Non, répondit Shallow, on attend quelqu'un.

Un homme grand et maigre poussa la porte, accompagné d'un jeune officier en uniforme au visage rond qui releva sa casquette sur un front lisse. L'homme maigre avait le teint hâlé. Son visage marqué par les ans n'était pas celui d'un vieillard, son regard était vif, son corps rapide. Il désigna du doigt la table où ils étaient assis et s'adressa à Moe qui avait déjà tourné la tête vers lui, en souriant au parfum reconnu. L'homme regarda les plaies encore à vif sur le visage de l'aveugle et lui dit, avec un accent que personne n'utilisait plus en dehors du strict périmètre de l'université d'Oxford :

— La vie t'a embelli, Moe. Tu fais penser à une rose de printemps.

Puis il se retourna vers Shallow qui vidait son verre.

— Je suis venu avec un ami, un soldat pour me protéger de ce quartier corrompu. Le lieutenant Winston Spencer. Un homme que tu n'apprécieras pas, Robert, intelligent, charmant et cultivé.

Shallow n'avait jamais changé de jugement sur le professeur : un connard enflé dont il arrangerait la mâchoire un jour.

— Je suis content de te voir, Robert.

— Tu avais disparu.

— J'étais en Afrique, pour faire la guerre, pour l'Empire, pour le peuple et donc pour toi, qui méditais dans les bras de ton infirmière pendant que je jouais du sabre. Le Soudan, Robert, Omdurman…

— Omdurman ?

— Une grande bataille, la dernière charge à cheval de l'histoire de l'armée anglaise, qui roulera sur quatre roues dorénavant. J'y étais.

— Tu montes pas à cheval.

— Non.

— Qu'est-ce que tu foutais là-bas ?

— Disons que mes choix étaient limités. Entre Newgate et Khartoum, j'ai préféré le voyage.

— Raconte.

— J'enseignais notre langue… enfin la mienne, à la fille de lady Ann Leigh, vieille amie de mon père défunt.

— Et ?

— Et il y avait, dans son salon, une petite toile, si délicate… un paysage plein d'impressions, d'un peintre mort au milieu de ce siècle, dont le nom, Will Turner, ne te dira rien, mais dont la cote est parlante et même bavarde dans les galeries de la City.

— Je vois.

— J'ai été surpris avec le tableau sur mon cœur par un domestique à l'honnêteté aussi robuste que la constitution. Le père de lady Leigh, ancien commandant du 21e régiment de lanciers, m'a proposé de racheter mon honneur…

Le rire de Shallow réveilla le vieux Moe qui commençait à somnoler.

— Il doit être immensément riche…

— … au prix de quelques derviches à égorger et d'un ou deux régiments français à renvoyer cordialement sur le continent. Une offre assez équitable, selon lui, pour obtenir l'absolution. La colonisation est une affaire pour laquelle un Anglais a le devoir de mourir, Robert, si on le lui demande dans les formes. À l'Angleterre, mon cher Winston.

— À l'Empire, répondit le jeune lieutenant qui vida d'un trait son verre de gin, avant de glisser lentement de sa chaise sous la table.

— J'espère que son sabre est plus solide que son estomac, railla Shallow.

— C'est un aristocrate, Robert, un descendant direct du premier duc de Marlborough, un peu militaire, un peu journaliste, il part demain en Afrique du Sud chatouiller la barbe des Boers. On a fait quelques étapes arrosées avant vous.

Shallow étendit sa jambe douloureuse sur le corps du lieutenant Winston, allongé à ses pieds.

— Où est-elle ? demanda le professeur.

— Elle est là, répondit Fine, derrière lui.

Elle était descendue silencieusement de la chambre et avait traversé la pièce sans que personne la remarque. Depuis le retour de Nouvelle-Galles, Fine avait appris à se déplacer sans bruit, en trouvant les pistes de silence. Une robe noire, un châle sombre sur ses épaules, le visage grave, elle ressemblait à une vierge, avec assez de dureté dans le regard pour repousser toutes les prières du monde.

— Tu es toujours aussi…

— … aussi quoi, professeur ?

— Aussi juste.

Il lui baisa la main. Elle s'assit à leur table en jetant un coup d'œil amusé vers le corps de l'officier qui ronflait sous les bottes des trois hommes. Shallow exposa la situation. Ils embarquaient le lendemain matin sur le premier vapeur. Le professeur les accompagnait. Shallow avait télégraphié à un homme de confiance, ancien champion français qu'il avait affronté au pugilat et qui les attendait à Dieppe. Moe restait à Brighton jusqu'au retour de Jonathan et les rejoignait avec lui.

Ils traînèrent ensemble jusqu'aux heures tardives. Shallow aida Moe à retrouver le chemin de sa paillasse et dut jeter hors de la sienne un mendiant ivre, qui roula par terre en grognant. Fine regarda avec tendresse le visage déchiré du vieil aveugle et ses mains blanches, dans l'air glacé de l'asile. Une bouilloire chauffait sur le poêle. Elle remplit un verre jusqu'au bord, attendit de sentir la chaleur à travers et renversa l'eau sur le sol. Elle plaça le verre vide et tiède entre les mains de l'aveugle qui la remercia d'un signe de tête. Elle resta auprès de lui. La nuit ouvrit un espace de paix pour eux parmi les corps somnolents du grand dortoir.

— Robert.

Elle posa sa main sur la barbe de Shallow et tapota doucement ses joues pour le réveiller. Elle le rassura d'un sourire, alors que sa main serrait déjà le manche du couteau sous sa paillasse.

— Pourquoi tu mens au professeur ?

Shallow avait donné tous les détails du voyage, depuis leur arrivée sur le continent jusqu'à Paris, en écrivant pour chacun l'adresse du bouge qui les attendait, à la périphérie, au Kremlin-Bicêtre, près du grand hôpital qui recueillait les fous et les pauvres de la capitale. Rien n'avait été négligé, mais Fine gardait assez d'affection pour le vieil ivrogne, pour savoir quand il disait la vérité.

— J'ai pas confiance en lui.

— Tu ne m'emmènes pas en France ?

— Qu'est-ce qu'on foutrait au milieu des Français ?

— Et sur le bateau ?

— Quelqu'un prendra ta place.

— Quelqu'un ?

— Une fille de la maison Poundry.

— Jane Poundry, la maquerelle ? Tu as engagé une de ses putes pour me remplacer ?

— Une de ses disciples, corrigea Shallow. Elle a rencontré Dieu récemment et veut fonder un couvent à Whitechapel, sur Flower and Dean Street.

— Je vois.

Fine réfléchissait. Il y avait longtemps que Jonathan avait été oublié. Les souvenirs de cette époque étaient classés et n'intéressaient plus que de vieux cafards du Yard décorés et à la retraite. Le passé était pourtant sorti du néant, abîmé mais vivant. « Dieu ressuscite, le diable déterre », avait dit Shallow. Le passé déterré avait été suffisamment puissant pour renvoyer des flics sur leur piste, réveiller le Viking et balayer sa nouvelle existence.

— C'est cette lettre.

— Quelle lettre ?

— Jonathan t'a écrit de Nouvelle-Galles. Une lettre qu'il a donnée à un homme de confiance qui revenait en Angleterre.

— Le professeur ?

— Je pense, répondit Shallow. Il a passé des mois avec lui à Botany Bay. Il est retourné là-bas pour l'aider à exploiter la mine, après ton départ.

— Personne n'a jamais trahi Jonathan.

— Le temps passe, Fine, et la fidélité des hommes aussi. Le professeur revient sans la lettre et elle réapparaît dans le dossier à Old Bailey, avec une empreinte que l'on peut comparer à celle du Yard. Je lui ai demandé de m'expliquer cela. Parce que « cela » a entraîné une perturbation plutôt malheureuse pour nous tous. Ma peau que j'ai dû sauver contre deux tueurs maladroits, le nez de Moe et ton petit bonheur de Barking Creek. Le professeur m'a dit qu'il ne savait rien de toute cette histoire. Personne ne lui aurait remis aucune lettre. Comment s'est-elle alors retrouvée sur le bureau d'une commission d'enquête ? Ce bout de papier intéressait du monde. C'était la preuve que Jonathan respirait encore et qu'une femme était dans sa vie. Un greffier a voulu monnayer la nouvelle auprès d'un journaliste, mais pas seulement. Il est allé la vendre au Viking qui l'a remercié à sa façon, en lui arrachant les yeux. Rien d'étonnant à ça… mais qui, en dehors des anciens du Seven Dials, connaît l'existence du Viking, officiellement pendu à Reading en 1885, et l'endroit où il se terre ? Qui sait le prix qu'il peut encore accorder à une lettre écrite par Jonathan ? Le petit greffier n'était pas seul et les guides qui connaissent les secrets du vieux Londres se comptent sur les doigts d'une main.

— Si le professeur a fait ça, pourquoi est-il au rendez-vous ?

— Je ne sais pas. Mais Jonathan revient, c'est lui qui verra clair.

— Et où allons-nous ?

— À Sydenham, visiter le Palais de cristal.

Fine ferma les yeux. La paillasse sentait la vermine et le matelas griffait sa peau à travers le tissu de sa robe. Mais ce n'était ni la paillasse, ni l'humidité des quais de Newhaven, ni les vieilles douleurs d'Irlande, ni même le silence de son mari, le doux John Harrysborn, qui l'avait laissée remplir sa malle sans rien dire, avant de la congédier comme une femme de chambre… non, rien de tout cela n'éloignait invinciblement le sommeil de sa couche. Les mots de Shallow suffisaient : « Jonathan revient. »

Faux départ.

Le professeur rejoignit Shallow sur le pont. Le vapeur crachait une fumée grasse qui collait à la peau. Il avait mal dormi, mal respiré, mal rêvé. Il serra la main de Moe qui restait à quai et alluma sa première pipe du jour. Fine avait embarqué avant eux, avec les autres femmes sur le pont inférieur, pour ne pas attirer l'attention. L'aube se levait vers la France où il n'avait jamais posé le pied. Ses doigts caressèrent la lettre, en demi-cercle gravée au dos de sa main droite, le « C » du bagne. Le lieutenant Winston, les idées bien tordues par la bière, lui avait demandé un jour de la lui graver sur le cul. Mais aucune ivresse n'aurait pu lui faire oublier ce que signifiait cette lettre et le respect qu'elle méritait.

Le professeur proposa une chique à Shallow, qui la refusa. La cloche du quai annonça le départ.

— Où est-elle ? demanda-t-il.

Shallow désigna un groupe de femmes sur le pont inférieur. Le châle de Fine se distinguait parmi les autres, à travers les fumées des moteurs et la foule des passagers qui se resserraient pour laisser l'espace aux marins chargés des manœuvres. Shallow soupira en massant son ventre.

— Tu digères plus la gnôle, Robert ?

— Si, répondit-il… vieille dysenterie du Seven Dials.

Le professeur lui tendit une fiole de gin qu'il vida à moitié.

— Je vais dans la cabine, dit Shallow.

Il descendit les marches du pont supérieur, en se frayant un passage au milieu des voyageurs. La cloche sonna encore et les pales des hélices se mirent à tourner dans un vacarme de métal et d'eau broyée. Un mélange de brouillard et de charbon recouvrait le quai et noyait la passerelle. Shallow enfila sur son crâne le bonnet des gars de l'équipage et traversa en baissant la tête.

Il rejoignit Moe dans un coin du quai, et attendit le largage des dernières amarres. Le bateau s'écarta lentement en poussant le mur de brouillard devant lui. L'agitation des docks suivit son sillage. Les hommes à terre disparurent un par un et les derniers embruns soulevés par les machines fouettèrent le vide des jetées.

— Bon voyage, professeur, murmura Shallow.

Chapitre 27

Les victoires de Steven Ross.

Le matin glissa sur la gorge de Steven comme la lame d'un rasoir. Il se réveilla brusquement en cherchant la plaie. Rien. Aucune trace de sang sur ses draps. Rien que la certitude d'une douleur violente et passagère.

Louis. Personne ne l'avait jamais rendu plus heureux. Le jeune homme était une liqueur bénéfique et forte. Elle procurait une ivresse dont on ne devait pas payer le prix, au réveil des nuits les plus douces qu'il avait vécues. Louis et Steven… et personne d'autre. Personne ? Il y avait bien cette présence entre eux, vague et étrangère. La présence d'Irlande. Weakshield les avait réunis. L'enquête les avait poussés l'un vers l'autre. Le feuilleton de sa vie était l'élixir qui avait transformé le rédacteur gris du *Daily News* en homme désirable. Suis-je un homme désirable ? s'interrogea Steven. Et quand l'article serait bouclé, que resterait-il ? Quelle force tiendrait l'amitié de leurs cœurs ? Quelle était la part que « l'autre » allait emporter ? Tous les amants s'aimaient à l'ombre d'un fantôme qui surveillait leurs ébats de près. Qui ? se demandait Steven. Qui soutiendrait l'affection pure quand elle ne tiendrait qu'à eux seuls ? Son crâne le faisait souffrir et la soirée de la veille se reconstituait en éclairs venus d'un phare lointain.

Covent Garden. La Rose Tavern, le « trou noir de Sodome », d'après les ligues de vertu. Lendemain de Rose Tavern pour Monsieur Steven Ross.

Louis vient le chercher, un peu avant minuit. Deux, trois rues élégantes à abandonner vite au fiacre qui les traverse. Les avenues de brique, le carrefour du Seven Dials et ses sept rues éteintes, Covent Garden et les premières lumières électriques aux yeux de loup, au milieu des feux tranquilles des vieux becs de gaz. Le « trou » est en bas, dans la cave de la taverne aménagée en tripot. On traverse le nuage de vapeur de tabac et d'alcool qui double la porte cloutée de l'entrée. On ne le traverse pas, quand il a disparu, c'est qu'il est en vous. Louis retrouve la troupe des amis inévitables, les petits bourgeois du West End dont Steven sent la réserve. On boit beaucoup à l'étage, pour arriver ivre à la cave. En bas, les hommes grouillent. Pas besoin de se connaître. Des mains vous arrêtent, des bouches, des langues. On veut tester Steven pour sa première nuit à la Rose Tavern. Tester Steven... à quoi bon ? Steven est là, cerveau à peu près vide, un verre de gin à chaque main. Être là comme il faut. Ceux de la cave sont debout. Ni fauteuil, ni chaise, il faut glisser entre les corps et les toucher, se tenir à eux. Les odeurs sont fortes, les voix sont fortes, les contacts aussi. On bouscule, on ouvre son passage, les bruits résonnent sous les voûtes basses et se concentrent au fond, en bourdonnement de ruche. Le fond est le trou noir où les hommes jouent à la « queue de fer ».

— Le principe ?

La question soulève l'hilarité du groupe.

— Le principe est simple, cher ami, c'est le bras de fer avec ta queue.

Ils poussent Steven vers la ruche. Dans l'arène, deux hommes se font face, sexes croisés en érection, liés par un lacet. Un cadre en bois entoure leurs bassins, creusé de chaque côté d'une petite cavité où brûle une bougie. Les billets des paris s'entassent dans un seau. Les acolytes caressent leur poulain et les stimulent en obscénités murmurées à l'oreille. Celui qui fait céder l'autre ou le pousse jusqu'à la brûlure de la bougie remporte la mise. La main de Louis glisse sous la ceinture de Steven.

— Du gin pour Steven.

Mais Steven refuse le verre.

— Inutile.

« Inutile. » Les clameurs annoncent la fin du premier combat. Sans volontaires, les hommes sont choisis au hasard. Jeremy Colfax, ami d'enfance de Louis, sort une poignée de livres et fait humer le bouquet au nez du groupe. « Inutile », répète Steven en avançant vers l'arène.

— Comment t'appelles-tu, mon gars ? demande la vieille maquerelle édentée de la taverne qui arbitre les parties de la ruche.

— Steven, madame, dit-il, en titubant vers les lumières des bougies.

— Un nouveau champion, Steven.

Il salue aux applaudissements. Les sons cognent à ses tempes et des mains lourdes pèsent sur ses épaules. La voix de la sorcière couvre les cris de la ruche. Un vieillard assis près d'elle sonne la cloche qui annonce le nouveau combat.

Le pantalon glisse sur ses chevilles. La voix de Louis se perd dans le vacarme. La sorcière allume un cigare qui crache sur lui sa fumée puante.

— Steven Ross.

— Steven suffira, mon gars. En garde…

Les cris écrasent le battement des cloches. Son adversaire lui fait face, le cadre de bois lie leurs bassins. Des mains le touchent. La langue de Louis lèche son oreille et les mots qu'il entend renforcent son érection. C'est flou. « Ross », répète-t-il en croisant son membre. La vieille attache le lacet. La ruche acclame. L'adversaire est un jeune dandy à moitié ivre. Un lord Douglas de plus, se dit-il, sans Wilde, sans frère, sans personne à ses côtés. Le contact de la peau le tend encore plus. Il subit la première poussée et dévie vers la bougie. Les cris de la ruche vrillent dans son crâne. Il résiste. Les caresses de Louis sont réelles, le reste est obscur.

— Pousse, Steven.

Personne dans la ruche, en dehors de Louis. Les caresses, les ombres. Et au loin, au seul horizon, l'homme fantôme à rejoindre dans la fraîcheur d'un parc au petit matin, cognant l'écorce des arbres pour renforcer ses poings. Jonathan Weakshield et le tournoi de pugilat. Steven Ross et le tournoi de la « queue de fer ».

Il pousse de toute sa volonté et, en éclatant du rire des autres, remporte la victoire.

III

Chapitre 28

Repas victorien.

— Les Anglaises n'ont pas de défauts physiques précis, c'est le physique qui leur fait défaut.

Le père de Louis contrôla comme il se devait le rire qui n'était pas invité autour de la table d'acajou où Steven avait eu l'honneur d'être accueilli, seul convive étranger à avoir passé le porche de la respectable maison Meadows de Kensington, depuis les fêtes du jubilé. Dans le fumoir où ils s'étaient réunis, Charles Meadows trinqua avec lui, en compagnie d'un serviteur qui remplissait leurs verres de brandy Hennessy, avec distinction. Steven se demandait encore comment Louis avait arraché cette invitation, dans ce lieu où ne pénétraient, avec l'air de Hyde Park, que les membres de la famille, les amis proches et les relations utiles. Mais son père était un esprit ouvert, considéré comme un libéral au sein des Tories dont il était un des représentants au Parlement. Peu de temps avait été nécessaire à Steven pour arriver à la conclusion que le parti conservateur ne craignait aucune révolution de fond avec Charles Meadows dont les idées libérales avaient l'épaisseur du vernis posé à la surface des boiseries classées, rescapées du grand incendie de 1666. La conversation avait été légère et les portraits des femmes de la famille qui recouvraient les murs du fumoir, l'air incommodé par le tabac, respectueusement raillés par cet homme élégant, robuste, le visage coupant autour d'un regard bleu clair qui dégageait une autorité dont Steven sentait encore le poids sur les épaules de Louis.

— Voyez-vous, Mr Ross, l'Angleterre fait des femmes à l'image de son climat. Il faut du soleil pour la beauté, un souvenir ancestral de ciel bleu qui se transmet intact, à travers les générations. Nos femmes sont pluvieuses.

Steven avait été surpris par l'insistance de Louis. La famille était une terre qui lui avait toujours paru interdite. Ceux qui l'approchaient devaient naturellement partager ce sentiment d'exil qui allait de soi. Le jeune homme avait balayé ses objections. Il avait déclaré que la prudence était la qualité des vieillards, pas des amants, et rappelé à Steven son titre de champion de la Rose Tavern. Distinction utile pour le dîner à Kensington...

— Quels livres nous conseillez-vous, Mr Ross ?

Louis répondit à la place de Steven.

— Pour moi...

Le jeune homme soutint bravement le regard de son père.

— Pour moi, les deux meilleurs livres du siècle sont le Stevenson, *Jekyll et Hyde*, et... (sa voix baissa)... *Le Portrait de Dorian Gray*, de...

— Je sais qui est l'auteur de ce torchon, coupa Mr Meadows.

Dorian Gray avait été retiré des vitrines des librairies. Livre luxurieux, disait-on. Luxure... quel joli mot, pensa Steven. « Lux », de lumière.

Le père de Louis continua d'une voix égale, en s'adressant à lui.

— Je ne suis pas opposé aux amitiés viriles, Mr Ross, mais aux actes contre nature. La bestialité est étrangère à notre civilisation. Les invertis se réclament de la tradition grecque, mais le monde industriel impose une exigence morale dont le passé pouvait faire l'économie. Le progrès de nos conditions de vie conduit au confort, et le confort au vice. N'y voyez aucun puritanisme, rien d'autre que du pragmatisme. Ce Wilde n'est pas un danger pour « l'âme » de nos jeunes gens, qui n'a nul besoin de lui pour perdre son innocence, mais pour la santé de notre société.

Charles Meadows servit lui-même une mesure de brandy à Steven, en oubliant le verre de Louis. Il retrouva le ton enjoué du début de la conversation.

— J'ai particulièrement apprécié, dans le Stevenson, la scène où Hyde piétine un enfant dans la rue. C'est assurément un père qui a écrit cela.

— Ou un fils, ajouta Louis en trinquant avec son verre vide.

— Mr Ross, que pensez-vous de cette transformation du docteur Jekyll en monstre sanguinaire ?

— Trop manichéen à mon goût, monsieur, répondit Steven. Le bien séparé du mal, avec une tête simplement différente et une autre identité… je ne vois pas les choses de cette façon.

Steven croyait au mal dans le bien, en émulsion indissociable. Même visage pour le docteur Jekyll et pour Mr Hyde et pas besoin de potion pour naviguer de l'un à l'autre. Une décision suffisait.

— Et comment voyez-vous les choses, Mr Ross ?

— Je ne crois pas au mal, monsieur, mais aux erreurs de décision.

— Vous pensez que l'Éventreur était coupable d'une « erreur de décision » quand il assassinait ces pauvres filles ?

— Je parle des hommes sains d'esprit. Le docteur Jekyll ne contrôle pas son double maléfique et laisse le mal l'envahir comme s'il avait perdu son pouvoir de volonté. Je crois que l'on dirige chacun des actes de sa vie, des plus anodins aux plus blâmables.

— Éloge de la responsabilité, salua Mr Meadows qui appréciait le ton de Steven et sa façon directe de lui répondre.

Du sang de qualité coulait à coup sûr dans les veines du rédacteur en chef de ce petit journal qu'il ne lisait jamais. Il finit par remplir le verre de son fils et Steven surprit une certaine douceur dans son geste. Mais son autorité l'emportait et Louis n'était plus le journaliste léger et brillant qui partageait sa vie, mais un enfant mal à l'aise cherchant sa place. Il souligna maladroitement les qualités du jeune homme, comme s'il était nécessaire de les rappeler. Le regard sombre de Louis l'arrêta.

— Et votre avis sur la politique de notre Premier Ministre ? demanda Mr Meadows.

Steven chercha une réponse neutre, mais son hôte ne lui en laissa pas le temps.

— Une politique de Français. Voilà ce que j'ai dit au marquis de Salisbury*, les Français ont peur de la guerre depuis Napoléon. Ils perdent leurs régions contre les Prussiens et leurs colonies contre nous. Ils réclament un État pacifique et protecteur. La Révolution les a rendus altruistes et donc souffrants.

— Je ne pense pas que l'altruisme soit une maladie, père, glissa Louis.

— L'altruisme individuel, non, mais social, résolument oui. L'esprit de l'époque est infecté de socialisme, le germe qui tue les civilisations. Est-ce que l'Angleterre devrait se sentir coupable d'être ce qu'elle est ? Notre prospérité est le signe que Dieu valide nos décisions et nos lois. L'esprit socialiste, en s'opposant au profit qui nous enrichit et à l'Empire qui nous protège, n'attaque pas seulement les fondements de notre société mais les choix de Dieu lui-même.

Mr Meadows souriait. Il parlait avec une véhémence contrôlée. Il avait ce charme des hommes aboutis qui ne cherchaient pas vraiment à convaincre, des êtres tranquillement sûrs d'eux-mêmes.

— Savez-vous que nous avons accueilli un des pères fondateurs de cette infection, ce monsieur Karl Marx, ici même, à Londres, à quelques stations de Buckingham, pour le laisser planifier en toute quiétude la destruction de notre monde, avec notre bénédiction. Louis l'a d'ailleurs rencontré.

---

* Premier Ministre conservateur.

Louis acquiesça en souriant.

— J'ai effleuré la manche de sa veste en le croisant dans la rue. C'était en 1880, j'avais un peu plus de 3 ans et une santé glorieuse selon les médecins. J'avais échappé à la variole, mais la manche de Monsieur Marx a tant inquiété ma famille qu'une mise en quarantaine a été envisagée.

Steven força imperceptiblement son rire pour appuyer le trait de Louis.

— Ne sous-estimez pas la virulence de ce germe, Mr Ross, il s'immisce partout et même dans nos rangs. Mr Disraeli, ce « pseudo-conservateur », a passé sa vie à défendre les intérêts des ouvriers. Un socialiste, Mr Ross, un faiseur de lois scélérates. Le droit de vote aux locataires... des locataires, c'est ce que nous allons tous devenir et cette société n'appartiendra plus à personne. Personne n'aura donc à rendre de comptes pour l'extinction en marche de ses trois valeurs essentielles : l'Empire, la famille et le travail.

— Le travail ? ironisa Louis.

La famille Meadows vivait depuis plusieurs générations sur le produit de vastes propriétés agricoles dans le Sussex. Le dernier Meadows socialement actif reposait dans un cadre, au fond du grenier de Kensington où son portrait abîmé par les siècles attendait sa restauration.

— Le travail accompli ou la gestion du travail des autres pour le meilleur enrichissement possible. Quelle différence ? Le succès de l'exploitation des terres familiales n'est pas seulement personnel mais collectif. Il n'y a que les cyniques qui analysent le profit comme un bien individuel alors qu'il sert le plus grand nombre comme la chaleur d'un foyer qui, de la pièce principale, diffuse ses bienfaits aux étages inférieurs.

Louis regardait avec lassitude le parc s'assombrir par la fenêtre. Charles Meadows réorienta la conversation. Il interrogea Steven sur le travail de son fils et ce projet en forme d'hommage au célèbre chef des bas-fonds de Londres. « Vieux projet », précisa-t-il, qui réveillait des souvenirs dont il parla avec une certaine nostalgie.

— La plupart des enfants de nos amis rêvaient d'être lord Kitchener à la tête de ses lanciers en Afrique. Louis rêvait d'être Mr Weakshield. Et je crains d'avoir innocemment participé à la « réduction » de ses ambitions. J'avais, à l'époque, un domestique qui m'était cher, et dont le passé trouble a sans doute contribué à planter dans ce jeune cœur cette graine d'admiration peu glorieuse. J'ai lu les premiers épisodes de votre feuilleton, messieurs, et je dois admettre que l'histoire se découvre avec intérêt. Vous savez, Mr Ross, Louis est mon seul enfant et j'ai pour lui une tendresse profonde.

Steven remarqua que Charles Meadows ne regardait jamais son fils et parlait de lui comme s'il était absent. Cette pensée lui rappela le temps d'Aldwickbury. Laura Meadows entra dans la pièce pour annoncer le dîner. Steven découvrit une femme lumineuse, spirituelle et dont sir Charles semblait être encore éperdument amoureux. Le sourire qui était passé sur ses lèvres à son arrivée avait été d'une exquise tendresse et il s'était interrompu à l'instant où elle était apparue, pour contempler celle qui partageait sa vie depuis quarante ans. Elle était d'origine italienne, sa peau mate caressait le regard. Ses yeux verts troublaient encore les sens et un accent subtil chantait au bout de ses phrases. Steven comprenait ce que voulait dire Charles Meadows, sur la transmission du soleil.

Ils passèrent dans la salle à manger majestueuse. Des rideaux de velours brochés d'or encadraient les fenêtres et les murs étaient recouverts de sceaux et de portraits de personnages qui avaient compté un jour. Une ambiance de palais royal. Mrs Meadows s'amusa de la mine surprise de Steven et déclara malicieusement :

— Tout est aristocratique ici, Mr Ross, sauf nous.

Sa présence rappelait toutes les gaietés perdues. Elle effaçait les tensions, d'un tour de grâce joyeuse et délicate. Auprès d'elle, Louis et son père retrouvaient le chemin de l'un à l'autre. Louis raconta avec drôlerie les épisodes du feuilleton Weakshield en imitant la voix avinée de Shallow, dressant les décors, Strugglefield, le tournoi de pugilat, le combat de l'écureuil contre les rats, la femme mystérieuse, le vieil ennemi, le bagne de Nouvelle-Galles. Son père s'intéressa, se passionna même pour cet amour caché qui traversait le temps, abandonnant toute raillerie ou condescendance.

Ils se réunirent dans le fumoir après avoir salué Laura Meadows dont le prénom, sur les lèvres de sir Charles, faisait quitter l'Angleterre. Il alluma les cigares, Steven se sentit détendu. La douceur de cette femme, la simplicité de l'accueil et l'effet du brandy lui donnèrent une impression « familiale ». Et malgré le fond caché de sa relation avec Louis, il ne sentit pas d'imposture. Le mensonge butait sur la chaleur de ses hôtes. Elle seule avait un devoir de vérité. La conversation glissa sur le monde des bas-fonds et la pauvreté, point souligné à l'excès dans le feuilleton Weakshield, selon le père de Louis. Il reprochait « l'émotion facile » et le caractère injustement « sacré » de la misère quand on la représentait dans les livres ou les journaux.

— Les pauvres qui recueillent si facilement tous les vices de notre nature sont en partie responsables de leur condition. La pauvreté est le résultat de l'immoralité, déclara-t-il.

— Un homme moral n'est pas forcément riche, répondit Steven.

— Je ne parle pas seulement d'argent, Mr Ross. J'ai entendu dire qu'on faisait grand cas des idées de Charles Darwin, qui, si j'ai bien compris, fait descendre l'homme du sommet de l'arbre de l'évolution.

— L'arbre de l'évolution, selon Darwin, ne serait pas un arbre, monsieur, mais un corail.

— Un corail ?

— Oui, une structure arrondie, sans sommet, en forme de buisson avec des branches multiples mais de hauteur égale.

— Vous voyez, déplora Mr Meadows, toutes les théories modernes trempent dans la même eau socialisante. La science elle-même a peur des reliefs. Être moderne, c'est être horizontal… mais il y a une idée que j'apprécie beaucoup chez cet homme.

— Laquelle, monsieur ?

— Le combat. Les espèces luttent ou s'éteignent.

— S'adaptent ou s'éteignent, corrigea Steven.

— Le combat moral est une force de progrès, qui nous donne de la grandeur. Les temps nouveaux ne cessent de s'attaquer à ce qui pourrait nous hisser au-dessus d'une sorte de « soupe » commune. Personnellement, je ne vois pas pourquoi il faudrait que l'homme diminue pour que le monde s'améliore. Depuis Copernic, nous avons perdu le centre de l'univers. Depuis Darwin, celui de l'évolution. J'ai même entendu dire que des philosophes germaniques, des sortes de Prussiens, prétendraient que notre transparence à nous-mêmes serait une illusion, un jeu dans les miroirs de « l'inconscient », le mot du siècle futur. Aucun penseur anglais ne concevrait un être humain qui ne serait pas maître de lui-même. Croyez-vous à la transparence, Mr Ross ?

— Je ne sais pas, dit Steven. Il me semble que je crois à ce que je ressens.

— De quoi Charles Darwin est-il mort ?

— D'avoir trop voyagé, dit-on… des infections attrapées aux antipodes et des scandales que sa théorie a générés.

— Paix à son âme, dit Charles Meadows.

— L'Église menace toujours de l'excommunier, glissa Louis.

— Ce serait bien excessif, mais l'Église tient à son idée d'homme supérieur. L'incarnation du Très-Haut dans la peau de l'arrière-petit-fils d'un babouin manque un peu de style. Personnellement, je tiens plutôt à l'idée d'une Angleterre supérieure, et c'est là où Darwin commence à m'intéresser.

— La théorie de l'évolution sélectionne les plus forts et les plus adaptés au monde où ils vivent, ce n'est pas ce qu'on observe chez nous, répliqua Steven.

— Précisément, Mr Ross, la générosité publique exerce un effet contraire à celui de l'évolution. Je le dis sans réserve, elle est contre nature.

Louis interrompit son père.

— J'ai rencontré un homme dans l'East End, un ancien chef de bande qui pense comme toi. Il veut tuer les pauvres, lui aussi.

— Je ne veux pas les tuer mais les empêcher de naître. Mon ami Alfred Marshall, l'économiste, estime que les pauvres n'ont pas le droit moral d'avoir des enfants et souhaite qu'une loi soit votée.

— Il va devenir très difficile d'être à la fois anglais et chrétien, dit Steven.

— Vous croyez en Dieu, Mr Ross ?

Steven acquiesça.

— Je vous donne raison, même si ce monde ne cesse de nous apporter des preuves de son absence. Mais il y a quelque chose de petit dans une pensée athée, une sorte de mesquinerie existentielle. Je suis bien mal placé pour donner des leçons de religion ; c'est au baptême de Louis que j'ai salué mon dernier pasteur.

Charles Meadows dissipa un retour de nostalgie que les soirées de Kensington ne repoussaient pas toujours. Les médecins consultés pour ses accès de mélancolie avaient conclu qu'il ne pouvait pas guérir et lui avaient prescrit l'indifférence à ses humeurs. Il s'adressa amicalement à Steven.

— Je suis heureux de savoir que mon fils compte parmi vos amis, Mr Ross.

Chapitre 29

Enquête au Daily News.
Les secrets des femmes du Seven Dials.

— Pour deux shillings, tous les mendiants avaient rencontré Weakshield, à tous les âges. J'ai même reçu la fille d'une nourrice qui jurait sur la Bible l'avoir allaité.

Steven avait eu l'idée d'un appel à témoin, rémunéré par le journal, à tous ceux qui posséderaient des informations sur la dernière année du règne de l'Irlandais. L'air désabusé de Louis après une journée d'entretiens inutiles était éloquent. Depuis le matin, les candidats à la récompense se succédaient dans des bureaux voisins qui transpiraient l'odeur de la misère. Toute une masse de pauvres gens attendait dans la salle de la rédaction. Steven avait passé l'après-midi à écouter les fables les plus absurdes, en dédommageant chaque témoin inutile de quelques pence payés de sa poche. La journée s'étirait. Louis avait, lui aussi, subi le bavardage d'épaves qui n'avaient rien connu du vieux Seven Dials, en dehors de ses ruelles boueuses et de son choléra. Le soir tombait. Louis réapparut dans le bureau de Steven, occupé à écouter les souvenirs du dixième soi-disant bras droit de l'Irlandais, transformé en déesse indienne à plusieurs membres.

— J'ai peut-être quelque chose.

Steven suivit le journaliste dans une salle à l'écart. Une grosse femme au chapeau plat, piqué d'un coquelicot en soie usée, le teint rougi par l'alcool, les attendait, largement assise au milieu de la pièce.

— Odilia Astair, présenta Louis.

— Miss Odilia Astair, corrigea la femme.

Steven s'inclina. Une odeur de poudre et de gin flottait autour d'eux.

— Miss Odilia Astair a habité Saint Giles jusqu'en 1889…

— Oui, monsieur, un an après les crimes de l'Éventreur, qui n'a jamais osé avancer ses sales pattes jusqu'à chez nous.

— Mr Steven Ross, rédacteur en chef du journal, souhaiterait que vous lui expliquiez la nature de vos activités à cette époque.

— La nature ? interrogea Odilia Astair, qui s'était redressée en rectifiant sa tenue, car le personnage présenté par le journaliste était d'importance.

— Que faisiez-vous au Seven Dials, miss Astair ? demanda Steven.

— Est-ce que les deux shillings… ?

— Les shillings vous seront remis à la fin de l'entretien, si vous nous apportez des informations sincères et utiles.

Miss Odilia Astair hocha la tête et répéta pour elle-même les deux mots, à l'évidence inusités dans son vocabulaire.

— Utile, je ne sais pas, Mr Steven, dit-elle crânement, mais sincère, je vous en donne ma parole d'Anglaise.

— Je préférerais votre parole de femme.

Odilia, flattée, émit une sorte de roucoulement en agitant le coquelicot planté au sommet de son chapeau.

— Miss Astair venait en aide aux filles déshonorées…

— Déshonorées est le mot exact, Mr Steven.

— … qui souhaitaient se débarrasser du produit de leur faute, continua Louis.

Une faiseuse d'anges. La lie des bas-fonds.

— Et je prenais à cœur le sort de toutes ces malheureuses…

— Miss Astair aurait rencontré Weakshield chez elle, à deux reprises.

— Deux fois, c'est sûr. La première, juste un an avant sa mort. Je me le rappelle bien. C'était quelqu'un, un bel homme, ça personne ne pourra dire le contraire. J'ai toujours aimé les Irlandais. Les Irlandais et les marins.

— Pourquoi est-il venu vous voir ? interrogea Steven.

— Pour me parler d'une petite qui était passée chez moi.

— Comment était-elle ?

— Oh, son visage, je ne saurais vous dire…

— Et son nom ?

Odilia Astair soupira.

— Les filles me donnent leurs enfants, Mr Steven, pas leur nom.

— Donnent ?

— Je parle d'une époque ancienne. J'ai quitté depuis longtemps mes activités de jeunesse...

— Miss Astair tient une boutique de bonneterie.

— Le meilleur jersey du monde, Mr Steven.

Louis observa le visage de Steven qui fixait intensément celui de la femme. Il avait rapproché son fauteuil du sien après la proposition d'un verre de gin que la faiseuse d'anges n'avait pas refusé. La passion du rédacteur pour l'affaire Weakshield rattrapait la sienne. Il en avait retiré une satisfaction personnelle au début, mais les choses lui échappaient. Il y avait plus que le feuilleton du *Daily News*, Steven « prenait à cœur », comme disait cette femme. Oui, il prenait à cœur, pensa Louis en regardant avec tendresse le visage de cet homme que la lassitude avait quitté.

— Miss Astair, si les informations que vous possédez nous sont livrées en toute sincérité, si vous nous racontez les choses comme elles se sont exactement déroulées, le journal vous dédommagera...

— De combien, Mr Steven ?

— Du montant de votre franchise, que je saurai apprécier moi-même. La police n'aura rien à voir...

Odilia Astair haussa les épaules.

— Il y a longtemps que je n'ai plus peur de la police, Mr Steven. Les sergots m'ont amené leurs femmes et leurs filles, bien autant que les autres. Je les ai presque tous connus.

— Parlez-moi de cette femme que Weakshield recherchait. Comment était-elle ?

— Elle était dure. C'est tout ce dont je me souviens. Dure au mal, oui... pour le physique, je vous l'ai dit, je ne sais plus trop. Et à lui aussi, j'ai répondu pareil. Les filles se ressemblent toutes. Il m'a dit qu'elle avait une tache sur le front. Ça, ça me disait quelque chose, parce que je remarque les défauts des gens. Je vois une petite femme, pas grosse et plutôt jolie, c'est tout. Mais elle était dure, répéta la vieille.

— Dure ?

— Oui. Je dis toujours aux filles que ça va chauffer un peu dans le bas, pas trop, pour les rassurer. En fait, quand je fais entrer la potion, c'est comme des tisons qu'on soufflerait dans le ventre. Y en a qui crient comme des truies et d'autres qui tournent de l'œil. Mais la petite de Weakshield, ça avait pas l'air de lui suffire. C'est pour ça que je m'en suis bien souvenue. Elle avait un ventre de cire.

— De cire, avez-vous dit ?

— Oui, de cire. D'ailleurs, elle s'y connaissait. C'est chez Tussaud qu'elle travaillait.

Steven réfléchissait. Les derniers mots de la faiseuse d'anges faisaient écho. Il les nota dans son carnet, pour y revenir plus tard.

— Et Weakshield ?

— Il a pas dit grand-chose. Il avait seulement l'air bien secoué par mon histoire. Je crois qu'il était pas sûr que la petite y soit passée. J'ai eu peur un moment, parce que c'était lui. Mais moi, j'y pouvais rien. Je demande pas aux filles l'autorisation de celui avec qui elles ont fricoté. Non, il a rien dit, mais en partant, il m'a posé une drôle de question.

Elle vida son deuxième verre de gin et vérifia la bonne tenue de son chapeau.

— Quelle question ?

— Il m'a demandé s'il restait quelque chose de ce que j'avais enlevé...

Le rire d'Odilia Astair repoussa Steven qui s'était approché au plus près d'elle pour l'écouter.

— S'il restait quelque chose, répéta la vieille, en secouant ses lèvres lourdes... les restes filent dans les égouts, vous pensez, je ne garderais pas ce genre de souvenir. Il était bien spécial, cet homme-là. Il est parti en piquant du nez et je l'ai pas trouvé si différent de ceux qui traînaient alors, dans les rues.

— Et la deuxième rencontre ? demanda Louis.

Odilia retrouva son sérieux.

— J'aimerais voir la courbe d'un shilling avant.

Le secret de Zarn.

— C'était une sorte de sorcière. Noire comme le fond du fleuve, avec un drôle de regard. Des yeux qui allaient pas ensemble, un sur vous, l'autre sur sa magie. Elle faisait peur alors qu'elle était plutôt du côté des bonnes filles, à ce qu'on entendait. Elle disait l'aventure comme les gitanes, avec des osselets dans son sac qu'elle jetait par terre. Elle les a sortis avant d'entrer chez moi, pour savoir comment le temps allait tourner. Faut croire que j'avais une réputation dans le monde invisible.

La tête d'Odilia Astair tournait un peu, mais ce n'étaient pas deux verres de gin qui allaient lui faire rater les quatre shillings âprement négociés auprès de cet homme qui paraissait s'intéresser à son histoire et pour peut-être plus d'argent encore.

— Elle était mariée au Viking, le nain qui régnait sur les quartiers. Fallait être tordue pour coucher avec ça… ce que je peux jurer, c'est que Weakshield était là, avec elle. Son chaperon pour ainsi dire… y avait une bonne année qu'était partie depuis sa première visite.

Miss Astair était d'humeur légère. Elle se pencha langoureusement vers Steven qui la redressa avec précaution au fond de sa chaise oscillant sous son poids.

— Pourquoi était-elle chez vous ?

— Pour me parler du beau temps, Mr Steven, s'esclaffa-t-elle.

Steven sortit le dernier shilling de sa poche pour faire cesser le rire d'Odilia.

— Comme toujours, monsieur, pour la même chose que toutes les autres. Il n'y avait pas de réunion mondaine chez moi, à Albertrow.

— Un enfant… ?

— Oui, Mr Steven, et du Viking lui-même, il a fallu bien réfléchir… sans Weakshield, je peux vous dire que je l'aurais renvoyée bien vite d'où elle venait… il fallait pas avoir la tête en place pour faire ça dans le dos du nain. Mais l'Irlandais m'a dit que tout le monde était d'accord, la preuve, c'est qu'il était là. J'ai pas donné le lavement habituel qui va parfois aux hémorragies. J'ai pris les précautions, avec des infusions juste nécessaires, à l'angélique de Chine et à la menthe pouliot… c'est après que j'ai su que le nain était pas dans l'affaire et qu'on avait fait passer son héritier sans qu'il ait son mot à dire. Évidemment, il était bien enragé et, après cette histoire, j'ai dû disparaître quelque temps jusqu'à ce que tout ce petit monde se massacre ou finisse au bout d'une corde. Moi, après tout, j'y pouvais rien. Je crois d'ailleurs qu'on peut rien aux choses, Mr Steven. Rien du tout. La vie passe sans nos avis, je dis toujours.

Chapitre 30

Une femme de cire.

— La cire, Louis… déclara triomphalement Steven.

Le jeune homme maugréa en se retournant dans son lit. Le jour se levait à travers les persiennes de l'appartement de Tite Street.

— Quoi, la cire ? articula Louis en soupirant sous l'épais duvet où sa tête s'était réfugiée.

— La femme de cire…

Le témoignage de la faiseuse d'anges résonnait. Les pages du dossier Weakshield couvraient le bureau de Steven. Il avait trouvé le passage, dans l'interview du forgeron de Wapping, l'éleveur de rats, qui avait parlé d'une petite chienne, morte, dont le Viking avait voulu garder le souvenir : « … il avait fait fabriquer une statuette d'elle en cire, par une ouvrière de chez Tussaud qui traînait quelquefois avec eux. Une sacrée main… » Steven avait demandé à Sean de chercher les femmes, dans la liste des disparus, les jours qui avaient suivi l'assassinat de Zarn. La réponse était dans sa boîte aux lettres depuis la veille. L'inspecteur usé des sous-sols de Scotland Yard avait encore de beaux restes. Trois mortes de tuberculose, une vieille ivrogne de Whitechapel noyée et deux corps, des femmes assez jeunes, dont l'âge pouvait correspondre à celui de l'ouvrière, l'un trouvé dans un taudis de Brick Lane, l'autre dans une rue du Seven Dials, sans précision sur la cause des décès. Sean recherchait les certificats d'inhumation. La clé était là, Steven le savait. La femme du Viking avait payé de sa vie son passage chez l'avorteuse. Et la disparition de Weakshield était liée à sa présence à ses côtés, ce jour-là. La faiseuse d'anges accouchait les secrets. La femme au ventre de cire… Steven voyait clair, les questions de l'Irlandais sur cette fille si dure au mal revenaient à son esprit et son trouble… la lettre avait été écrite pour elle. Les pièces s'organisaient. La partie s'était jouée à trois chez l'avorteuse. Jonathan, l'ouvrière de chez Tussaud et Zarn.

— Pourquoi « à trois » ? demanda Louis.

— Weakshield accompagne Zarn qui veut avorter de l'enfant du nain. Elle a décidé seule. Le Viking ne sait rien. Sa haine pour l'Irlandais remonte à cette histoire. Avant, leur amitié est certaine, Weakshield a sa confiance et une autorité presque égale à la sienne sur les quartiers de Londres. Puis, brusquement, ce petit univers se met à trembler. L'unité du Seven Dials se brise, Weakshield devient l'ennemi, disparaît et les morts s'accumulent dans les bas-fonds. Tout cela quelques semaines après la visite chez Miss Astair, quand le nain a appris qu'il était là et qu'il avait laissé faire.

— Pourquoi accompagne-t-il la femme du Viking chez Odilia ?

— Je ne sais pas, mais il connaît l'avorteuse. Une fille est passée chez elle, avant, une fille qui compte pour lui, qui a sacrifié un enfant elle aussi et qu'il recherche.

— L'ouvrière ?

— Tout se tient, Louis.

Steven sentit la vague d'énergie monter, l'exaltation excessive, mais excessivement souhaitable qu'il pensait avoir sacrifiée pour longtemps, avec d'autres victimes intérieures. Aucun doute. Weakshield n'avait aimé qu'une femme et cette lettre était pour elle, la petite ouvrière qui sculptait la cire.

— Allez viens, on a rendez-vous, dit-il en secouant le corps engourdi de Louis.

— Où ça ?

— À la Chambre des horreurs.

Baker Street. Chez Madame Tussaud and Sons.

— Des Irlandaises, il y en a eu beaucoup dans l'atelier. Quelle date m'avez-vous dit ?

— Automne 1884.

— Quinze ans… je ne suis pas sûr… nous traitons mieux la cire que nos archives. Attendez-moi quelques minutes, je vais vérifier.

Victor Curtius Tussaud, l'héritier, les avait accueillis avec froideur puis cordialité, dès que le nom *Daily News* avait été prononcé. La publicité était une tradition familiale au cabinet de cire et un sésame qui ouvrait ses portes. Steven fut surpris par son aspect flétri. Les enfants Tussaud n'étaient plus des enfants. Marie avait succombé paisiblement dans son sommeil en 1850, son petit-fils paraissait déjà plus vieux que son aïeule dont le masque mortuaire trônait à l'entrée du musée, fermé ce jour-là. Il les avait guidés à travers les salles jusqu'à la Chambre des horreurs. Les têtes tranchées de Marie-Antoinette et de Louis XVI les avaient accueillis à l'entrée, plantées au bout d'une pique. Steven et Louis connaissaient bien l'endroit. Tous les Londoniens aimaient la Chambre des horreurs, lieu de rendez-vous prisé par les riches et les pauvres. Conan Doyle se sentait si bien chez Marie

Tussaud qu'il avait convaincu Sherlock Holmes d'habiter dans la même rue qu'elle, à Baker Street.

Victor les avait guidés à travers les sinistres recoins de la Chambre où seuls les morts étaient admis. Les Tussaud leur rendaient hommage pour les crimes qu'ils avaient subis, ou de préférence commis.

— En 1790, ma grand-mère a été arrêtée par les révolutionnaires français et condamnée à la guillotine pour ses sympathies avec la noblesse. Son crâne a été rasé pour la préparer à l'échafaud. Le talent a arraché sa grâce. On lui a donné le choix entre modeler la tête des autres ou perdre la sienne. Ces portraits sont ceux de ses amies et ont été faits de ses propres mains avec de la cire et des larmes. La princesse de Lamballe, Madame Élisabeth, sœur du roi…

Ils avaient attendu le retour de leur guide dans le Cabinet des assassins, sous le couteau de Jack l'Éventreur, tout près du corps simiesque de Mr Hyde.

— L'horreur te va bien, avait chuchoté Louis à l'oreille de Steven, en déposant ses lèvres sur son cou.

Victor Curtius était revenu en compagnie d'un petit homme recroquevillé à l'air inquiet, qui traînait les pieds derrière lui.

— Nos archives se trouvent là, dit l'héritier, en désignant le crâne dégarni de l'homme qui restait dans son ombre, dans la mémoire de Mr Chavelett.

Il présenta les visiteurs en précisant qu'ils n'entretenaient aucune relation avec les inspecteurs de Scotland Yard, dont Mr Albert Randall Chavelett redoutait l'apparition autant que l'épidémie de tuberculose qui courait dans les rues voisines. La boussole morale de Mr Chavelett ne s'était écartée qu'une seule fois de l'axe magnétique de la loi, qu'il plaçait au-dessus de toutes les valeurs de l'univers. Cet axe l'avait maintenu au nord de l'existence, dans des contrées blanches et dépeuplées où ne se croisaient que des regrets froids et des espérances congelées. Le 24 août 1855, dans un accès de rage hors de propos, il avait maudit le nom de la reine qui, lors de son voyage sur le continent, s'était inclinée sur la tombe de Napoléon Ier. Depuis, il se sentait traqué. Et sa conscience avait revêtu l'uniforme des policiers qui habillait chaque inconnu croisé sur sa route. « *God save the Queen* », répétait une voix intérieure, comme une incantation qui le protégeait du châtiment. L'identité révélée des deux hommes qui l'interrogeaient le rassura autant qu'il était possible, c'est-à-dire incomplètement.

— Automne 1884, dites-vous ? Une Irlandaise ?

— Oui, une main exceptionnelle.

Il n'hésita pas.

— Bien sûr, Miss Fine, la petite ouvrière qui avait connu Madame.

— Fine ?

— Miss Fine Mc Gall, continua Mr Chavelett, une belle main, sérieuse et ponctuelle. Aucun reproche…

Le visage de l'archiviste s'assombrit. Les questions sonnaient comme celles de l'interrogatoire qu'il redoutait de subir à tout moment et il recula dans le silence.

Louis intervint :

— Aucun reproche, monsieur, au contraire, c'est d'un hommage qu'il s'agit…

— Un hommage ?

— Oui. De son mari, actionnaire principal de notre journal. Un homme de haute condition…

— J'ignorais que…

— Une épouse vertueuse et vénérée qui a malheureusement quitté ce monde pour laisser un veuf à sa dévotion qui collectionne les souvenirs.

— De haute condition…

Albert Chavelett avait toujours pensé que le pardon de ses fautes viendrait du ciel ou de ses avant-postes que constituaient les couches les plus élevées de la société. Cette pensée le tranquillisa et il devint plus disert. Steven observa avec affection le visage impassible de Louis, qui mentait avec un naturel qui le touchait au cœur.

— C'était une ouvrière remarquable. Oui, je pense, la plus remarquable de toutes. Votre grand-mère, dit-il en s'adressant à Victor qui s'impatientait, avait de la considération pour elle. Elle était…

Mr Chavelett s'interrompit longuement.

— Comment était-elle ? interrogea Steven.

— Je ne sais plus trop, à vrai dire. Elle avait…

Il réfléchit encore, en donnant le sentiment de progresser lentement sur le sol sablonneux et mouvant de sa mémoire. Victor Curtius laissa échapper un soupir.

— Elle avait ?

— Un style.

Steven et Louis échangèrent un sourire.

Victor Tussaud avait déjà ouvert la porte de sortie en invitant les deux hommes à le suivre.

— Mais… continua Mr Chavelett, il reste quelque chose.

Steven se rapprocha.

— Quelque chose d'elle ?

— Oui, le modèle de sa dernière œuvre. Un travail d'exception.

Ils l'accompagnèrent dans le sous-sol de l'atelier à travers un charnier de corps de cire plus effrayant que le Cabinet des assassins. Au fond, une série de statues avaient été rassemblées, protégées de l'humidité par des couvertures. L'archiviste se dirigea sans hésitation vers l'une d'elles qu'il découvrit. Un buste apparut qui stupéfia les deux hommes. Le réalisme avait la puissance de celui des corps naturalisés de Mr Phineas Barnum. C'était le portrait d'un infirme au visage creusé de cicatrices, le regard habité d'une expression de méchanceté vivante. La tête était large, les bras et le buste anormalement courts, les mains déformées autour d'un pouce trop long, taillé comme une lame de couteau.

— Pour la Chambre des horreurs ? interrogea Louis.

— Non, une commande personnelle, répondit l'archiviste. Mais le travail aurait sa place à l'étage.

Louis et Steven quittèrent Baker Street, en direction du journal. L'enquête progressait enfin. Le passage dans la Maison Tussaud avait égayé leur humeur et ils marchaient côte à côte, sans presser le pas, Steven, jugeant l'air de Londres respirable, et Louis, le pâle soleil qui pointait dans les meurtrières de brouillard, suffisant. Ils ne virent pas la silhouette étrange de l'homme qui les suivait. Sa démarche lente et boiteuse laissait traîner dans les halos des becs de gaz une ombre difforme.

Chapitre 31

Que la vérité soit.
Un buste de cire au théâtre d'ombres.

— Le corps du Seven Dials n'a pas été enterré.

Sean vidait sa chope de bière dans le pub qui était sa seconde maison, au pied de Scotland Yard. Steven avait raconté à l'ancien enquêteur l'entrevue au musée Tussaud. Sa conviction était faite, l'ouvrière irlandaise était « la » femme, la même, qui avait modelé le chien du Viking, qui était venue chez la faiseuse d'anges, qui avait disparu après l'assassinat de Zarn, celle à qui Weakshield avait envoyé cette lettre des années plus tard. Et il y avait ce buste…

— La description peut correspondre, continua Sean, mais il n'y a pas eu de certificat d'inhumation.

— Ce qui veut dire…

— Le corps s'est volatilisé, Steven. Deux solutions : soit on l'a fait disparaître, soit ton Irlandaise n'est pas morte.

Le buste du nain… l'idée revenait en boucle dans le crâne de Steven.

— Le jour de la mort de sa femme, le Viking était dans un théâtre, n'est-ce pas ?

— Oui, au grand théâtre d'ombres, l'opéra des pauvres. Et des témoins l'ont vu...

— Lui ou son double.

— Son double ?

— Supposons qu'il ait été remplacé...

— Remplacé quand et par qui ?

— Pendant la représentation... il avait une loge au-dessus de la scène, face au public ?

— Oui.

— ... qui aurait pu voir une image de lui, à sa place.

— Une image ?

— Une statue. Une statue de cire.

Sean haussa les épaules.

— Supposons, continua Steven, le Viking fait sculpter un buste de lui-même, le cache dans sa loge et disparaît juste le temps nécessaire. Il tue sa femme et revient avant la fin du spectacle. Un simple tour de substitution que personne ne remarque. Où le corps de Zarn a-t-il été retrouvé ?

— Dans leur taudis à Parker Street.

— Quelle distance du théâtre d'ombres ?

— Pas loin, dix minutes, en passant par Saint Giles... tu supposes et tu ne bois pas, dit Sean en montant la pinte remplie de Steven à ses lèvres. Et pourquoi aurait-il tué sa propre femme ?

— Odilia Astair.

— Odilia... ?

— La faiseuse d'anges qu'on a interrogée au journal, avec Louis. La femme du Viking est venue pour ça, pour l'enfant qu'elle attendait du nain. Il ne pouvait pas lui pardonner.

— Et qu'est-ce que fait Weakshield dans cette affaire ? Pourquoi le Viking l'aurait fait accuser ?

— Parce que Weakshield était au courant et a aidé Zarn. Il l'a accompagnée chez l'avorteuse.

— Tu as de l'imagination, pour un journaliste vieillissant.

— Il faut que tu m'aides à prouver tout ça, Sean. Cherche autour du corps de l'Irlandaise, Fine Mc Gall. Elle est revenue à Londres depuis au moins deux ans, la lettre de Weakshield le prouve. Il faut que tu retrouves sa trace.

— Et qu'est-ce que j'y gagne ?

— Un étage à Scotland Yard.

Les deux amis se séparèrent. À la sortie du pub, Sean rappela Steven qui prenait la route du *Daily News*.

— Fais attention.

— Attention à quoi ?

— Ces vieux truands que tu chasses, s'ils sont encore vivants, ils voudront rester entre eux.

— Ce qui veut dire ?

— Que tu ne seras pas invité.

En train vers la vérité.

Eastbourne.

Il avait fallu deux jours à Sean pour trouver un indice de valeur. Un dossier médical enregistré à l'hôpital de King's College, en 1884, au nom de Mc Gall, dans le service du professeur Joseph Lister, le plus grand nom de la chirurgie anglaise. Glorieux retraité dans son cottage d'Eastbourne où les membres de la gentry accouraient encore pour recueillir ses avis diagnostiques. Steven avait télégraphié le jour même pour demander une audience et, sans attendre la réponse, avait sauté dans le train de midi qui avalait les soixante-dix miles en moins de cinq heures. Louis resterait à Londres pour continuer l'enquête sur la nuit du théâtre d'ombres. Ils s'étaient quittés sur le quai en se serrant la main, sous l'œil d'un couple de policemen qui faisaient leur ronde. La veille, ils avaient dîné chez eux, à Tite Street, où Louis avait installé ses affaires. La soirée s'était échappée. Le temps accélérait son cours, quand ils le partageaient. Steven avait soudain ressenti une angoisse physique qui lui avait rappelé ses années de solitude. Sa gorge s'était serrée au bout d'une pauvre phrase : « Le temps passe vite… » « Le passé passe vite », avait corrigé Louis. Cette réponse lui revenait en mémoire dans les secousses du compartiment qu'il occupait seul. Quand il pensait à l'avenir, Steven retrouvait sa noirceur ancienne, vivante, sous le calme apparent de son esprit. Est-ce que son destin serait celui de Wilde ? Cette chute sans fond, cette humiliation éternelle… que disait Louis sur l'avenir ? Ce mot ne signifiait rien. Pour Louis, l'avenir, c'était le présent et le présent, c'était l'amour. Avant son départ, Steven était retourné au journal et avait rassemblé le chapitre sur la jeunesse de l'Irlandais, le chapitre « faiblissant » qu'il avait reproché au jeune journaliste, en insistant malgré le trouble que ses mots avaient provoqué… à cause de ce trouble, qui marquait son petit espace de pouvoir. Il avait allumé avec peine le poêle usé de son bureau et approché les feuilles des flammes. Le prêtre du village d'Irlande avait raconté une enfance triste. Et quoi d'autre ? Steven avait lu l'article d'un jeune médecin juif autrichien qui proposait une vision neuve. Les maladies de l'âme étaient, selon le docteur Freud, les stigmates de douloureuses expériences du passé, mises au secret. Du passé infectant le présent, du temps choléra qui rendait malades ceux qui l'avaient vécu. Steven ne croyait pas à la survie des anciennes blessures. Le présent rompait sans cesse avec celui que l'on avait été. L'homme d'aujourd'hui était plus vieux, plus laid, plus malheureux que son frère mort de la veille, mais surtout il était autre. Les souvenirs changeaient de mémoire et perdaient leur virulence au passage, comme les germes atténués des vaccins. L'angoisse était à l'avenir seul. Une enfance triste.

Une fois de plus, un écho intime venait le rapprocher de l'homme « magnifique ». Peut-être aurait-il dû offrir aux lecteurs un peu de cette intimité. Louis avait raison, le petit Weakshield battu par le prêtre ferait vendre plus que le sanguinaire chef des bas-fonds. Mais Steven ne voulait plus parler d'enfance. Les histoires en étaient farcies. Les écrivains ne savaient plus rendre les héros vivants sans faire sangloter leurs jeunes années. Steven voulait un homme neuf, né de ses actes. L'enfance… toutes les vies s'arrêtaient là. La sienne avait été si triste et si pressée d'en finir avec elle-même. Et qu'avait-il espéré ? Une suite ? La vie s'étirait à partir du corps déshabité de la jeunesse, comme une ombre, pour faire des adultes ce qu'ils étaient jusqu'au bout, des enfants morts.

Steven s'était écarté des flammes. Pourquoi détruire ce qui ne serait pas publié ? Il avait repoussé des dizaines d'articles et de manuscrits que de jeunes auteurs lui envoyaient pour obtenir son appui. Il avait maintenant le sentiment qu'on ne prenait jamais l'exacte mesure d'un refus. Et comme la négligence était le déguisement du mépris. Combien de mots son dédain avait-il brûlés ? Combien de personnages consumés dans les flammes, avec les corps sensibles qu'ils avaient empruntés aux vivants ? Ces chimères ne grillaient pas sans parfum comme les idées ou les rêves, elles dégageaient une lourde odeur de viande qui disait bien ce qu'elles étaient.

Chapitre 32

Lord Joseph Lister.

« En 1863, quand les recherches de Pasteur eurent montré que l'atmosphère était septique, non à cause de l'oxygène mais du fait d'organismes minuscules qui s'y trouvent en suspension, j'eus l'idée qu'on pouvait éviter la décomposition de régions blessées sans supprimer l'air, en leur appliquant comme pansement une substance capable de détruire la vie des particules flottantes, du phénol ou de l'acide phénique. »

Steven lisait avec attention les mémoires de l'homme qu'il allait rencontrer. Lord Joseph Lister, le père de la méthode antiseptique. « Une idée bien ancrée dans les esprits, avant la théorie des germes de Pasteur, était que l'apparition de pus dans une plaie était un facteur de cicatrisation, alors qu'elle s'avère être la preuve de la mortification des tissus. »

L'air de la mer l'avait cueilli à la gare. Une pureté inquiétante qui mit quelques minutes à lever la méfiance de ses poumons accoutumés aux vapeurs huileuses de Londres. Il prit une chambre pour rattraper quelques heures de repos avant sa visite à lord Joseph, le lendemain au plus tôt de la matinée. Son impatience repoussa son sommeil jusqu'aux premières lueurs de l'aube. Mais Steven savait vivre sans dormir.

L'accueil de Mrs Lister avait été chaleureux. Il avait attendu en sa compagnie autour d'un thé, dans une salle à manger, où tous les repas du jour semblaient avoir été préparés pendant la nuit, sur des assiettes couvertes d'une cloche opaque, avec un souci d'organisation, d'ordre et de propreté qui avait rappelé à Steven les mots prophétiques de Louis avant son départ : « Tu verras, tout sera préparé. C'est à ça qu'on reconnaît l'esprit province. Au degré de préparation. Un accueil négligé ou imprécis n'a d'élégance qu'à Londres. Les tenues seront comme les couverts, astiquées. Si tu trouves une particule d'humour dans ton assiette, sur le mobilier, ou au revers d'une veste, elle sera époussetée. Le sérieux concourt au devoir de propreté extérieure qui est la valeur essentielle du bourgeois des champs, qui méprise autant qu'il envie le bourgeois des villes. » Louis avait conclu en riant au passage d'un jeune étudiant aux couleurs d'Oxford qui courait pour rejoindre sa troupe : « Je déteste l'esprit province, sauf quand il a un beau cul. » Steven prit garde d'effacer le sourire esquissé dans sa pensée, de peur que l'œil de son hôte, rompu aux jeux des apparences, ne le traverse de part en part.

Lord Joseph apparut en tenue de campagne, un courrier dans sa main.

— Vous arrivez en même temps que vos télégrammes, Mr Ross.

Steven présenta toutes les excuses nécessaires et expliqua le but de sa visite.

Joseph Lister, baron de Sa Majesté, était un homme de petite taille, l'air réservé et, le monde l'ignorait, bègue. D'épais favoris recouvraient ses joues, son regard était sévère, son teint pâle et ses lèvres minces en arc incliné vers la pointe du menton donnaient l'impression d'un homme embarrassé. Il écouta avec intérêt l'histoire de Steven, le nom de Weakshield ne sembla pas le surprendre. La montre de son gousset sonna l'heure de sa marche quotidienne et il proposa à son visiteur de l'accompagner.

Steven suivit avec peine le pas de cet homme âgé, plein d'une vitalité que le tabac des pipes avait étouffée dans ses propres poumons. Ils prirent la direction de Beachy Head et sa falaise de craie. Une spectrale ombre blanche plantée au milieu de la mer sculptait dans la brume la forme d'une baleine géante, fantôme de Moby Dick. Lord Joseph apprécia l'image.

— Ma plus grande surprise, avec ce livre remarquable, aura été de découvrir que son auteur était américain. Mr Melville aurait mérité l'Angleterre.

Ils rejoignirent un banc qui dominait l'océan et restèrent côte à côte, en silence, devant un ciel plombé, sous un vent hostile qui glaça la gorge de Steven. Il crut nécessaire de louer la qualité de l'air, observation qui ne trouva pas l'écho favorable attendu :

— La mer, contre l'avis communément partagé, n'apporte aucune pureté, déclara sèchement lord Joseph. L'air marin est aussi microbien que l'air de la ville. J'ai étudié au microscope des gouttes de cette eau estimée, en suspension autour de nous. Elle contient plus de germes qu'un bouillon de culture oublié dans un coin de laboratoire.

Steven crut devoir répondre et ajouta une phrase absurde qu'il regretta à l'instant où il la prononçait.

— Peut-être faudrait-il sympathiser avec les microbes, puisque ceux d'ici paraissent convenir à nos poumons…

— Sympathiser avec les microbes, avez-vous dit ?

Steven ferma les yeux sur l'image de sa main venant signer l'arrêt de mort de son entretien avec le professeur Lister. Le vieil homme se tourna vers lui pour le regarder, mais il eut la surprise de voir passer une lueur plutôt amicale dans ses yeux, et une forme embryonnaire de sourire fit sursauter sa lèvre supérieure.

— C'est très précisément cela, Mr Ross, très précisément cela.

La voix accrocha sur les dernières syllabes. Le bégaiement contrôlé de lord Joseph pointait dans les failles d'émotion. Ils reprirent leur marche sur la crête de la falaise, mais le professeur ralentit son pas pour rester au côté de Steven et continua d'un ton devenu bienveillant :

— Nous sommes des êtres naturellement malades, Mr Ross. Le nourrisson qui ouvre les yeux au monde ne recèle aucune pureté en lui. Son corps est déjà un champ de ruines. Déjà des cellules mortes, déjà des virus, des bacilles, des bactéries qui cohabitent ou s'affrontent. C'est la grande erreur de Pasteur de n'avoir vu que de la nuisance et de l'accidentel dans les microbes.

— Vous avez rencontré Pasteur ?

— Pasteur était un ami, mais il était français. Son génie était patriote. Il voyait les progrès de la science comme un développement de la civilisation gauloise et trouvait une infinie vulgarité aux pièces de Shakespeare. Il avait la vision d'une France intellectuelle et d'une Angleterre plutôt manuelle de nature. Il m'aura toujours considéré comme une sorte de maçon qui bâtissait sa grossière maison selon les plans subtils qu'il avait conçus. Il ne m'a jamais écouté.

— Écouté ?

— Oui, sa théorie des germes idéalise les hommes. D'un côté, le corps vertueux aussi stérile que le vide de l'espace et, de l'autre, le monde purulent en guerre contre nos organes. Non ! la surestimation de notre nature a toujours été le défaut du continent. L'Angleterre est une île de lucidité dans l'océan des vanités européennes. Darwin n'aurait pas pu naître français, l'homme pour lui n'est qu'un singe comme les autres et, personnellement, je ne vois pas l'être humain comme une singularité aseptique dans un monde infecté de microbes. Il n'y a que les Français qui respectent à ce point l'individu… dans la mesure où il partage leur nationalité. Pasteur a vu les microbes et c'est son génie. Il en a fait nos ennemis, c'est sa limite. La nature a été créée en milieu stérile, rappelait-il, et il est vrai que la Genèse ne mentionne aucun bacille dans les six premiers jours…

— Vous étiez à son jubilé à la Sorbonne, en 1892 ?

— Oui, trois ans avant sa mort et je lui ai donné cette accolade qui fut considérée comme le symbole de sa réconciliation avec la médecine. Vous savez, Pasteur était chimiste et pas médecin. Il a commencé par travailler sur les maladies du vin, de la bière, du fromage et sur le ver à soie. Il a été longtemps méprisé. Les chirurgiens français ne l'ont pas écouté pendant leur guerre perdue contre les Prussiens. 75 % de mortalité opératoire chez eux, contre 15 % dans mon service de King's College, en suivant ses conseils d'asepsie, ignorés par les siens. Les accoucheurs continuaient à cette époque à alterner, dans la même heure, les mises au monde et les autopsies sans changer d'instrument ni de tablier.

Le professeur Lister parlait sans s'arrêter en butant à la fin des mots, sur la route des falaises éclairée par un soleil avare. Steven attendait le bon moment pour revenir à l'affaire Weakshield.

— Savez-vous comment j'ai découvert l'acide phénique ?

Steven avait lu ce chapitre de ses mémoires où la découverte de la première solution antiseptique était largement détaillée.

— Non, professeur, répondit-il.

— Par l'agriculture. Une invention allemande pour traiter les champs d'épandage municipaux. Quand le produit était répandu, les odeurs d'égout disparaissaient. J'ai eu l'idée d'utiliser le phénol pour chasser les miasmes qui empoisonnaient l'atmosphère des blocs opératoires. J'ai traité les plaies, puis les instruments, les blouses. Pulvérisations phéniques, perfusions phéniques, drains phéniques, pansements phéniques. Les résultats étaient immédiatement extraordinaires. Moins j'opérais, plus je guérissais. Il a fallu beaucoup de temps pour vaincre les résistances. L'orgueil des médecins rend leur esprit créatif ou borné. Plus souvent borné que créatif, à vrai dire.

Il lui tendit une fiole remplie de phénol atténué qui rééquilibrait radicalement la flore microbienne intestinale. Steven déclina.

— Que vouliez-vous savoir précisément, Mr Ross ?

Steven reprit les grandes lignes de l'enquête jusqu'au soir du théâtre d'ombres et à la disparition du corps de Fine.

— En 1884, une jeune Irlandaise a été…

— Je me souviens très bien d'elle, coupa le professeur, et de lui aussi. Je savais qui il était et il ne m'a pas menacé. Je me souviens d'un homme plutôt… (il réfléchit un instant) désarmé. Quand il est entré dans mon service, il la portait dans ses bras, avec l'air le plus désespéré du monde. Il refusait que les infirmiers la touchent. Fine Mc Gall, m'avez-vous dit. Bien sûr, je n'ai pas oublié ce nom.

— Pourquoi ne pas avoir prévenu la police ?

— Pourquoi l'aurais-je fait ? Cet homme m'a amené sa femme pour que je la soigne, Mr Ross, pas pour que je la dénonce.

— Pouvez-vous me dire…

— Une plaie thoracique par balle. Ce genre de blessure tue dans la presque totalité des cas. (Lord Joseph posa sa main sur le bras de Steven.) « Presque », Mr Ross, c'est l'espace mystérieux de la médecine. Si aucun organe vital n'est touché, l'infection du médiastin emporte les rescapés. La balle qui avait traversé la poitrine de cette jeune femme était à quelques millimètres du cœur. J'ai d'abord refusé de l'opérer et Weakshield a accepté ma décision. Il n'a pas protesté, il ne m'a posé aucune question. Mais je n'ai jamais vu un homme aussi écrasé, Mr Ross, jamais. Je l'ai fait entrer dans mon bureau et il est resté devant moi, sans dire un mot. Et, face à lui, je… comment dire… (le bégaiement s'échappa à nouveau) je ne sais pas comment vous expliquer cela, mais j'ai senti comme une sorte de défi lancé par la nature à travers cet homme. Oui, un défi. Et j'ai changé d'avis. J'ai décidé d'opérer. J'ai retiré la balle, à l'aveugle, sans toucher le cœur. Je pense que le dieu des chirurgiens était attentif au monde des humains ce soir-là, et sobre pour une fois. Ma pince est allée au plus profond de la plaie et a touché la bille de métal, juste avant l'aorte. J'ai phénolé le champ opératoire et drainé mais la plèvre s'est infectée. La jeune femme a sombré dans le coma et la fièvre est montée. Situation malheureusement trop bien connue.

— Et Weakshield ?

— Il était comme elle, d'une certaine façon, chaque jour un peu moins vivant et seul dans la salle des familles à l'hôpital, sans manger, sans dormir. Il exprimait un tel sentiment de fatalité. Alors, j'ai décidé d'essayer un traitement.

— Un traitement ?

— Oui, Mr Ross, un traitement de reine, que j'ai appliqué à Balmoral.

Steven savait que lord Joseph avait été le chirurgien de la Couronne et continuait à être appelé au chevet de Victoria.

— Voyez-vous, j'avais reçu les travaux d'un jeune médecin français, de l'École de Lyon, qui préparait une thèse dont il me soumettait les premiers résultats. Ernest Duchesne. Souvenez-vous de ce nom, le monde l'a déjà oublié, bien à tort. Cet homme a étudié l'action des moisissures contre les infections.

— Les moisissures, vous voulez dire…

— Oui, les champignons, Mr Ross. Je n'ai jamais oublié la phrase de conclusion de son travail, simple, directe : « La lutte entre les bactéries et les moisissures semble tourner au profit de ces dernières. »

— Et pour Fine Mc Gall ?

— Ernest Duchesne m'avait envoyé un échantillon qui avait guéri des cellules infectées de typhoïde. Du Penicillium glaucum. Je l'ai reçu la semaine où cette pauvre femme mourait de fièvre dans mon service. Et je le lui ai administré par voie intraveineuse. Traitement qui n'avait jamais été essayé auparavant et qui, je dois l'admettre, n'avait pas reçu la moindre validation scientifique. Mais la fièvre est tombée. La jeune femme est sortie de son coma et Weakshield du sien. Huit ans plus tard, j'ai reçu un colis venant de Nouvelle-Galles avec les initiales J. W.

— Qui contenait…

— Des pépites d'or. Oui, des pépites qui ont servi à l'agrandissement de l'aile chirurgicale de King's College.

— Et ce traitement ?

— Il y a eu plusieurs essais après cette histoire, peu concluants au bout du compte, mais les moisissures sont difficiles à cultiver et, finalement, je ne suis plus très sûr aujourd'hui que tout cela ait un sens ; vous savez, les guérisons sont parfois miraculeuses.

Au retour de la promenade, Steven voulut prendre congé, mais lord Joseph le convia pour le déjeuner. Les cloches de Mrs Lister parvinrent à éclairer d'un peu de couleurs gustatives la sombre frugalité de son époux, à qui la consommation excessive de boissons phénolées avait fait perdre l'intégralité du goût et une part essentielle de l'odorat. La compagnie de Steven semblait convenir au professeur, qui renvoya au soir le fiacre qu'il avait commandé. Après le thé, ils reprirent la direction des falaises et pénétrèrent vers la fin de l'après-midi plus avant dans les terres, vers des marais qui s'étendaient à l'horizon. Une odeur fétide suintait des berges.

— La puanteur du Styx, déclara le professeur.

Steven monta un mouchoir à son visage. L'odeur de décomposition était insoutenable.

— Les marais du professeur Haycraft, un Gallois, entiché de sangsues.

— Des sangsues ?

— Oui, il les cultive. Elles empêcheraient le sang de durcir, comme l'affirment les paysans d'ici, qui s'en barbouillent le ventre où sont pour eux toutes les maladies. Il y a beaucoup d'exagération sur leur utilité thérapeutique, mais elles ont à l'évidence un effet sur la fluidification du sang.

— C'est elles qui puent comme ça ?

— Non, suivez-moi…

Ils grimpèrent au sommet du talus. Les marais s'étendaient sur plusieurs miles. Des têtes de chevaux émergeaient au milieu des eaux vaseuses, couvertes de mouches et attaquées par les corbeaux. Certaines, décomposées jusqu'à l'os. Des bêtes vivaient encore et hennissaient pauvrement, d'autres agonisaient en silence, couchées à la surface de l'eau, les yeux remplis de sangsues.

— On les nourrit avec les vieux chevaux. Ils crèvent, saignés jusqu'à la dernière goutte.

— Sale manière de partir, dit Steven.

— Oui, les Gallois ont toujours gardé le cœur un peu barbare, dit le professeur Lister en allumant une pipe.

Steven remarqua la tête d'un cheval qui dominait au milieu des autres. Les sangsues avaient attaqué ses paupières, un sifflement lourd s'échappait de ses naseaux dilatés qu'il plongeait par à-coups dans l'eau croupie. Il secouait sa crinière pour décrocher la vermine qui le recouvrait. Des sangsues mordaient la chair à vif de son encolure. Il haletait et malgré son épuisement, au bout de chaque souffle, il tentait de se hisser avec le même éternel effort, en poussant un hennissement court avant de retomber dans l'étau vaseux. Les corbeaux élargissaient leur cercle au-dessus des deux hommes qui contemplaient le marais.

Un peu plus tard, lord Joseph raccompagna Steven à la porte du cottage où son fiacre personnel l'attendait pour le conduire à la gare. L'air entre eux était impur, comme la science l'avait prouvé, mais cordial, et le professeur lui serra la main avec chaleur.

— N'oubliez pas une chose, Mr Ross, lui dit-il en le quittant. Le microbe n'est pas tout, le terrain est la clé de la maladie, la manière de rejeter ou d'accueillir… la sympathie, comme vous l'avez si bien exprimé à Beachy Head, le chemin de toutes les guérisons.

Chapitre 33

La grande beauté probable.

Louis trouva facilement l'adresse où Zarn avait vécu, 15 Parker Street, à la frontière du Strand. L'immeuble était aussi délabré que les bicoques qui l'entouraient, promises à la démolition depuis le début du siècle. La rue était un couloir d'immondices où clapotait une eau sale qui montait en vapeur pourrir les toits de bois vermoulu et les murs à la chaux cloquée par le salpêtre. Il poussa la porte. La logeuse, une Allemande aux épaules larges, aussi aimable que ses murs crasseux, lui demanda avec un fort accent ce qu'il venait foutre par ici. Le jeune homme ôta son chapeau pour la saluer, lui montra sa carte de journaliste et glissa un shilling dans le creux de sa main. Louis prit pour un tic nerveux le curieux mouvement ascensionnel de ses lèvres qui découvrit ses dents noircies, en signe de satisfaction. Il l'interrogea au fond de son clapier, parmi une troupe d'enfants qui le regardaient avec une égale tendresse. Il sourit au plus petit d'entre eux, qui cracha aimablement sur le sol en réponse.

— J'ai pas connu la négresse. C'est la vieille Norma Mortensen qui habitait là, avant.

Louis demanda où il pouvait la trouver. Le tic nerveux réapparut.

— Au 23 avenue du Ciel, monsieur, vous demanderez après le quatrième nuage…

Le rire de la logeuse secoua la graisse de sa gorge et l'enfant au crachat jeta à Louis un petit sourire coupant de méchanceté. « Au quatrième nuage… » répéta la logeuse en se rapprochant du jeune homme, qui détourna le visage de son rire parfumé. Un nouveau shilling lui permit de voir la chambre où le corps de la femme du Viking avait été découvert. Il s'étonna de la trouver inoccupée, contrairement aux autres qui s'ouvraient à son passage.

— La chambre est louée, expliqua la logeuse, et payée comme il faut à l'année, mais personne n'y fout jamais les pieds.

Louis entra dans la pièce. Un lit, une table, une chaise et de la poussière déposée sur du vide. Il demanda si des affaires avaient été gardées.

— Des affaires ? interrogea la logeuse.

— Des objets, des vêtements…

— Il y a bien quelqu'un…

Louis hésita sur le troisième shilling et le laissa disparaître dans la main enflée.

— Une vieille folle qui vide les chambres des morts. Miss Delicate.

— Delicate comme… délicate ?

— Oui.

— C'est un joli nom.

La logeuse haussa les épaules et le poussa vers la sortie. Elle désigna l'endroit, quelques dizaines de mètres plus loin. Louis sortit sans se hâter et flâna entre les ombres. La nuit commençait avant l'heure dans Parker Street où les toits penchaient pour se rejoindre autour d'une ligne étroite de ciel. La petite aumône de lumière qui tombait de là-haut contenta l'humeur du jeune journaliste qui se sentait en paix. Le premier épisode du feuilleton était sous presse, le directeur du journal lui avait fait transmettre ses félicitations, la fin de son enquête approchait et il avait trouvé en Steven le compagnon qu'il espérait. L'avenir était le présent et Louis Meadows faisait durer chacune de ses secondes d'amitié avec le temps. Il ne prêta aucune attention à la silhouette qui le suivait depuis l'appartement de Tite Street et dont le pas boiteux se rapprochait du sien.

Mrs Delicate, dévote et veuve, engloutit ses derniers shillings en se signant à chaque pièce que ses doigts attrapaient. Les trous de misère de sa robe avaient été comblés par des étoffes bigarrées qui troublaient la rigueur de son apparence. Louis constata que son esprit n'était pas tout à fait maître de lui-même. Elle perdait gentiment la tête. Il fallut avaler deux tasses d'un thé qui infusait dans une eau douteuse et aller au bout de la mastication d'un cake fossilisé pour que Mrs Delicate rassemble quelques souvenirs inutiles, en confondant les dates et les personnages. La couleur de peau de la femme du Viking trouva un vague écho dans sa mémoire et elle murmura les phrases sans suite d'un long débat intérieur que Louis ne fut pas invité à partager. Le silence qui suivit ne l'informa pas davantage. La piste s'arrêtait donc là, dans les souvenirs perdus de Mrs Delicate. Louis prit poliment congé et son hôte parut attristée de le voir s'en aller si vite. Il relança une dernière fois la question des affaires de cette femme assassinée au 15 Parker Street, le 26 octobre 1884, en précisant que cette adresse était à quelques pas de la sienne.

— À quelques pas, m'avez-vous dit ?

Louis repoussa une nouvelle tasse de thé, sans attendre la suite.

— Vous ne prenez pas la malle, alors ? lui demanda-t-elle alors qu'il franchissait le seuil.

Il rebroussa chemin et referma la porte. Elle le conduisit à l'arrière, dans une pièce obscure où s'entassaient des vêtements et des objets les plus divers. Les malles, empilées contre les murs, montaient jusqu'au plafond. Louis alluma une bougie et enjamba les obstacles. Des noms avaient été écrits à la craie à côté des poignées. Il effaça la poussière qui recouvrait les plus anciennes. Mrs Delicate se signait au souvenir de chaque défunt que la main du jeune homme tirait de l'oubli. Blackmore. Le nom de Zarn accéléra le cœur de Louis.

La canne du Viking toucha le mur gangrené du 15 Parker Street. Il ne s'arrêta pas devant le porche de ce lieu qui avait recueilli les seuls instants de bonheur de son existence. Il fut surpris par la sensation inhabituelle dans sa poitrine. Le dos nu de Zarn lui apparut et il retrouva avec une vérité pure le contact de sa peau et de son absolue douceur dont le bois et les pierres de ce lieu misérable devaient garder la mémoire. Il laissa sa main à distance mais ne put empêcher sa canne d'effleurer la surface du mur et celle de son souvenir. Il vit la lumière de la bougie à travers la fenêtre de l'immeuble voisin. Le journaliste avait disparu là. Il aperçut le profil du jeune homme au côté d'une vieille silhouette et s'approcha. Son pouce effaça la buée qui opacifiait la vitre et il eut une vue claire de la pièce.

Louis avait ouvert la malle pleine de vêtements mités. Il trouva un manuel de soins déchiré, une fiole de parfum vide et des osselets. Toute la vie de Zarn Blackmore, infirmière, magicienne et morte. Il tira du fond une robe rouge qui avait gardé sa couleur. Il l'examina à la lumière du salon où Mrs Delicate l'attendait. Il déplia la robe qui descendit le long de son corps jusqu'à ses chevilles et le spectacle de cet homme couvert de pourpre sembla ravir la vieille femme qui se mit à applaudir. Louis, par fantaisie, tourna sur lui-même et la robe se souleva avec grâce autour de ses hanches.

La haine qui traversa, à cet instant, le regard du Viking n'appartenait pas à la terre. Il fixa la danse de la robe de Zarn sur le corps du journaliste et serra le manche du poignard dans sa poche.

Louis sortit peu après. Il s'arrêta au milieu de Parker Street pour allumer une cigarette. L'espace lui apparut resserré entre les taudis. Il leva la tête pour chercher le ciel. Il pensa à l'Irlandais, aux chefs de Strugglefield, aux yeux cloués sur les portes de leur maison, aux victimes des bas-fonds dont personne ne connaissait plus le nom.

Il se souvenait d'un poème dont son père estimait l'auteur, Archibald Beryl, le millionnaire romantique, ami de lord Byron :

« … et comme nous sommes nombreux,
à la porte de nos corps,
à attendre d'être jetés
dans la beauté probable,
la grande beauté probable de la mort. »

Il ne sentit pas la présence derrière lui, juste une douleur au bas du dos, comme un coup d'aiguille, qui montait vers son cœur. Louis ne vécut pas sa mort. Il murmura le dernier vers du poème, les mots qui s'éloignaient après *« la grande beauté probable… »*. Puis, il tomba sur le côté, en silence.

Le Viking retira la lame et essuya le sang sur sa botte.

Chapitre 34

D'amitié et de trahison.
Sydenham, 26 décembre 1899.

Shallow traversa la ruelle qui ouvrait sur le marché de Sydenham. Ouvrait ? La ville était un village clos qui ne valait pas mieux que le quartier le plus étroit de Londres. Il cracha en maudissant l'humidité, les gueules blafardes des autochtones, la maison familiale perchée en haut de cette colline qui arrachait le sang de sa jambe malade, sa sœur plus bornée que dans ses souvenirs, Moe qui passait ses jours à renifler les cheveux de Fine et Fine qui tournait en rage l'ennui des heures d'attente. Qu'est-ce que foutait Jonathan ? Une lettre de Mauritius avait annoncé son retour pour novembre. Un mois… Shallow cracha à nouveau. Il crut sentir un mouvement derrière lui et vit trop tard l'ombre qui dépassait la sienne. Une main saisit son épaule. La masse de fer s'écrasa sur sa nuque.

Une gifle glacée le remit au monde. Ses yeux s'ouvrirent à moitié. L'eau fouetta à nouveau son visage. Décor simple. Une cave sombre, un soupirail grillagé, un mur suintant et une chaise sur laquelle il était attaché, les mains derrière le dos, reliées à ses chevilles par des lanières de cuir. La douleur à l'arrière de son crâne monta pour l'ouvrir en deux. Il jura. La boue de la ruelle recouvrait ses lèvres. Il sentit la présence de l'homme derrière lui.

— Fils de…

La corde garrotta brutalement sa gorge et bloqua son souffle. Il ouvrit inutilement la bouche pour chercher l'air. Son visage se congestionna. Ses mains bleuirent sous les lanières et l'angoisse contracta ses mâchoires. Le professeur desserra le nœud de quelques millimètres.

— Trois semaines, Robert… trois longues semaines pour te retrouver après notre voyage en France… la jolie France que j'ai visitée sans toi.

La bouche de Shallow se remplissait d'une bave épaisse, son râle resta bloqué au fond. Le professeur relâcha la corde.

— Judas… articula-t-il.

— Judas ? Oh Robert… je ne sais pas si tu rends bien justice à cet homme.

La corde creusait la peau jusqu'au sang. Shallow forçait les muscles de son cou pour résister à la pression.

— Tu ne t'es jamais posé la question ? Pourquoi Judas ? Pourquoi fallait-il un traître dans cette histoire ? Pourquoi son maître qui connaît l'avenir le choisit, lui, pour une malédiction éternelle ? Qui trahit l'autre ? C'est Judas, le disciple que Jésus aimait, l'ami qui accepte tous les sacrifices. L'amitié, Robert, qu'est-ce que tu as fait de l'amitié ?

— Jamais j'aurais trahi Jonathan, murmura Shallow au bord de l'asphyxie.

— T'es trop con pour la trahison, répondit le professeur en libérant sa gorge.

Le vieil ivrogne bascula sur le sol et sentit les lanières s'ouvrir. Il mit plusieurs minutes à retrouver une respiration régulière et la force suffisante pour bouger un muscle de son corps tétanisé. Le professeur alla remplir un verre d'eau et le lui tendit.

— J'ai pas trahi Jonathan, lui dit-il. C'est lui qui m'a envoyé à Londres, après sa lettre pour Fine, sans réponse. J'étais pas le seul au courant. Il y avait un autre homme avec nous en Nouvelle-Galles.

— Un autre homme ? demanda Shallow.

— Oui, un associé qui partageait la mine. Un ancien bagnard, Sterling Logan. C'est lui qui a relancé tout ce merdier.

— Pourquoi ?

— Pour la mine, évidemment.

— Pourquoi je te croirais ? dit Shallow.

— Parce que tu serais mort si je te disais pas la vérité.

— Quand Jonathan reviendra…

Le professeur coupa les lanières et aida Shallow à se mettre debout. Il lui tendit le poignard courbe qu'il avait pris à sa ceinture. Leurs regards se croisèrent.

— Jonathan est revenu, Robert.

Shallow rengaina la lame et s'assit sur la chaise en massant son cou. Il sortit de sa veste une fiole de gin, la vida à moitié, et tendit le reste au professeur.

Adieu.

L'église de Marylebone était pleine. Steven avait pris place à l'arrière, parmi les inconnus. La famille de Louis, qui occupait les premiers rangs, lui parut infinie. Des hommes, des femmes de tous les âges qui n'avaient entre eux aucune ressemblance. Il avait dû forcer son passage pour pénétrer dans l'église avant la fermeture des portes. Quand le cercueil était entré, il avait détourné les yeux pour rejoindre l'espace que le corps de Louis occupait, debout, dans sa mémoire. Le sermon du pasteur promettait la résurrection. Inutile… les morts étaient les vivants, les vivants étaient les morts. Louis gardait toute la clarté et le monde reculait dans l'obscur. Il avait fallu attendre la sortie du corps pour que le serment de Steven Ross de ne pas laisser couler de larme soit brisé, quand Laura Meadows vint le chercher à travers la foule, pour qu'il suive près d'elle le cercueil du seul homme qu'il avait jamais aimé.

Le cimetière de Highgate était couvert de gel. Des fossoyeurs transis avaient dû piocher la glace qui durcissait la terre. Steven s'éloigna de la file silencieuse où des formes tristes avançaient vers les parents de Louis. Il alla se recueillir plus loin, sur une croix vierge qui n'appartenait à personne. Louis en souhaitait une pour lui, ou portant le nom d'un autre pour égarer les prières, un nom de tombe abandonnée.

« Égarer les prières... » Mélanger les corps et les croix, pour que les attentions se partagent avec ceux qui n'en recevaient jamais. Il aperçut sur le côté un homme qu'il prit d'abord pour un ami de la famille attendant son tour. Mais cet homme le regardait... ou peut-être se trompait-il. Il pria sur la croix sans nom, tandis que les adieux s'éternisaient autour du caveau. L'étranger le fixait toujours et ne rejoignait pas la file des proches. Steven sortit la paire de lunettes dont Louis ignorait l'existence. Et l'homme lui apparut alors comme il était, grand, habillé d'une veste sombre côtelée, cheveux gris au vent, le visage marqué au regard aigu. Steven n'hésita pas, il marcha droit vers lui. « Aucun doute », se dit-il, en sentant son cœur battre à nouveau. L'homme magnifique était revenu.

Chapitre 35

Retour de l'homme magnifique.

— Je sais ce que m'aurait dit Louis, s'il avait su que vous seriez à son enterrement.

Jonathan n'avait pas encore prononcé une parole.

— Que ça valait la peine de mourir… continua Steven avec un pauvre sourire.

Il proposa une cigarette que l'Irlandais refusa d'un signe de tête. Ils avaient marché vers le fond du cimetière, vers les croix en friche. L'herbe gagnait l'espace des morts oubliés. Ils trouvèrent un banc près de la rue centrale où passaient les fiacres qui rentraient. Steven aperçut la gaine du poignard vide à la ceinture de l'Irlandais. Sa main droite n'avait pas quitté sa poche.

— Ce serait inutile, Mr Weakshield, dit-il calmement, le feuilleton est sous presse et j'ai retiré ce qu'il fallait.

— Ce qu'il fallait ?

— Oui, l'histoire de cette femme, Fine Mc Gall.

Steven alluma sa cigarette et laissa le silence durer. Le temps n'était plus compté, le temps ne serait plus jamais compté.

— Je ne suis pas votre ennemi, Mr Weakshield.

— Je sais qui sont mes ennemis, Mr Ross.

— Et qui sont-ils aujourd'hui ?

— Tous ceux qui connaissent le nom de cette femme.

Un vent humide descendait le couloir des tombes derrière eux. Steven frotta ses mains et toucha l'anneau que Louis lui avait offert avant son voyage à Eastbourne.

— Je vais vous dire ce que je sais.

Weakshield écoutait, immobile.

— Le 26 octobre 1884, John Blackmore, dit le Viking, assiste dans sa loge à un spectacle au théâtre des ombres. À la fin du premier acte, il fait installer à sa place un buste de cire qu'une femme a sculpté à son image, sculpté à la perfection. Aucun témoin ne doutera jamais de l'avoir vu en chair et en os de la première à la dernière minute de la représentation. Il quitte pourtant le théâtre, un peu moins d'une heure après le lever de rideau, le temps d'aller assassiner sa femme, Zarn, et de vous faire accuser du meurtre. Mais vous anticipez sa vengeance. On retrouve votre corps noyé dans la Tamise. Un suicide utile et altruiste. Vous n'avez pas peur de mourir et vous n'avez pas peur d'affronter le Viking. La peur, c'est pour elle, Fine Mc Gall, la petite Irlandaise de Mullingar qui a connu la faim avec vous et que vous avez retrouvée, à Londres. Vous voulez la protéger. Vous savez que c'est par elle que le Viking peut vous atteindre. Il croit la tuer et vous la sauvez avec l'aide miraculeuse du professeur Lister. Vous quittez l'Angleterre pour la Nouvelle-Galles en prenant l'identité d'un voleur. Elle retourne se cacher en Irlande et vous revenez la chercher deux ans plus tard, pour la ramener là-bas. Le bagne a fermé ses portes. Ensemble, vous suivez les chercheurs d'or à Bathurst et vous trouvez une mine qui vous enrichit. Vous vivez neuf ans là-bas, avec elle. Heureux je suppose, Mr Weakshield. Mais elle vous quitte. Elle rentre en Angleterre et disparaît. Vous demandez à vos amis du Seven Dials de veiller sur elle, à Robert Shallow, votre ancien lieutenant. Sans nouvelles, vous lui envoyez une lettre. Un homme intervient alors, détourne cette lettre et la remet au Yard, qui relance ses flics à vos trousses et Louis…

La voix de Steven hésita.

— Louis ?

— Louis Meadows, Mr Weakshield, un jeune journaliste, un homme que vous ne connaîtrez jamais et qui vous avait fait… (Steven attendit que sa voix s'éclaircisse) aussi grand que ses rêves.

L'Irlandais restait impassible. Steven sentait que sa vie tenait à sa décision, mais il n'avait pas peur. Il découvrait les ressemblances entre eux. Les harmonies de solitude. Le corps de Weakshield était dense. Steven reconnaissait cet effet, les hommes seuls durcissaient au milieu du vide. Dans les cellules des bagnes, à Aldwickbury, à Tite Street, les hommes se solidifiaient. Le regard de l'Irlandais se perdait parfois au loin, vers les lignes verticales de Londres, mais son corps occupait l'espace, plein et clos. Steven attendit puis posa la question qu'il avait pourtant jugée la plus inutile de toutes.

— Qui a tué Louis Meadows ?

Weakshield répondit d'une voix sourde.

— Il n'y a qu'un homme qui tue les gens autour de moi.

L'Irlandais accepta la cigarette que Steven lui tendit. Sa main droite sortit de sa poche pour couvrir la flamme de l'allumette.

— J'ai besoin du dossier, Mr Ross.

— Le dossier du journal ?

— Et celui du Yard qui a lancé votre journaliste sur ma piste. Je veux être certain de l'identité de celui qui m'a trahi. Après je disparaîtrai.

— Et le Viking ?

Weakshield se leva.

— Je vous contacterai demain soir.

Il serra sa main et s'éloigna.

Steven suivit sa marche. Quand il vit, à travers les croix, sa silhouette sur le tissu de brume que les ampoules électriques de Westbourne attaquaient comme des termites lumineuses, son pas hésitant entre les tombes, il se demanda si l'homme qui venait de le quitter était vraiment aussi magnifique que Louis l'avait cru. Peut-être pas plus magnifique que lui-même. Non, pas plus magnifique que Steven Ross, le champion de la Rose Tavern. De grosses larmes coulaient maintenant sur ses joues. Des larmes d'enfant inconsolable. Des larmes d'homme.

Sydenham.

Le professeur et Shallow étaient sortis du Cherry Pub, une pinte de bière brune à chaque main. Des roulottes de forains bloquaient la rue principale. Ils se rapprochèrent de l'attroupement et des cris qui les avaient poussés dehors. Une banderole avait été déroulée : *« Hélium, la plus grande découverte du siècle ».* Un homme en haut-de-forme, l'air d'un vieil acteur à la voix profonde, annonçait le début du spectacle. Le professeur lâcha deux pence dans une main calleuse qui récoltait. Les forains découvrirent sous une bâche un tuyau relié à une bouteille d'où s'échappait le gaz magique. Ils gonflèrent des ballons qui filèrent dans le ciel sous les applaudissements du public. Un chapelet bleu et rouge, jeté aux nuages pour les bouseux de Sydenham qui n'avaient pas vu une couleur au-dessus de leur tête depuis des générations. Shallow cracha entre ses bottes. Les ballons montaient, droit et haut, le regard perdait les premiers. Le professeur retint le bras du vieil ivrogne qui reculait vers le pub.

— Regarde ça, Robert.

— J'ai vu, maugréa Shallow.

Deux putes tournaient autour d'eux. Le professeur attrapa la plus jeune et déposa un baiser sur son épaule nue. Shallow repoussa celle qui s'accrochait à son bras. Elle jura, en maudissant la grossièreté du temps et les vieillards qui ne respectaient rien. Le professeur glissa une pièce dans son corsage. La foule les éloigna d'eux et il suivit les jupons rouges, à travers les jambes. Shallow s'impatientait.

— Qu'est-ce que tu fous ?

Le professeur désigna du doigt les ballons lointains. Des voix montaient du côté des caravanes. Une épouse gueulait sur un mari qui baissait le nez, sous les regards moqueurs des forains.

— Tu vois, Robert, il faudrait des femmes en hélium. Plus légères que l'air, qui vous emporteraient doucement vers l'azur et disparaîtraient une fois quittées, comme des ballons dans les nuages.

— Je comprends rien à ce que tu dis, lâcha Shallow avant de rejoindre la fumée du pub.

Le professeur jeta un dernier coup d'œil aux couleurs dans le ciel. L'image était belle. Dommage. La beauté réveillait toujours, en lui, le souvenir d'une femme lointaine qui l'avait trompé plus douloureusement qu'une autre, avec un amant difficile à tuer en duel : le roi choléra. Une maladie qui méritait son titre de noblesse puisqu'elle écrasait les pauvres aussi durement que les poings des princes. Un soir, il avait tiré l'eau de la pompe de Broad Street et trinqué avec cette femme, lui avec une pinte de bière et elle, avec l'eau infectée de Soho qui coulait sous la terre, à travers les fosses d'aisance. Cinq cents vies arrachées, cette année-là, par le roi. Des mères et des enfants et des hommes qui n'aimaient pas la bière. Adieu… murmura-t-il devant les ballons qui suivaient le même chemin qu'elle avait dû suivre. Adieu, mot familier à son cœur. Il rejoignit Shallow dans le pub où les sales gueules des habitués les examinaient comme des indigènes. Les pintes du jour commençaient à sonner sous leurs tempes. Le professeur écarta du pied la jambe de Shallow, allongée sur sa chaise. Une mouche engourdie par le froid tournait autour de leurs bières. Il l'attrapa et l'écrasa entre ses ongles.

— Robert…

Le professeur agitait devant les yeux du vieil ivrogne le cadavre de la mouche. Shallow soupira en l'entendant reprendre le monologue qu'il supportait depuis le matin.

— … est-ce que les êtres vivants naissent de parents semblables à eux ou spontanément, de la décomposition de la matière, comme les mouches sur une viande passée ? C'est la question du siècle. Homogénie ou hétérogénie ?

Le professeur, la gorge sèche, vida la moitié de sa pinte et reprit sans découragement.

— Tu crois à la génération spontanée, Robert ?

— Je crois surtout à la génération des prétentieux. Les grandes gueules dans ton genre viennent pas de nulle part.

Le professeur examina les restes de l'insecte et le broya entre ses doigts. Il essuya sa main sur la table et commanda deux autres bières.

— Qu'est-ce que t'as à la jambe ?

Shallow soupira et massa son mollet dur.

— Je sais pas, répondit-il, ça serre quand je marche, c'est tout…

— T'as vu un médecin ?

— Oui… dit-il en ricanant, j'ai vu le docteur Shallow, un spécialiste de moi-même, qui m'a conseillé le meilleur traitement pour ça.

— Et c'est quoi ? interrogea le professeur.

— Ne pas insister…

— Pour marcher ?

— Non, ne pas insister tout court.

Les deux hommes trinquèrent. Shallow se sentit soudain plus calme. Patient et amical. L'ivresse lui faisait cet effet-là, l'effet d'affection.

— Et toi, professeur ? demanda-t-il.

— Moi ? J'ai mal nulle part… sauf quand je pisse. Je dois me lever six fois la nuit pour ça… et ça saigne aussi.

— Et alors ?

— On m'a dit qu'il faudrait opérer. Mais…

Le professeur vida les dernières gouttes de sa pinte.

— Mais quoi ?

— Mais, je crois que je vais plutôt essayer le traitement du docteur Shallow.

Robert trinqua à nouveau et étendit sa jambe. Les heures infusèrent dans la bière. Shallow s'était endormi et ronflait puissamment, la tête levée, bouche ouverte. Le professeur, un peu moins ivre, pensait à Judas. Judas, l'homme qui manquait à l'époque, un héros en costume de traître, l'inverse des individus du jour. Les êtres humains étaient des traîtres humains. Pas besoin des bas-fonds pour passer sa vie à mentir, tricher, décevoir et ridiculiser le reflet immaculé du rêve de soi qu'on nous offrait à la naissance. Notre temps sur terre n'était qu'un chemin de mensonge. Tenir une parole. Une seule, contre le destin. Une petite parole. Laisser les grandes promesses, les serments sur l'infini. Ne pas s'engager sur trop grand, mais sur ce qui était à portée de main… s'engager sur le caillou ramassé dans la rue et mourir s'il le fallait, mourir pour ne pas trahir le caillou.

Le soir venait. Il frappa durement l'épaule de Shallow pour le réveiller. Le vieil ivrogne le suivit en titubant, mais le perdit de vue à l'angle d'une ruelle. Il chercha autour de lui avec l'air d'un enfant abandonné, et finit par l'apercevoir, accroupi près d'un groupe de miséreux. Il s'approcha. Le professeur était penché sur un petit tas de pierres. Les mendiants, rassemblés autour, se foutaient de la gueule de cet homme qui parlait comme un lord, aussi aviné qu'eux.

— Des serments… réclamait le professeur. Des pennies pour un serment.

Shallow écarta les curieux pour rejoindre le petit cercle où les mendiants défilaient. Pour trois pence, le professeur les faisait jurer sur des cailloux.

Chapitre 36

Retour.

Moe le sentit de loin. Bien avant le dogue de Veronica Shallow qui avait flairé l'ennemi en lui, le jour de son arrivée dans la maison et qui le guettait depuis, en grognant quand il approchait, comme font les chiens entre eux. L'aveugle écarta le fauteuil de la cheminée pour mettre à distance le bouquet du bois brûlé et des braises, cala son corps confortablement au fond du fauteuil et laissa l'odeur de Jonathan remplir l'instant. Elle venait de loin, de la rue, et du vent qui montait avec lui, dans son sens. Fine lisait à haute voix la gazette de Sydenham dont elle partageait les faits divers. Elle ne remarqua pas le mouvement de la tête de l'aveugle vers la fenêtre entrouverte. Sa voix ne le distrayait pas. Aucune voix, aucun bruit, pas même les jurons de leur hôte, Mrs Veronica, une femme aussi délicate que le roncier qu'elle essayait d'arracher dans son potager. Un être à peau dure tannée par la vie qui lui avait laissé l'odeur de son cuir, le tanin de misère qui desséchait les tissus. Mrs Veronica passait son temps à maudire le climat, le présent, le futur et son frère responsable de toutes les plaies de la terre. Maudire, maudire… Shallow lui allongeait parfois un aimable revers de phalanges à travers la joue pour laisser les convives reposer. L'aveugle s'inquiéta quand il perçut une autre odeur se rapprocher de celle de l'Irlandais qui montait vers eux. Mais l'inconnu qui venait de croiser Jonathan s'éloigna sans s'arrêter. Moe respira Fine et suivit les lignes de son corps, en volutes dans son esprit. Il hésita à la prévenir mais choisit de rester silencieux pour garder ce moment pour lui. Et pour lui seul, l'essence que personne d'autre ne percevait encore. Le chien aboya. Veronica Shallow lui cria de fermer sa gueule. Lorsqu'on frappa, Fine posa son journal et son regard croisa celui de Moe près de la cheminée. Le visage de l'aveugle était celui de Barking Creek, les yeux blancs, le nez décomposé et le front couvert de croûtes humides sur les plaies qui ne cicatrisaient pas, mais elle perçut quelque chose d'inhabituel dans sa manière de flairer l'odeur étrangère. Comme s'il la savourait. Ses mains remontèrent sur ses cheveux. Elle ressentit la chaleur sur ses joues et l'accélération du rythme de son cœur. Chacun de ses signes apparut clairement à sa conscience jusqu'à ce qu'elle décide de les faire cesser. Elle attendit le temps nécessaire, se leva, marcha droit vers la porte et l'ouvrit sans hésiter.

Jonathan avait vieilli. Fine accomplit l'inventaire des différences. Et il remarqua, comme elle, les changements subtils. Les nouveaux visages prirent la place des anciens, chacun ouvrit sa mémoire au présent pour qu'il fasse vite ce qu'il avait à faire. Fine retrouva sa beauté et Jonathan se sentit désarmé sur le seuil. Moe s'était levé et c'est dans les bras de l'aveugle qu'il se réfugia. Shallow et le professeur arrivèrent peu après dans une puanteur de bière qui frappa la narine de Moe et lui donna soif. Quand Shallow vit Jonathan, il dessaoula d'un coup. Il cracha sur le côté, vers sa sœur qui les observait de dehors, à travers la fenêtre, et dont le regard se remplit d'une violente tendresse fraternelle. Il demanda à Fine d'une voix ferme qui était cet homme, puis s'adressant froidement à lui, lui indiqua la direction du slum où les mendiants avaient leur place.

Jonathan sortit une bourse de sa poche et la lui lança.

— Pour la nuit.

Shallow dénoua le lacet et contempla les pépites jaunes au fond, avec un air de dégoût.

— Tu as perdu le sens des valeurs, Robert, dit Jonathan en souriant. Tu pourras acheter un nouveau jupon à Kate.

— Je connais un faussaire juif à Wapping qui les réussit mieux.

L'Irlandais s'approcha et ouvrit ses bras au vieil ivrogne dont les lèvres tremblaient. Il le serra contre lui.

— Jonathan... articula Shallow, Jonathan... répéta-t-il en laissant gagner les chiennes de larmes qui aboyaient à ses yeux, à la moindre émotion comme chez tous les vieillards.

— Quinze ans... quinze ans.

Sa voix se cassa pour de bon et il se pencha sur l'épaule de l'Irlandais pour cacher ses pleurs.

— Heureux de te retrouver, Robert.

Shallow serrait les mains de Jonathan en baissant la tête sans pouvoir prononcer une parole. Le professeur lui tendit son mouchoir.

— Je savais que t'avais du coton dans le cœur.

— Ta gueule, répondit Shallow.

Le professeur frappa amicalement son épaule.

— « … L'homme qui n'a pas de musique en lui et que ne touche pas un concert de doux sons est propre aux trahisons, aux stratagèmes et aux pillages. »

— Quel con a dit ça ? demanda Shallow en reniflant.

— Shakespeare.

— Salut, professeur.

— Salut, Jonathan, tu as…

— Vieilli, je sais.

— Non, je ne dirais pas ça… grandi. Tu as attrapé l'air des hommes célèbres… ça fait gagner des centimètres.

Fine sortit une bouteille de gin de la cachette que Veronica Shallow, qui prétendait ne jamais toucher à une goutte d'alcool, ne gardait secrète que pour elle, sous l'armoire de sa chambre. Ils trinquèrent. Shallow raconta les derniers mois d'attente et finit par chanter avec le professeur les refrains d'Irlande que le gin écrivait pour eux. Fine observait le visage de Jonathan qui s'éclairait parmi ses hommes. Les fidèles entre tous. Sa main passait d'un bras à l'autre pour s'assurer des présences. Fine pensait qu'il ne l'avait jamais touchée avec ce cœur. Il se rapprocha d'elle. Elle s'écarta vers la fenêtre. Il la suivit et regarda, à travers le carreau sale, la masse transparente du Palais de cristal, méduse échouée à cinq cents mètres de leur demeure. Elle scintillait, farcie d'électricité et de vapeur. Le Palais de cristal… joyau de l'Exposition universelle de 1851, reconstruit deux ans plus tard à Penge Place au sommet de Sydenham Hill, au milieu d'un parc où des statues qui ne ressemblaient à rien de ce qu'il connaissait se dressaient dans la brume.

— Y a quoi là-bas ?

Fine lui sourit.

— Des dinosaures.

Il la regarda, incrédule.

— Si, des iguanodons, des sortes de gros lézards en bronze. Les écoles viennent pour eux. Le matin, il y a des enfants partout.

Elle observa le profil coupant de Jonathan et ses yeux verts cernés, fixés sur l'horizon. Elle le retrouva aussi beau qu'aux anciens jours de Londres quand elle l'avait revu pour la première fois, depuis Mullingar, dans les caves du Seven Dials. Sa pâleur à l'instant où son regard avait croisé le sien. La pâleur de Jonathan qui devait tout à Fine. Elle découvrit une nouvelle cicatrice sur sa bouche, la trace d'une entaille profonde. Elle posa ses doigts sur ses lèvres. La main de l'Irlandais hésita, Fine était contre lui mais dès qu'il frôla sa joue, il sentit sa froideur et la distance de la mine de Bathurst se reconstitua. Le bonheur de Nouvelle-Galles, avait dit Steven Ross au cimetière. Quel bonheur ? Celui qu'ils avaient attendu dans les souffrances et la pauvreté, le bonheur du lendemain qui s'était évanoui quand le présent l'avait touché. Pour Fine, le bonheur n'était qu'une direction, des coordonnées incomplètes sur une carte. Seul le voyage comptait. Du temps calme de Bathurst, du repos, de l'or, n'étaient venus que le regret et la gêne d'être en paix, ensemble.

Le Palais de cristal alluma d'autres lumières à mesure que la nuit descendait, toujours plus de lumières, que les parois de verre et les poutres de fer faisaient durcir. Des rayons froids qui rendaient le monde plus sombre autour d'eux. Il eut envie de saisir le bras de Fine pour le tordre. Elle sentit sa colère et ce désir contre elle. Son regard s'éclaira comme les serres du Palais de cristal, à mesure que la rage envahissait le cœur de Jonathan. « *Beo* », pensa-t-elle. Vivant, Jonathan, comme au temps de Mullingar. Et elle aussi, vivante, même s'il fallait détruire pour ça ce qui faisait la vie, sa main sur lui, sa bouche, sa douceur, cet étrange amour, si abîmé, si résistant. Elle laissa le vieux souvenir d'Irlande remonter. Le corps de sa petite sœur gonflé, avec un ventre gros de famine et sa pauvre agonie dans ses bras. Oui, pensa Fine, sa misérable agonie, dans les bras de celle qui n'avait pas faim. Elle s'écarta de lui et alla rejoindre les hommes que Veronica servait, de plus en plus oscillante à mesure que tournaient les verres de gin dont elle vidait les fonds, d'un mouvement rapide du poignet. Les heures filèrent dans les vapeurs d'alcool et les reliques du Seven Dials que Shallow remontait à la surface. Jonathan s'était assis auprès de Moe qui acquiesçait aux vieux souvenirs. Il avait observé les plaies du visage de l'aveugle et son nez à moitié détruit. Shallow lui avait raconté le combat contre l'homme d'ivoire.

— Ne regarde pas ça, Jonathan, lui avait dit Moe. Fais comme moi.

Les paroles nécessaires avaient fini par venir, par surprise et tard dans la nuit.

— Merci, Moe.

L'aveugle avait haussé les épaules.

— Tu l'aurais fait pour moi.

— Pas sûr, avait répondu Jonathan.

Moe avait désigné Fine assise en face, près du professeur et du corps de Shallow affalé sur la poitrine de sa sœur qui ronflait aussi fort que lui.

— Et pour elle ? avait demandé Moe.

— Pour elle, oui.

Le sommeil s'abattit sur eux. Le froid de l'aube le réveilla. Fine n'était plus là. Le fauteuil vide le regardait. La chandelle qui s'éteignait à côté projetait une ombre courbe sur le sol, comme un sourire. Il repoussa l'épaule de Moe qui appuyait sur la sienne, vida le fond stagnant de son verre de gin et alluma une cigarette. Sur l'escalier qui montait à la chambre de Fine, l'aube pourrissante de Sydenham élargissait le sourire moqueur qui ignorait tout de Jonathan Weakshield, du loup du Seven Dials, du bagne de Botany Bay, du Viking et des enfants morts. Il trébucha sur une chaise renversée et shoota rageusement dedans. Ses bottes écrasèrent l'ombre courbe en montant les marches et il ouvrit la porte de la chambre. Fine ne dormait pas. Elle remonta la couverture sur son corps et chercha le point qu'elle fixait à Barking Creek quand son mari la prenait, le point vert d'Irlande. Jonathan attrapa sa gorge. Elle se défendit. Il sentit sa force intacte, sa force d'homme. Elle laissa échapper un cri. Il se pencha sur elle, contre sa joue et retrouva son odeur, inchangée, celle de Bathurst quand elle l'aimait au retour de la mine qui creusait son corps de plaies et de fatigue, avant le corps paisible des derniers temps de Nouvelle-Galles, qu'elle ne désirait plus. Fine était mariée à la souffrance, pas à lui. Rien d'autre que la souffrance. Il serra ses mains autour de son cou et elle cessa de se débattre. Il arracha son corsage, empoigna ses seins et y plongea son visage. Puis, il déchira sa chemise et descendit en léchant sa peau jusqu'à ses cuisses qu'il ouvrit sans résistance. Fine attrapa brusquement ses cheveux et plaqua sa tête, comme pour la faire entrer en elle.

Chapitre 37

Celui qui a perdu le plus.

Sean attendait à l'entrée du *Daily News*. Le journal avait fermé ses portes depuis plusieurs heures. La pluie descendait en rafales. Il regardait souvent derrière lui. L'enquête sur les vieux tueurs du Seven Dials avait réveillé d'anciens réflexes. Steven ne les connaissait qu'à travers des histoires, des interviews, des témoignages ; il n'avait pas eu le sang des victimes sur sa peau, leurs tripes dans sa mémoire. Sean avait vécu tout ça. Il serrait sous son bras le dossier du Yard qu'il était allé déterrer dans le bureau du commissaire général, en crochetant sa serrure comme la racaille qu'il avait poursuivie toute sa vie. Un fiacre s'arrêta. Il toucha la crosse de son revolver sous son aisselle. Steven sortit de la voiture. Ils marchèrent à distance des becs de gaz, vers la porte arrière, sous les ampoules clignotantes de la guirlande de Fleming, l'ingénieur qui illuminait les façades du *Daily News* pour transmettre la lumière aux lecteurs, par à-coups. Ils montèrent vers les bureaux du premier étage. Sean devait replacer le dossier à Victoria avant l'aube. Il se laissa aller dans le fauteuil, alluma un cigare et ferma les yeux. Steven souleva la couverture de cuir. Il n'avait pas dormi depuis la rencontre avec Weakshield au cimetière de Highgate, trois jours plus tôt. La fatigue avait pourtant cessé de le tourmenter. Il observa Sean, somnolent, et repensa à son retour d'Eastbourne, le quai vide où Louis aurait dû l'attendre et le froid qui l'avait accueilli à sa place. Il alla faire chauffer du café dans l'entrée et détourna les yeux de la porte du bureau voisin où un bouquet avait été accroché. À la morgue, il n'avait pas été autorisé à voir le corps déjà reconnu par la famille. Il ne le regrettait pas. Le visage de Louis aurait été celui d'un autre. Les morts quittaient la vie masqués. Il lui fallut un peu plus d'une heure pour trouver le document au milieu du dossier, qui mentionnait le nom de l'informateur du Yard : Sterling Logan. Il le recopia sur un bout de papier et réveilla Sean. À la porte du journal, des voitures déchargeaient des rames devant l'entrepôt qui jouxtait le bâtiment principal. Sean monta dans le fiacre qui le ramenait à Victoria. Steven lui remit l'enveloppe contenant les livres.

— Fais attention, dit l'inspecteur.

Steven lui serra la main. Il traîna ensuite autour de l'entrepôt, à travers les piles des journaux qu'on entassait. Il salua les hommes qui manœuvraient les diables. Les premiers livreurs poussaient déjà leurs fardeaux branlants, en gueulant, pour charger avant le lever du jour et le retour du trafic qui bloquerait bientôt les rues étroites de Smithfield. Des gamins qui vendaient à pied pour un salaire minable soulevaient des liasses trop lourdes pour leurs bras et filaient en bousculant les autres. Steven attrapa un exemplaire. Le titre, en lettres gothiques, barrait la première page : « *Jonathan Weakshield, le loup du Seven Dials, par Louis Meadows* ». Steven avait refusé qu'on ajoute la petite croix au bout du nom, comme c'était l'usage. L'hommage du journal avait été rédigé par le président Reed, qui connaissait le père de Louis. On avait proposé à Steven d'ajouter quelques mots à la rubrique nécrologique. Il avait décliné l'offre.

Il hésita à rentrer chez lui. La marche à travers les ruelles s'ajouterait simplement à sa fatigue, mais celle qu'il faudrait accomplir à travers l'appartement désert, parmi les affaires de Louis et son parfum qui disparaissait, serait au-dessus de ses forces. Il regagna son bureau par la porte de service en contournant une ampoule de Fleming qui grésillait au bout d'un fil détaché du mur. Le vent la balançait à hauteur de tête. Dans la lueur, il aperçut l'homme sur le côté. Il attendait, adossé au mur, une capuche relevée sur le crâne. Steven reconnut sa silhouette et chercha l'écureuil sur son épaule. Il lui proposa une cigarette. Le visage de Weakshield apparut dans la flamme de l'allumette et le journaliste ressentit la présence de l'Irlandais, et l'irrationnelle impression de confiance et de sécurité qu'elle inspirait. L'image décevante du cimetière se dissipa. La nuit de Londres allait bien à Weakshield, elle lui rendait la monnaie de l'énergie sombre qu'il avait dépensée pour elle pendant ses années de jeunesse. Elle lui redonnait son lustre. Steven le conduisit jusqu'à son bureau qu'il ferma à clé. Il laissa passer le temps muet entre eux, sans gêne, en respectant la coutume de silence qui s'imposait auprès de lui. Il lui tendit le papier sur lequel le nom de Sterling Logan était écrit. Jonathan jeta un coup d'œil et le déchira avec calme.

— Qui est cet homme ? demanda Steven.

— Mon associé, sur la mine.

Le regard de Weakshield s'arrêta sur le journal que Steven avait laissé sur le bureau et observa son portrait dessiné en première page. L'artiste avait couvert son crâne d'une casquette de marin qu'il n'avait jamais portée et l'écureuil ressemblait à un chaton. Il détourna les yeux. Logan… le professeur l'avait prévenu là-bas, Logan n'était l'ami de personne. Ils s'étaient entraidés pourtant, dans les cellules de Botany Bay, et peut-être lui avait-il sauvé la vie en partageant sa ration d'eau pendant ses crises de fièvre. L'argent… trahir pour si peu, pour les cailloux jaunes que le juif de Wapping réussissait mieux que la nature, comme disait Shallow. Si Logan n'avait pas menacé Fine, la futilité de son mobile n'aurait pas mérité de vengeance. Il tendit la main à Steven.

— Il y a une dernière chose…

Weakshield écrasa sa cigarette.

— Louis Meadows est mort en enquêtant sur une femme… la femme du Viking, Zarn Blackmore. Je voudrais… (Steven chercha les mots) finir ce qu'il a commencé.

Weakshield fixa le visage du rédacteur en chef dont le regard s'était brouillé. Le nom de Louis Meadows sur la page du *Daily News* était imprimé au-dessous du sien et la photo du jeune journaliste, barrée d'un ruban noir, avait été encadrée sur le mur de la grande salle d'accueil. Le passé avait trop parlé et Fine attendait son retour. Mais l'homme qui lui faisait face lui avait été fidèle. Des heures de sa vie reposaient dans le dossier d'enquête. Du temps partagé avec son ombre que le journaliste avait suivie, de Mullingar au Seven Dials, et celle de Fine qu'il avait tenue cachée. Peu importait à Jonathan les feuilletons que des inconnus écrivaient sur lui, les avis sur ce qu'il était et ce qu'il avait fait. Tout ce qui allait être dit serait aussi lointain que le portrait dessiné de lui-même et ce qui serait lu, autant travesti... Il alluma une dernière cigarette.

— Zarn voulait sauver des âmes. Elle travaillait à la Fondation Seacole, une sorte d'hôpital où elle s'occupait d'une salle, pour les mourants. Elle aimait les cas désespérés. Elle avait décidé que l'âme du Viking ne serait pas perdue, et la mienne non plus. Elle était...

Weakshield hésita.

— Bienfaisante ? dit Steven.

— C'est ça, bienfaisante... c'est par elle que j'ai retrouvé Fine. Elle a demandé, chez Tussaud, une ouvrière qui pourrait modeler le cadavre d'un chien que le Viking avait adopté. Elle a conduit Fine au Seven Dials. Je croyais qu'elle était morte. Zarn a vu tout de suite pour nous deux. Elle a tenu sa langue parce qu'elle savait que le Viking aimait abîmer les choses, et elle l'a protégée. C'était une guérisseuse. Fine avait besoin de ça.

— Fine était malade ? interrogea Steven.

— Pas dans sa chair, mais malade, oui... Zarn la soignait. Par la magie. Elle s'infligeait les mêmes blessures qu'elle, pour les exorciser. Des blessures de sang, des coupures profondes. Fine faisait ça, elle entaillait ses bras.

— Elle l'a guérie ?

Weakshield ne répondit pas.

— Et l'enfant ?

Le visage de l'Irlandais se figea.

— J'ai le témoignage d'une femme, Mrs Astair…

— Odilia Astair… la faiseuse d'anges.

La voix de Jonathan s'était durcie.

— Elle m'a parlé d'un enfant que Zarn attendait. L'enfant du Viking, poursuivit Steven.

Il ne laissa rien paraître, mais la métamorphose de l'Irlandais le troubla. Le nom d'Odilia Astair avait effacé l'impassibilité de son visage. Le souvenir de l'avorteuse brûlait.

— Zarn avait appris pour le trafic des enfants. Le Viking lui avait promis de faire cesser tout ça, mais elle a recueilli des mères à la fondation dont les filles avaient été volées. Le Viking les vendait aux bordels qui les élevaient jusqu'à ce qu'elles soient formées. Quand elle a su que ça continuait, elle est allée chez Odilia Astair pour le faire payer en sacrifiant l'enfant qu'elle attendait de lui.

— Pourquoi l'avez-vous accompagnée ?

— Parce qu'elle me l'a demandé.

Weakshield se leva. Steven le suivit jusqu'à la porte.

— Odilia Astair m'a parlé d'un autre enfant.

La main de Jonathan attrapa sa gorge avec une brutalité qui le pétrifia. Il sentit toute la puissance de l'Irlandais, la sécheresse de sa poigne qui l'étouffait. Son visage était livide et son regard exprimait une haine absolue. Steven essaya de se dégager mais la pression sur son cou était trop forte. Weakshield le relâcha brusquement et le repoussa dans son fauteuil. Il toussa en cherchant son souffle, un poing géant appuyait sur son thorax. Jonathan quitta la pièce.

— J'ai perdu quelqu'un moi aussi, cria Steven. J'ai perdu autant que vous…

La porte du journal claqua.

Chapitre 38

L'île aux Chiens.

L'île aux Chiens était comme l'épave d'un paquebot échoué au milieu de la Tamise. Aussi sinistre que ces carcasses rouillées de mer, pleines de coins coupants, de pourriture et de mauvais souvenirs. Pourtant, il était conseillé d'y entrer. Ne pas s'arrêter au décor lugubre qui n'ouvrait pas ses bras. Pousser plus loin, pour pénétrer dans le seul endroit de Londres où l'âme s'amusait loyalement. Loyales, les fumeries d'opium qui pullulaient sur l'île où les Chinois défendaient leur territoire et assuraient la sécurité des visiteurs. Loyal, le voyage loin de soi-même, pour des paysages qui ne trahissaient jamais les rêves aux couleurs des façades rouges et jaunes des bouges, où des tigres en carton vous serraient dans leurs griffes. Loyal, le baiser que les putes cantonaises déposaient sur vos lèvres, avec la tendresse que chacun de vos shillings vous avait fait mériter. L'île aux Chiens était la création du Viking. Il y avait implanté les premières fumeries durant son règne. Les années de Reading n'avaient rien transformé. L'île n'avait pas changé de maître et la fidélité des Chinois n'avait jamais été prise en défaut. Pas besoin d'arracher les regards. Apprendre à traiter cordialement avec des commerçants soucieux du respect des engagements. L'amitié entre le Viking et les chefs des triades reposait sur une affection sincère, qui se mesurait en lingots d'amitié. L'Angleterre était devenue le plus puissant trafiquant légal de drogue du monde. L'Empire cultivait l'opium en Inde et l'importait de force en Chine. Si le vaste pays, infecté à tous les étages de la société, résistait, les canonnières de Victoria contraignaient les ports à s'ouvrir et à hisser les couleurs du pavot. Les guerres de l'opium avaient été remportées triomphalement par une flotte industrielle contre une poignée de jonques, pour des millions de livres sterling de réparation, des droits de douane dérisoires, la concession de l'île de Hong Kong et un bail de quatre-vingt-dix-neuf ans sur deux cent trente-cinq îles de la mer chinoise. Une bonne affaire qui assurait la prospérité de l'Empire, célébrée chaque dimanche dans la nef de sa cathédrale, par l'archevêque de Canterbury. Chaque gorgée de thé chinois qui réchauffait la gorge des Londoniens s'échangeait contre une bouffée d'opium à Pékin. Le gouvernement de Sa Majesté commerçait avec plus de mépris pour la morale que le plus cynique chef de bande du Seven Dials et le gang le plus puissant du monde s'appelait « la Compagnie des Indes ».

Sterling Logan attendait l'heure de son audience. Il était fourbu. La route de Southampton qu'il avait parcourue pendant la nuit, dans une voiture puante, était plus défoncée que les pires sentiers de

Nouvelle-Galles. Une pluie épaisse et butée avait transformé chaque yard en chemin de boue. Les chevaux glissaient et le cocher, craignant pour son attelage, les avait fait aller au pas sur soixante miles jusqu'à Londres. Dès le premier tour de roue, Sterling avait épuisé les charmes d'une bigote qui marmonnait des prières et d'une mère en extase devant son bébé vociférant, à la gueule aussi sale que le cul, qui avait empesté la voiture jusqu'au bout du voyage. Mais peu importait. Il avait trouvé ce qu'il était venu chercher. Un caillou jaune échangé à la banque lui avait fourni assez d'argent pour faire parler les équipages dans les tavernes du port. Il avait fouiné sur les quais parmi les nègres que les pubs refoulaient et qui traînaient dans des bouges à deux pence dont la saleté ne rendait rien à celle de Botany Bay. Il avait tourné dans ce cloaque humain sans émotion particulière. De la pitié pour la misère de ces hommes ? Il avait vécu pire. Et Sterling Logan devait garder quelque chose en commun avec eux, car il n'était rejeté de nulle part. L'esclavage des noirs avait été aboli bien avant celui des blancs. Le bagne avait été fermé en 1868, l'abolition votée en 1838, mais les bagnards et les esclaves existaient toujours. Les dates ne servaient qu'aux politiciens. Ceux qui avaient souffert se reniflaient comme des chiens. C'est dans un pub délabré du quai des Indes qu'il entendit parler du blanc qui avait fait lever le vent. Weakshield avait posé le pied en Angleterre le 23 décembre 1899. Les fêtes pour la dernière semaine du siècle avaient accompagné son retour à Londres. Des feux d'artifice minables avaient été tirés un peu partout dans le pays et des orgues de Barbarie tournaient dans les rues. Mais le monde se foutait du changement de siècle dans les lieux qu'il avait traversés. Ce n'étaient pas les rêves d'un univers meilleur que les estomacs réclamaient, mais du pain. Le lumineux progrès, dont les signaux clignotaient dans les rues des villes, éclairait les mêmes corps qui mourraient de faim aussi bien qu'hier. Sterling avait interrogé le capitaine du bateau de Mauritius. Il ne savait pas qui était Weakshield. Il se souvenait d'un blanc taiseux dont les marins avaient peur, qui faisait le travail qu'il avait à faire. Les shillings n'y changeaient rien. Pas d'attache avec les passagers, ni avec l'équipage. L'histoire du vent ? Une fantaisie de nègres… rien à dire. Un détail : à l'arrivée, sur le quai, il avait donné un demi-souverain à un gamin pour porter un télégramme.

— Quel gamin ?

— Le fils de l'Essex, le pub des pêcheurs sur le marché aux poissons.

Le fils de l'Essex avait été facile à trouver. Garçon averti. Un shilling par souvenir, cinq pour le nom de la ville où avait été envoyé le télégramme. Un nom compliqué. Mémoire fragile pour un si jeune homme, mais qui s'améliorait avec deux shillings de plus. Sydenham.

Un *boypipe* vint apporter un kief* qu'il refusa.

— T'es devenu raisonnable, Sterling ?

— Bronchitique, répondit-il au Viking qui était apparu dans la salle d'attente de la fumerie.

---

* Pipe d'opium de basse qualité.

Le nain retrouva cet homme dont le visage se confondait avec d'autres, mais dont il se rappelait l'écriture. La forme gracieuse que prenaient les lettres entre ses mains. Sterling Logan, la plume de la *flash money*, qui copiait les ordres de banque mieux qu'un officier de Threadneedle Street*. Il gardait le vague souvenir d'un homme sans relief et prudent, qui tournait loin du sang. Mais il avait pris de l'assurance. Il le voyait à son regard qui ne fuyait pas le sien.

— T'as grossi en Nouvelle-Galles… c'est plutôt rare pour un bagnard.

— Le bagne est fermé depuis des années et les *convicts* trouvent de l'or. C'est un nouveau pays, John.

— … qui rend les hommes neufs ?

— J'espère.

Il accepta le verre de gin que le nain lui tendait.

— Qu'est-ce que tu fous là-bas ?

— J'ai une mine…

Le Viking eut un sourire méprisant.

— Tu partages une mine.

Sterling vida son verre. Combien de temps faudrait-il rester dans ce vieux pays, jouer encore sur cette scène avec ces acteurs finis qui respiraient la poussière ?

— Ce n'est pas pour ce que tu crois.

— Non ?

Le gin et les vapeurs d'opium détendaient son corps et sa fatigue s'adoucissait. Il leva son verre à la Nouvelle-Galles. Le Viking trinqua avec lui.

---

* Adresse de la Banque d'Angleterre dans la City de Londres.

Qu'est-ce que le nain pouvait comprendre à l'avenir ? Qu'est-ce qu'il savait des renaissances ? Son horizon était aussi bas que son regard. Il eut envie de reculer vers la sortie, mais l'importance de cette visite imposait de la maîtrise.

— C'est un beau pays, John, sans limites, avec des lois simples et des espaces. Il y a des choses à bâtir…

— Des choses à bâtir ? Tu parles comme un politicien.

— Précisément…

Le nain laissa échapper un rire de mépris.

— Tu veux devenir gouverneur ?

— Pas gouverneur, maire. D'une petite ville près de Bathurst.

— Maire ? Pour quoi faire ?

— Des choses utiles dans un pays neuf qui ne deviendra pas comme celui-ci.

Le Viking passa l'ongle de son pouce autour de ses lèvres et observa le visage de Sterling Logan.

— Et faire pendre Jonathan, ça fait partie de ton programme ?

— Disons… que le gouverneur souhaitait « épurer » l'endroit.

— Épurer ?

— La Nouvelle-Galles ne veut plus apparaître comme la terre d'accueil des bas-fonds de l'Empire. Et le passé de Jonathan est remonté.

— Et pourquoi tu l'as pas tué, dans ton pays tout propre ? C'était plus facile…

— Parce que je ne suis pas un assassin.

Le Viking claqua dans ses mains pour commander une nouvelle bouteille de gin qu'une jeune fille aux yeux fendus et tristes leur apporta.

— Le projet était simple, reprit Sterling, Jonathan était retrouvé et puni pour ses crimes. Justice était rendue. Mais la cupidité d'un stupide greffier et une enquête de journalistes…

— Sterling ?

La voix du Viking était cordiale. Il n'avait pas l'habitude des hommes qui le traitaient sans servilité ou crainte. Et, lorsqu'il les rencontrait, il n'éprouvait pas le besoin de les dominer, au contraire, être traité en égal lui procurait une secrète satisfaction.

— Pourquoi tu viens me raconter tout ça ? Pour m'apprendre que Jonathan est en vie, ce que je sais, et qu'il est à Londres, tout près de moi… ?

— Tu lui as pardonné ?

— Pardonné ?

Le Viking haussa ses larges épaules et la déformation monstrueuse de ses mains pendues au bout de ses bras courts apparut dans la lumière.

— Moi, je suis un assassin, Sterling. Je n'ai jamais pardonné à personne. Mais si Jonathan est vivant, il mérite bien plus qu'une banale exécution. La mort n'assouvit que des petites soifs.

— Alors, j'ai quelque chose qui va t'intéresser.

Le Viking joignit ses pouces qui pointaient vers le regard de Sterling.

— Je sais où tu peux trouver la femme.

Les fumées d'opium faisaient monter une amertume douçâtre à la bouche. Le Viking raccompagna son hôte. Dans la grande salle du sous-sol, une dizaine d'hommes chassaient le dragon, les corps repliés comme des fœtus. Des jeunes filles enveloppées de soie venaient changer avec grâce les boules consumées. « Chasser le dragon », promettaient toutes les fumeries du monde, pour donner un peu d'envergure à la triste aventure des larves qui tournaient dans leurs cales. Ils traversèrent la salle sous les regards absents des fumeurs, aussi transparents pour eux que les fantômes dont ils payaient cher le retour. Les lumières tamisées et l'écoulement de l'eau d'une fontaine en forme de pagode donnaient des airs de temple à l'Opium Den*. On y priait un Dieu qui exauçait les désirs. Le Viking poussa la porte et Sterling Logan retrouva le froid lucide de la rue.

---

* Fumerie d'opium.

Chapitre 39

Dernières rencontres.

Transparence. Le Palais de cristal avait l'âme limpide d'un enfant ou d'un simple d'esprit. Moe marchait au bras de Fine, dans les allées lumineuses de la grande serre. Cinq cents mètres de soleil. Les allées s'ouvraient sur des vitrines à la gloire de l'Angleterre moderne, ferronneries, marteaux à vapeur, presses hydrauliques, lampes, armes à feu, baromètres, scaphandres... Moe avait décidé d'être conduit. Il avait laissé s'éteindre les odeurs qui dessinaient le monde, pour laisser la place vacante au seul parfum des cheveux de Fine vers lesquels sa tête inclinait. La paix qu'il ressentait valait toutes les couleurs de l'univers. Ne pas savoir avant les autres. Ne pas voir l'invisible. Se délasser dans le rien. Pour la première fois de sa vie, Moe faisait l'aveugle. Il entendit Jonathan, au même instant que Fine, après avoir négligé les signaux dans l'air qui auraient révélé sa présence près des arbres de la serre, bien avant sa voix. Il se laissa mener par la main qu'il aimait et s'arrêta sur un banc au milieu des orchidées aux parfums lourds, pour les laisser seuls. Revenir au subtil. Il chercha, autour du bourdonnement d'une abeille qui fécondait les fleurs, la lointaine essence du nectar sur ses ailes, les atomes en suspens, fermés aux regards des hommes communs et n'ouvrant leur secret qu'aux élus, les voyants du monde.

Jonathan marchait près de Fine à travers les machines que la vapeur et l'électricité faisaient tourner nuit et jour. Les salles de l'Avenir étaient puantes et bruyantes et le couple qui avançait dans le mouvement des poulies et des charnières géantes paraissait aussi étranger et perdu que les oiseaux piégés sous la serre, qui cherchaient des issues en frappant de leurs becs la transparence solide des parois de cristal. Jonathan tenait son pas sans pensée. Toute sa vie était à l'image de cette marche silencieuse et sans but, à travers un monde absolument inutile. L'utile portait le nom de la femme qui allait à ses côtés. Fine, la machine qui lançait son mouvement au cœur de ses pièces de fer. Fine, l'ampoule qui crachait sa lumière trop forte. Fine, le rail sur lequel les roues des trains écrasaient la mémoire du temps ancien. Demain portait le nom de Fine et Jonathan regardait sans les voir les spectres du futur qui dansaient pour rien autour de lui. Elle le sentait tout près de son épaule et cherchait un plus grand silence. Son esprit repoussait les souvenirs mortels qui tournaient depuis Mullingar, accélérant leur chute vers ce vide intérieur, ouvert comme une plaie. Que Jonathan ne soit pas emporté, se dit-elle. Jonathan. Elle saisit ce nom de douceur, cet éclair de paix volé à la surveillance serrée de sa conscience, pour quelques mètres de voyage à travers le Palais de cristal. Quelques mètres de transparence, qui pouvait ressembler au bonheur des premières années de Nouvelle-Galles. Ce bonheur, lorsqu'elle le toucha, aussi réel que le bras de cet homme contre le sien, lui apparut soudain dans toute son horreur, toute sa profonde horreur. Un arbre stupidement fleuri qui plongeait ses racines dans la pourriture, aussi beau hors de la terre que répugnant dans ses profondeurs. Ses racines aspiraient le sang et les chairs décomposées des cadavres qui nourrissaient toutes les floraisons. Les fumiers du printemps. La vapeur, l'électricité qui mouvaient les machines autour d'eux avaient leur double dans le cœur des humains. Pour Fine, une force bien plus puissante, qui n'avait pas besoin d'être renouvelée : la honte de soi. La chute des eaux faisait tourner les turbines sur les fleuves, les âmes qui tombaient, lourdes de leurs fautes, donnaient le pouvoir de refuser la vie. Les souvenirs de Mullingar s'écoulaient obstinément goutte à goutte, à chaque battement de son cœur. L'amour de Jonathan n'avait pas la puissance de la vieille clepsydre intérieure. Rien, son amour. Rien, son retour vers elle. Rien, son endurance. Rien, sa fidélité. La dette de Mullingar imposait une souffrance éternelle et Fine trouva les mots pour en être digne.

— Je ne t'aime plus, Jonathan.

Dès que ses lèvres se refermèrent, l'énergie sombre l'envahit. Elle se sentit forte et, mieux encore, avide. Elle chercha sur le visage de l'Irlandais de quoi accroître sa joie intérieure, l'intense joie de destruction intérieure, inexplicable pour ceux qui opposent la volupté à la souffrance. Mais le visage de Jonathan restait impassible. Impassible, la manière de son corps, calme à ses côtés, son regard sur le Palais de cristal. Il continua sa marche à son bras, sans accorder d'importance aux mots qu'elle avait prononcés. Il se souvenait du premier printemps de Nouvelle-Galles, lorsque la mine avait commencé à produire. Les épreuves avaient cessé d'un coup et une promesse d'âge tranquille s'était ouverte, où il pourrait s'arrêter et passer le relais à un fils. Ne rien vouloir de plus, se disait Jonathan. Dans l'élevage du forgeron du Strand, il avait vu les portées qui sortaient du ventre des rats. Être autant que ces créatures. Avoir la seule ambition de la nature. Avec ou sans désir, s'y tenir, pour toucher le seul sens indiscutable de toute existence. Quand la mine avait prospéré, Fine s'était refusée à lui. Du premier jour, jusqu'au départ pour l'Angleterre, pas de nuit sans refus. Il avait réussi à la haïr. Et puis, le temps avait réglé les choses, en réduisant les vivres. Comme les naufragés sur leur chaloupe, il avait dû faire des rations, réduire les quantités d'espérance et faire survivre cet amour, à tout prix. Son fils ne renaîtrait jamais de la potion brûlante d'Odilia Astair. Elle avait emporté son âme, avec lui. Fine avait fait cela. Le cœur de n'importe quel homme l'aurait chassée à tout jamais et le sien n'avait plus rien gardé d'elle, après. Sauf le goût. Le goût de Fine et du sang. Qui saurait comprendre ? Fine pouvait abîmer son corps et rejeter toutes les chances, il irait la chercher là où elle n'attendait plus rien. Il sortit son couteau, dégagea la manche de sa veste et coupa profondément sa peau au-dessus du poignet. Quand elle vit le sang de Jonathan, Fine sentit refluer la joie sombre en elle. Et l'éclat ennemi quitta son regard. Il essuya son bras sur le revers de sa robe et la quitta sans dire un mot.

Shallow l'attendait dans le parc. Il le rejoignit près du lac artificiel où les statues de dinosaures trempaient dans l'eau vaseuse. Le vieil ivrogne n'eut pas besoin d'ordre. Il connaissait ce pas. Le pas tendu du tournoi de pugilat et de Strugglefield. Il vérifia la solidité de la gaine du couteau courbe à sa ceinture et suivit l'Irlandais, sans ressentir de douleur à sa jambe.

Une trahison payée justement.

Sterling Logan avait été facile à trouver. Le professeur avait levé les meilleurs limiers de l'East End : les tenancières de bordel. Reconnaissantes envers celui qui avait dépensé des fortunes dans les bras de toutes les putes de Londres et les avait tendrement traitées. Sterling Logan avait voulu se fondre dans le brouillard de misère, loin des souvenirs du Seven Dials, dans une pension de la banlieue nord, avant Islington. Mais la robe d'une jolie femme avait croisé sa route après le voyage sur l'île aux Chiens et les vapeurs d'opium engourdissaient la prudence. Un crochet par une maison de passe sur Zeisler Street à Saint Giles avait suffi pour remonter sa piste.

Les deux hommes poussèrent silencieusement la porte de la vieille pension, au milieu de la nuit.

Sterling ouvrit les yeux. Le bout rouge de la cigarette de Jonathan passa à quelques millimètres de ses cils. La main de Shallow appuyait sur sa bouche. Il chercha inutilement du secours autour de lui et reconnut le regard de Botany Bay. Le froid d'une lame caressa sa gorge.

— Tu vois, Sterling, en te regardant dormir, j'ai trouvé encore de l'amitié pour toi. Robert me dit que tu es un traître et que tu mérites d'être saigné comme un porc. Mais…

La pointe du couteau appuya sur la carotide de Logan.

— J'hésite…

Des gouttes de sueur recouvrirent le front de l'homme dont le corps était maintenu plaqué sur le lit, par la force du bras de Shallow.

— Tu me crois capable de faire ça ? demanda Jonathan en laissant s'ouvrir les premiers millimètres de la peau sous sa lame.

Les yeux de Sterling Logan cherchaient dans toutes les directions de l'espace. Il secoua négativement la tête. Jonathan appuya encore.

— On croit connaître, Sterling… tout vient de là. Mais on ne partage pas assez ce qu'on a vécu pour ça. On ne trahirait personne si on se connaissait.

Le visage de l'Irlandais était minéral, le couteau pénétrait lentement la gorge de l'homme qu'il contemplait sans la moindre pitié. Sterling Logan ferma les yeux. Il chercha l'image du désert de Bathurst qu'on pouvait irriguer et qu'il s'était promis de voir fleurir un jour. Mais la peur était trop forte. La lame du couteau frôlait l'artère. Jonathan la retira lentement.

— Tu as raison, je ne suis plus capable de ça.

L'arme remonta vers ses yeux.

— Tu pleures, Sterling.

L'homme vit le reflet mouillé de son regard et cracha au visage de Jonathan.

— C'est mieux, dit l'Irlandais en s'essuyant la joue.

Le poing de Shallow s'abattit. Sterling Logan sombra dans l'inconscience.

Quand il se réveilla, il ne ressentit rien de menaçant. Juste un flou apaisant qui filtrait doucement les signaux autour de lui. Il remua librement ses membres sans percevoir de douleur. C'est plus tard, quand sa conscience devint précise, qu'il reconnut les murs d'une prison différente de celles qui l'avaient enfermé. La lucarne de la porte s'ouvrit, le trait de lumière perça le fond de la cellule et fit remuer quelque chose derrière lui.

L'affaire avait été facile à conclure. Les vieux infirmiers n'avaient pas oublié. Shallow avait voulu relever le goût de leurs souvenirs d'une poignée de shillings, mais l'argent avait été inutile. Les cachots des aliénés étaient les mêmes que dans le passé, leur destin aussi. Jonathan jeta un coup d'œil à travers la lucarne et vit le corps décharné de l'enragé qui se dépliait lentement. Sterling Logan recula, le visage convulsé de terreur. L'homme se tenait debout, les poings serrés, nu, le corps recouvert de vermine. De la bave s'écoulait de sa bouche et ses yeux fixaient avec fureur l'intrus qui frappait contre la porte. Il avança lentement vers lui.

— Mieux se connaître, Sterling. Vivre ce que l'autre a vécu pour le comprendre.

— Je t'en supplie.

— Donne-lui à boire, dit Jonathan, en refermant la lucarne.

Chapitre 40

Pour ne plus reculer.

Le Viking déplia ses pouces. Il tailla l'ongle avec la précaution la plus délicate, en prenant le temps nécessaire pour effiler chaque millimètre, jusqu'à l'extrémité coupante, en biseau. Les hommes de Corby étaient arrivés. Les deux frères Flint, plus jeunes que l'homme d'ivoire que Moe avait vaincu. Plus cons aussi. Des brutes épaisses, qu'il avait jugées dès leur entrée dans la fumerie. Des masses de viande sous des cous de taureau qui réduisaient leurs têtes de rouquin à favoris larges. Il préféra ceux qui les accompagnaient, les hommes du syndicat. Les profils qu'il avait commandés. Il s'avança vers Bishop, leur chef. Une bonne gueule d'Écossais, respectueux des rites de sa vieille terre, chef du Syndicat des aciéries, capable, le jour de la fête de saint Andrews, d'arrêter toutes les machines de la ville d'un claquement de doigt. Un homme puissant et respecté que les industriels anglais avaient coutume d'essayer d'assassiner avant chaque fin d'année. Il s'était entouré d'une garde rapprochée, célèbre dans le nord du pays, « les faucons de Bishop ». Des Highlanders, cinq gars à la peau noircie par les fourneaux, avec la manière que le Viking appréciait, aussi gris que les plus insignifiants ouvriers des mines, pâles, maigres et retenus. Des tueurs effacés dont on sentait la trempe.

— T'es venu sans ta jupe, Bishop ?

— Je la porte pour des rencontres avec des hommes respectables.

Il s'approcha du Viking et serra amicalement ses épaules.

— Content de te voir, John Blackmore.

Le Viking retrouva le regard clair de l'Écossais. Fils d'un ancien du Seven Dials qui avait été son bras droit après la disparition de Jonathan. Profil d'un fermier authentique des Highlands, porté sur le whisky et la cornemuse. Un homme affable, qu'il avait vu étrangler d'une main un ouvrier qui négligeait son piquet de grève.

— Tu ressembles à ton père.

— Paix à son âme, répondit Bishop. *As ae door's steekit anither appens** .

Il présenta les faucons qui saluèrent le Viking d'un signe de tête. Les frères Gorch, Deke Thornton, ancien soldat qui s'était battu contre les Boers, Sykes et Dutch, plus jeunes, blonds, l'air d'anges chassés depuis longtemps du ciel.

Les frères Flint restaient à l'écart. Bishop et ses faucons les ignoraient. La famille Flint avait réclamé vengeance après Barking Creek et le Viking avait

---

* Proverbe écossais : quand une porte se ferme, une autre s'ouvre.

dû accepter leur présence. Il leur donnerait Moe puisqu'ils avaient fait le voyage pour lui. Suffisants peut-être pour l'aveugle, mais pas pour Jonathan et ses lieutenants. Le *boypipe* accompagna les hommes à leurs chambres. Le Viking conduisit Bishop à travers la rue principale de l'île aux Chiens. Ils franchirent l'allée des pagodes où les fiacres déposaient des hommes élégants. Les fumeries des pauvres s'atteignaient à pied dans des ruelles étroites où les déchets sédimentaient.

— On va où ? demanda Bishop.

— Voir ceux qui possèdent tout ça.

Au bout d'une ruelle, vers la rive nord, dans le méandre où s'enfonçait l'île aux Chiens, un quartier qui n'avait rien d'une île mais qui trempait un peu plus loin que les autres dans la boue du fleuve, ils entrèrent dans une maison haute, à la façade aussi délabrée que celles des *rookeries** autour. Une jeune Chinoise, regard baissé, les conduisit à l'étage à travers des pièces en ordre où des bâtons d'encens brûlaient paisiblement sur des meubles laqués. L'intérieur était d'une propreté étrangère à la latitude londonienne. En haut de l'escalier, un couple les attendait pour les accueillir. Des Cantonais, jeunes, l'air d'étudiants vertueux qui les saluèrent avec la déférence habituelle. L'homme portait des lunettes rondes aux verres fumés, la femme était belle, un visage sculpté sur une peau transparente qui laissait apparaître le réseau fin et bleuté des veines. Ils s'effacèrent pour les laisser entrer dans une pièce longue,

---

* Quartiers de taudis.

éclairée par des chandelles qui flottaient sur des coupes remplies d'eau et de pétales. Une ambiance de chapelle avec deux enfants de chœur, au fond, formés au Japon : des lutteurs de sumo qui leur jetèrent un regard d'animal à sang froid. Le jeune homme les fit asseoir et s'installa derrière un bureau simple en échangeant ses lunettes contre des loupes qui grossissaient ses yeux. La femme resta debout à ses côtés. Il s'adressa au Viking en mandarin.

— Tu parles chinois ? murmura Bishop.

— Un peu. J'ai eu le temps d'apprendre à Reading.

Ils durent accepter un thé qui trempa les lèvres de l'Écossais sans les franchir. Les lutteurs les observaient. Le plus gros des deux croisa ses bras larges comme des cuisses, Bishop n'avait jamais vu une masse pareille. Le Viking le connaissait. Il le salua de la tête et tendit son pouce vers lui, geste qui ouvrit au milieu du bloc de chair un sourire édenté et noirci par le *madak**. L'étudiant poursuivit la conversation dans un anglais châtié. Les comptes de la fumerie étaient préparés. Sa femme reçut, des mains d'une servante, un plateau qui présentait les documents comme des mets délicats. La livraison d'opium pour les fumeries de l'île aux Chiens était une exclusivité anglaise. Le marché cantonais classique rachetait la drogue livrée en Chine pour la revendre en Europe. Le Viking faisait venir l'opium directement des Indes par les navires d'une petite compagnie dont les armateurs, attentifs à la bonne santé des vaisseaux et des équipages, étaient enviés sur tous les océans.

---

* Mélange de tabac et d'opium.

Ces armateurs recevaient leurs ordres et leurs capitaux d'actionnaires puissants, maîtres de l'acier du Nord, qui fournissaient les chantiers navals du pays. La diversification de leurs activités dans un commerce fructueux échappant aux taxes avait paru souhaitable à chacun des membres de cette respectable assemblée. La maison mère s'appelait la Floyd Ironstone Company et son centre se trouvait facilement à la périphérie d'un village, devenu une ville industrielle en moins de vingt ans, du nom de Corby. L'opium du Viking et des aciéries avait la réputation d'être le moins cher et le moins coupé de la capitale. La qualité qui faisait la réputation des fumeries de l'île aux Chiens reposait sur ce pieux et fidèle commerce. Corby et la prison de Reading entretenaient depuis vingt ans des relations comptables sans tache. Des étudiants comme ceux qui lui faisaient face, le Viking en avait connu d'autres. Ils partageaient tous le même décor d'innocence et les masques blancs d'acteur, accrochés sur des âmes noires comme des cailloux d'opium. L'argent ne transitait pas sur l'île, seulement les signatures sur des ordres de banque, toujours honorés. Le Viking recommandait les affaires avec les Chinois, à la parole aussi dure que leur pierre de jade. Les papiers signés et cachetés, ils prirent congé. L'étudiant désigna le colosse près du mur et posa une courte question à laquelle le Viking répondit en souriant.

— Qu'est-ce qu'il a dit ? demanda Bishop.

— Il m'a proposé les services de ses gars, répondit le Viking. Selon lui, le gros vaut cinq hommes.

— T'as répondu quoi ?

— Qu'on préférait rester entre nous.

Ils retrouvèrent le froid humide de l'île, l'encens des docks avait son odeur européenne de vase et de merde. Bishop roula une cigarette. En sortant, le Viking avait glissé un message sur le plateau de la Chinoise élégante qui les avait raccompagnés. Elle avait replié le papier entre ses longs doigts aux ongles peints en inclinant la tête. « Un service », dit le Viking à Bishop, que ses associés ne lui refuseraient pas.

Chapitre 41

Enlèvement.

Fine serra la lanière de son sac.

Ses affaires étaient prêtes. Elle partirait au matin. Partir où ? Elle n'était pas certaine encore. Pourquoi ? Pour la distance. L'espace à ouvrir entre elle et Jonathan. Elle en avait assez du Palais de cristal, de ses promenades, de la gueule desséchée de Veronica Shallow, de toutes les gueules desséchées de Sydenham, de la pluie, de l'ennui. Elle partirait loin, avant que Jonathan ne la retrouve à nouveau. C'était cela que Fine aimait au plus profond d'elle-même. Être retrouvée. Après la dernière nuit, elle ne l'avait plus laissé approcher. La cire lui manquait. Modeler encore, retourner peut-être dans un atelier, au bout du monde, en Amérique, dans un pays si vaste que Jonathan se perdrait. Perdu, à jamais, dans les grands espaces, à sa recherche, et elle, l'attendant pour le fuir. Jonathan était à Londres avec Shallow, le professeur à Sydenham, au bordel probablement, Veronica jurait contre la nature dans son potager sinistre et Moe la surveillait, en bas, près du feu de cheminée dont il ne s'éloignait pas. Elle sortit de sa chambre et descendit les marches sans bruit. L'aveugle tourna la tête vers elle. Le chien, qui avait fini par fraterniser avec lui, ronflait à ses pieds. Elle déposa son sac au bas de l'escalier et alla s'asseoir. Elle servit deux verres de gin et resta au côté de Moe devant les flammes courtes qui peinaient sur le bois mouillé. Moe serait le plus difficile à quitter. L'amitié de Moe. Son amour innocent et fidèle. Elle le regarda somnoler et ressentit la tranquillité de l'aveugle auprès d'elle et du feu. Fine et le feu, toute la douceur du monde éteint. Elle sortit un flacon de parfum de son sac et déposa quelques gouttes sur la lèvre supérieure de l'aveugle. Le parfum éteignit toutes les images de la pièce et Moe resta dans la pure essence. Quand elle se dissipa, Fine était partie.

Il la chercha en bas et à l'étage. À l'extérieur. Rien autour de la sueur de Veronica Shallow qui ne l'avait pas vue passer. L'angoisse le saisit. Fine n'était plus là. Il chercha encore, le chien à ses talons. Il tourna dans la ville, flaira en vain l'air des rues jusqu'au soir. Quand il poussa la porte de la maison, il pensa au retour de Jonathan. Il y a vingt ans, l'Irlandais l'aurait tué pour ça. Et, en cherchant du bout des doigts la bouteille de gin, Moe se dit qu'il ne lui aurait jamais donné plus raison qu'aujourd'hui.

Laudanum.

La nuit tomba brusquement sur Leprest Street. Dans ce coin de Holborn, le ciel la jetait comme l'eau d'un seau. Le jour, il faisait assez sombre dans ces ruelles repliées qu'on s'apprêtait à détruire, pour que la première seconde du crépuscule suffise à les faire basculer dans le noir visqueux qui abritait tous les dangers de Londres, bien plus qu'à Whitechapel, mieux surveillé depuis l'Éventreur. La règle était simple : trouver un terrier et filer aux premières lueurs du jour ou ne plus jamais aller nulle part. Fine avait poussé la porte peinte d'une croix rouge, au fond d'une impasse fermée sur un asile qui ne refusait pas les femmes seules. Des veuves à l'air de nonnes accueillaient les filles perdues pour la nuit et les mettaient dehors à l'aube avec un bol de soupe et deux « Notre Père ». Dernières heures pour Fine Mc Gall avant l'océan, demain, à traverser vite. Elle signa un papier inutile et suivit l'hôtesse à travers les couloirs. Les mécènes de Holborn avaient limité les dépenses pour aménager l'ancienne workhouse promise à la démolition où les mendiants s'entassaient pour un abri contre un travail stupide. Elle trouva une place au fond d'une salle parmi des femmes qui se tournaient le dos. Les nuits sans sommeil de Sydenham se rappelèrent à son corps, qui lui parut soudain fourbu. Les affiches de la une du *Daily News* avaient couvert les murs de la ville. Elle s'était enfuie sous le regard de Jonathan accroché au coin de toutes les ruelles. Son portrait ne lui ressemblait pas. Et en elle ? Le portrait de Jonathan était-il aussi fidèle à celui qu'il avait toujours été ? L'enfant du champ de Mullingar qui avait mangé le cœur de tous les siens. Aucune image n'avait été assez forte après pour l'effacer. Ni le jeune chef du Seven Dials aussi beau qu'un archange, ni le bagnard de Nouvelle-Galles qui était revenu la chercher, ni l'homme apaisé de Bathurst qui l'aimait et qu'elle avait quitté. Elle n'avait jamais modelé la cire pour lui car elle aurait pris la forme de l'enfant irlandais qui l'avait aidée à détruire son âme. Le pardon… Jonathan n'avait eu que ce mot-là à la bouche. Et c'était finalement le seul don véritable que la nature lui avait accordé, le pouvoir de pardonner. Quand elle avait sacrifié leur fils chez la faiseuse d'anges, Jonathan avait pardonné et pardonné encore quand elle l'avait abandonné là-bas. Tous les pardons avaient la même fonction, ils déguisaient la lâcheté et l'apitoiement sur soi-même. Elle préférait la haine du Viking à cet amour sans vigueur.

Le sommeil la prit et les rêves aussi. Des songes parfumés que Moe aurait goûtés bien mieux qu'elle. Une odeur apaisante qui ressemblait à celle qui s'envolait à travers les fenêtres des fumeries l'enveloppa. Elle sentit la caresse d'un tissu humide sur son visage, qui alourdit son sommeil, sans faire disparaître le monde extérieur, le rendant simplement plus lointain. Elle voulut ouvrir une dernière fois les yeux pour saluer les ombres qui se retiraient. Le beau regard d'une femme chinoise à la peau transparente, qui appuyait un mouchoir sur sa bouche, l'accompagna dans l'inconscience.

Fine ne vit rien du voyage. Le fiacre longea les docks vers l'est jusqu'à l'île aux Chiens. Des bras la soulevèrent et elle traversa la fumerie sans avoir conscience d'avoir quitté l'ancienne workhouse. Une servante monta la préparer. Elle essuya délicatement, à l'eau de rose, son visage imprégné de laudanum, puis la déshabilla. Elle plia ses vêtements et les plaça dans un coffre, avec son sac et son ombrelle. Elle décrocha la chaîne en or de Nouvelle-Galles que Jonathan avait passée autour de son cou dans une autre vie. Elle regarda les seins pleins et blancs que la respiration de la femme endormie soulevait et les toucha avec curiosité. Elle vérifia la résistance des foulards qui maintenaient les membres de Fine attachés aux quatre coins du lit en écartant largement ses jambes d'une manière obscène. Elle resserra les liens aux chevilles, prit le soin de couvrir quelques chandelles pour laisser la chambre dans une demi-obscurité, s'assura de la longueur suffisante des bâtons d'encens et corrigea les plis sur les tentures rouge et ambre qui formaient un arc au-dessus du lit de « l'impératrice », le nom donné à cette alcôve où les fumeurs qui en avaient encore la force venaient goûter aux charmes des geishas. Elle s'inclina ensuite respectueusement devant le corps de Fine, glissa la chaîne dans une poche cachée à l'intérieur de sa manche et disparut.

Fine sortit lentement de son étrange sommeil. Les dernières vapeurs du laudanum la quittaient douloureusement. Sa langue collait à son palais, ses lèvres brûlaient. Elle mordait le foulard qui la bâillonnait, sans comprendre.

Le Viking entra dans la pièce et verrouilla la porte. Il posa un regard glacé sur le corps ouvert de Fine et s'approcha d'elle. Les formes étaient belles, la peau sur laquelle il fit traîner son pouce aussi délicate que la soie du lit. Il ne ressentit pourtant qu'un profond dégoût. Il s'écarta vers le guéridon qui avait été préparé dans un coin de la chambre, alluma les bougies plates qui flottaient sous une coupelle de métal remplie de racines d'epimedium et plaça un couvercle de verre par-dessus, percé en son centre d'un orifice étroit. Il retira ses vêtements. La fenêtre de la fumerie ouvrait sur la boucle du fleuve et, plus loin, les West India Docks. La boucle du fleuve... noire et calme. Le Viking y vit la cuisse d'une femme repliée sur la ville. Et la douceur de la peau de Zarn glissa à la surface de sa mémoire. Zarn, la première et la seule femme qui s'était offerte à lui, sans dégoût, sans curiosité. La peau de Fine avait la souplesse de celle qu'il avait caressée dans les nuits du Seven Dials avant que ses pouces ne la déchirent. Il ferma les poings. Zarn, la sorcière maudite qui lui avait pris son fils. Zarn qu'il avait continué à étrangler, toute sa vie, au cœur de chaque nuit de Reading et qui méritait une mort éternelle. Et Jonathan... personne n'aurait touché cette femme en son absence. Aucune faiseuse d'anges n'aurait osé effleurer l'épouse du Viking. Les mains de l'Irlandais étaient souillées de son sang. Il n'avait même pas arraché les yeux de la vieille Odilia Astair, pour ne partager sa vengeance avec personne. Son regard se tourna vers la chair offerte de celle qui paierait. Jamais une femme n'avait éveillé aussi peu de désir en lui. Son poing s'abattit sur le mur. Un miroir lui renvoya l'image de son corps osseux et difforme que Zarn avait réussi à aimer. Zarn… il s'approcha de Fine qui ouvrait les yeux, posa sa main sur sa cuisse et monta vers l'intérieur. Le regard restait voilé et les membres sans réaction. Il sentit la morsure de sa rage ancienne et tendit son pouce. Elle gémit. Il se pencha sur son oreille.

— Après ça, que Jonathan gagne ou perde, ça ne changera plus rien.

Il revint vers ses cuisses et les contempla sans ressentir la moindre impulsion. Il toucha son sexe et croisa l'image misérable sur le miroir. La vision de lui-même lui parut si insignifiante, si absolument insignifiante, qu'il lui renvoya un sourire chargé d'un mépris définitif.

Il retourna vers la coupe de fer d'où la fumée s'échappait, recouvrit son crâne d'une serviette humide et inhala longuement les vapeurs d'epimedium. L'effet était brutal, la plante faisait grésiller les images et les sons. Elle arrachait le sang. Il sentit son membre durcir. Il attendit quelques minutes puis revint vers le lit. Fine avait retrouvé toute sa conscience. Il chercha des signes de peur ou de répulsion. Mais elle l'attendait. Elle n'essayait pas de se débattre, ni de profiter du petit espace que les foulards à ses chevilles lui donnaient pour être moins offerte. Au contraire, elle laissait l'angle de ses cuisses grand ouvert en observant le nain. Il s'approcha pour la prendre. Maintenant, elle réapparaissait dans sa mémoire. La petite ouvrière de cire. Son ongle glissa sous la poitrine et sentit le relief d'une cicatrice. La balle du Seven Dials qui avait manqué son cœur. Sa peau était froide comme celle d'un cadavre. Il se souvenait de sa manière de mourir quand il avait tiré. Son acceptation. La scène revenait précisément. Déjà perdue pour la terre, la petite ouvrière de chez Tussaud. Rien de surprenant à ce que sa balle ait manqué son but, les morts étaient difficiles à tuer. Elle avait été le dernier témoin. Tous ceux qui l'avaient aidé, la nuit du théâtre, ses gardes du corps, anciens de Strugglefield qui avaient veillé sur le buste de cire, avaient payé de leur vie la confiance qu'il leur avait faite. Personne au monde ne devait savoir pour Zarn. Dieu seul l'avait vu. Et s'il avait cru en Dieu, il aurait arraché son regard.

Le Viking inspira une vapeur d'epimedium. Faire vite, se dit-il. Sortir ce goût de soi-même, comme un crachat. Mais il se ravisa. Le dessin de la cuisse noire du fleuve et les osselets de Zarn qui avait dit qu'il ne connaîtrait jamais d'autre femme forçaient son esprit. L'ongle de son pouce frôla la cicatrice sous le sein de la femme de cire qui ne méritait peut-être rien des hommes, ni le bien, ni le mal. Il se rhabilla devant elle, retira le feu sous la coupe de fer et lui dit d'une voix chargée de mépris :

— Quand Jonathan crèvera, je te donnerai à ceux qui resteront.

Chapitre 42

Dernier affrontement.

Jonathan descendit les marches de l'escalier de Veronica Shallow. Celui qui l'aurait vu à cet instant aurait été fier d'appartenir à la même espèce que cet homme qui avançait noblement, le corps droit, le visage confiant et solaire. Sa veste couleur bronze, celle du lieutenant du Seven Dials qu'il n'avait pas passée depuis des années, masquait les deux couteaux plantés à sa ceinture. À coup sûr, un jeune journaliste du nom de Louis Meadows, d'un monde invisible et lointain, admirait parmi les images de l'éternité celle de l'homme magnifique.

Jonathan n'avait rien reproché à Moe. L'aveugle l'attendait au bas des marches, la tête basse, avec l'air honteux d'un enfant coupable. Il prit sa main et y glissa le manche d'un de ses poignards. Le regard blanc de Moe monta vers l'Irlandais et vit, sans avoir besoin de humer la moindre essence, une clarté qui lui rappela de vieux souvenirs de lumière. Ils sortirent de la maison sans fermer la porte. Shallow était assis, dehors, sur le banc familial qui rouillait dans le lambeau de jardin que sa sœur avait défendu contre les nuages de charbon. Il regardait vers le bas de la colline. Londres éclairait inutilement ses rues, dans le jour baissant. Son couteau courbe taillait la pointe d'un pieu pour la barrière que sa sœur lui avait fait promettre de construire. Le talus en forme de cœur qui le séparait de la ruelle noircissait d'ombre. Quand Veronica, de son carré d'herbe, vit Jonathan sur le seuil de sa porte, elle tourna la tête vers son frère. Personne ne put surprendre alors la lueur de tendresse qui passa sur son visage, avant d'en être vite chassée.

L'Irlandais descendit vers Shallow, Moe resta à distance. Le vieil ivrogne jeta un coup d'œil à la veste de bronze, celle qu'il avait passée sur son dos le soir de sa victoire au pugilat. L'air était frais, chargé du parfum fané du fleuve qui montait jusqu'en haut de la colline de Sydenham. Les bonnes puanteurs de sa jeunesse étaient au rendez-vous du crépuscule. Il respira amplement. Jonathan alluma une cigarette et la lui tendit. Il vit la jambe gonflée que Shallow allongeait devant lui.

— Tu ferais peut-être mieux de finir cette barrière, Robert.

— Peut-être, répondit l'ivrogne.

Shallow désigna la croix lumineuse, au-delà du fleuve, qui marquait, au centre de la ville, le carrefour des sept rues du Seven Dials.

— Blaker Street… tu te rappelles ?

Jonathan acquiesça.

— Avec leur foutue lumière, on reconnaît rien. Sans elle aussi, d'ailleurs. Ils ont rasé vingt rues par là-bas et planté une usine dans le champ de Struggle-field. Personne se souviendra de tout ça, Jonathan.

L'Irlandais se pencha sur sa jambe. Un ulcère purulent creusait salement la peau au-dessus de sa cheville.

— Robert…

— J'ai déjà dit « au revoir », coupa Shallow.

Il se leva et planta le pieu dans le cœur de terre. Puis, d'un pas lent, il rentra pour chercher sa veste et sa massue à tête d'acier cachée sous son lit. Il chauffa ses mains glacées au-dessus des braises du poêle, vérifia le niveau de la fiole de gin qu'il glissa dans sa poche intérieure, alla pisser et ramassa un châle qui traînait devant la porte.

Veronica, dans son jardin, tournait le dos aux hommes. En passant près d'elle, Shallow enveloppa ses épaules, en ajustant le châle pour qu'il descende comme il le fallait. Il laissa traîner sa main, sans trop savoir quoi commander à ses doigts. Elle remonta le châle sur ses épaules sans se retourner et alla rejoindre le roncier, près du mur de sa maison.

L'âne blanc.

— Il manque quelqu'un, dit l'aveugle.

Les trois hommes prirent la direction du bordel de Sydenham où le professeur faisait passer le temps.

Un crachin gris plombait l'air, ils descendirent côte à côte, à travers les ruelles glissantes. Moe rabattit sur sa tête une capuche qui lui donnait l'allure d'un moine. Il semblait plus voûté que les autres, plus vieux aussi, mais il y avait de la volonté dans sa manière, aussi puissante que celle des hommes qui l'entouraient.

L'enseigne du bordel gouttait. La tête de l'âne blanc peinte dessus s'effritait et donnait l'envie de passer son chemin, ce qui ne rendait pas justice à la renommée de cette maison où les filles étaient belles et indulgentes. Shallow avait refusé, ici, d'être infidèle à Kate, jusqu'à la moitié de la seconde bouteille de gin Denis 61, qui retournait les décisions les plus irréversibles. La maquerelle embrassa ses joues et fit entrer les hommes dans un petit salon cossu et chaud. Le professeur était à l'étage, dans la chambre qu'il avait préférée à la salle commune de la maison de Veronica où les paillasses sentaient le fumier.

— J'y vais, dit Shallow.

Jonathan resta avec Moe dans le salon rose. Les filles venaient passer gracieusement devant la porte, avec des œillades légères.

— Joyeuses... murmura Moe.

Le mot flottait comme l'un des ballons du professeur, en lettres d'hélium. Et Fine aussi, pensait Jonathan... Fine, ce soir, montait, comme le prénom le plus léger du monde. D'un geste de la main, il repoussa gentiment les invitations des filles que Moe respirait comme un nouvel éther. Il se sentait reposé. Il pensa à la Nouvelle-Galles et au souvenir fraternel du vieux bagnard qui lui avait appris à trouver le métal là où personne ne le cherchait.

— Tu sais comment on a découvert l'or, là-bas ? demanda-t-il à Moe.

— En fouinant, comme des taupes, je suppose...

— Au contraire, dit Jonathan, en levant le nez. Un vieux mineur m'a appris ça. Faut regarder la cime des arbres. Les racines des eucalyptus qui poussent sur des gisements font monter le métal. Les feuilles scintillent, en haut, sous le soleil.

Moe connaissait le parfum des eucalyptus et il le mélangea dans sa mémoire aux souvenirs de l'or qui miroitait et des cimes des derniers arbres que ses yeux avaient entrevus.

Shallow avait dû forcer la porte. Le professeur ronflait sur sa bouteille de gin coincée sous deux corsages vides que les filles n'avaient pu lui arracher et qu'il gardait en trophée contre son cœur. Shallow poussa le corps affaissé de la semelle de sa botte. Le professeur ouvrit vaguement un œil.

— Fous le camp, Robert, articula-t-il.

La botte le précipita hors du lit.

Il promit au vieil ivrogne une mort lente et douloureuse.

— Jonathan est en bas, dit Shallow. Le Viking a trouvé Fine.

Le professeur rampa vers la bassine remplie d'eau glacée où les filles lavaient leurs pieds. Il y plongea la tête. Shallow lui tendit une serviette.

— Tu veux un café ?

— Je veux surtout que tu sortes ton gros cul de ma chambre.

Shallow redescendit vers le salon rose et prit place à côté des deux hommes, silencieux.

— T'as dû insister ? demanda Moe.

— Non, répondit Shallow, en claquant les doigts pour goûter la peau d'une jeune nouvelle qui le regardait avec autant d'amour que le cœur de « l'âne blanc » pouvait en contenir.

Le professeur descendit quelques minutes plus tard. L'air frais. Il avait gominé ses cheveux et portait son costume usé avec l'élégance d'un dandy désargenté. Shallow, qui l'avait vu aussi minable qu'il était possible un peu plus tôt, dut admettre que cet homme pouvait parfois faire remonter, d'un passé dont il ignorait tout, quelques éclats de style. Il avait dans la main sa canne d'ivoire au bout lesté de plomb et dont le pommeau se dévissait sur une lame.

— Où est-elle ? demanda-t-il.

— Sur l'île aux Chiens, répondit Jonathan.

— Tu comptes y aller comme ça ?

— Non, dit l'Irlandais, on va s'équiper.

Quais de Greenwich.

Otto Kurtz, assassin ordinaire de l'East End, s'était reconverti dans l'immobilier. Sa boutique sur Creekside proposait des chambres misérables à partager pour un penny, qui faisaient regretter les paillasses pouilleuses des slums. Il était devenu ce petit homme à figure ronde et joviale qui les accueillait en ouvrant ses bras tatoués de deux ancres en miroir. L'âge l'avait rétréci. Sa parole était rapide et affligée d'un puissant accent germanique que le temps avait alourdi.

— Jonathan Weakshield. Honneur… honneur, répéta-t-il, en hochant son crâne lisse. Robert, Moe, professeur, la meute du loup du Seven Dials au complet. Honneur…

Il tendit l'exemplaire du *Daily News* qui traînait sur son bureau.

— Tu es devenu l'Irlandais le plus célèbre de la semaine, Jonathan…

Il alla fermer la porte de sa boutique et fit apparaître une bouteille de gin que Shallow attrapa avant les autres. Une dent de cachalot était plantée au milieu du mur, sous un harpon à la lame fendue. Otto prétendait avoir servi dans ses jeunes années comme matelot sur un baleinier de Nantucket, après l'émigration en Amérique de sa famille chassée d'Allemagne par les pogroms de Wurtzbourg. Mais il disait aussi avoir serré la main de l'empereur Guillaume… il tira des chaises autour du grand tableau couvert de noms et de dates, écrits à la craie, qui occupait le centre de la pièce.

— Le peuple de mes locataires, dit-il en désignant le tableau.

Des colonnes de chiffres se mélangeaient, transformant la surface de l'ardoise en gribouillage obscur. Le professeur remarqua les croix accrochées aux dates les plus anciennes.

— Les morts payent aussi ?

— Les dettes sont éternelles, professeur, et les héritiers souhaitent leur survivre.

Au Seven Dials, Otto était un « créancier », c'est-à-dire un briseur d'os qui réglait les retards de paiement avec un sens germanique de la conciliation. Dans la rue, la voix cassée d'un camelot célébrait la dernière année du siècle et décomptait, en chantant, les jours qui lui restaient à vivre. Un orgue de Barbarie tournait derrière sa roue de mélancolie. À la demande de leur hôte, ils trinquèrent aux temps nouveaux.

— Vous cherchez des chambres ? demanda l'Allemand.

— On vient s'équiper, répondit Shallow.

Le camelot passa devant la boutique.

« Quatre lunes avant la fin du siècle… jeudi, vendredi, samedi, dimanche mais plus un seul penny pour boire un coup. »

Otto soupira en prenant l'air affligé.

— Du passé, Robert… du vieux passé. J'ai abandonné tout ça depuis…

Jonathan posa un caillou jaune sur la table. La pépite fit scintiller l'œil de l'Allemand. Ses doigts effleurèrent la surface rugueuse et il soupesa la pierre, en hochant la tête.

— On descend ? demanda Shallow.

« Samedi… dimanche, cent ans de bonheur garanti mais plus un seul penny pour finir la nuit. »

Otto se leva et fit reculer le tableau des locataires. Une trappe cachée sous un tapis poussiéreux ouvrait sur un escalier recouvert de chaux. L'Allemand alluma des torches. Ils descendirent derrière lui. Les voûtes avançaient profondément sous la rue principale. Une odeur de charbon flottait dans l'air.

— C'est la merde liquide, maugréa Otto en essuyant l'eau noire qui perlait sur les murs. Je dois brûler des mèches d'huile deux fois par jour et calfeutrer avec ce poison blanc qui arrache les poumons.

Des plaques de liège superposées recouvraient les murs de la cave. La chaux infectait l'air. Moe monta un foulard sur son visage. Les armes étaient dans des caisses entassées contre les murs, enveloppées dans des couvertures. Otto fit l'inventaire des dernières pièces. Choix large. Carabines à répétition américaines, Remington, Winchester, revolvers de la guerre de Sécession, Starr, Colt, Deane et tout un tas de caisses de Webley 455, volées à l'armée anglaise.

Les hommes s'approchèrent. Jonathan sortit un fusil à canon superposé. Le professeur hésita sur un Deane à cinq coups qui lui rappelait le passé et préféra deux « British Bulldogs », des revolvers de poche 11 mm à 6 coups.

— L'arme des traîtres, ironisa Shallow.

Le professeur acquiesça en attachant les gaines à ses avant-bras sous ses manches.

Jonathan demanda à Kurtz de scier le canon de son arme et posa la crosse d'un pistolet dans la main de Moe.

— Un pistolet à un aveugle, lâcha Shallow, je suis pas sûr…

Moe arracha l'arme de la main de Jonathan et pointa l'arme sur le groupe. La gueule du canon s'ouvrit sur la tête de l'ivrogne au milieu du front. Le visage de Moe avait la dureté de Barking Creek.

— C'est toi, Robert ? demanda l'aveugle en relevant le chien du pistolet.

Le teint de Shallow vira au gris. Le rire du professeur recolora ses joues. Moe fit pivoter l'arme, satisfait, et la glissa dans sa veste. Shallow vida une gorgée de gin et lança la bouteille à l'Allemand.

— T'as pas d'antiquités ? demanda-t-il.

Otto ouvrit une caisse vermoulue remplie du matériel de jet. Shallow retrouva le vieux crochet qu'il fixa à une corde, avant de l'accrocher à sa ceinture au côté du Deane que le professeur avait négligé.

Une bâche avait été tendue sur une grosse pièce dans un coin. L'Allemand la retira. Avec le trépied ouvert sous son corps fin et allongé, l'arme ressemblait à un insecte géant.

— Mitrailleuse Hotchkiss à emprunt de gaz, déclara Otto, 500 coups minute, la puissance de feu de cent fusils…

Les quatre hommes s'approchèrent pour découvrir la masse de fer que traversait une bande montée de balles longues comme la paume d'une main.

— J'en avais jamais vu, déclara le professeur.

— On dirait un cloporte, lâcha Shallow avec dégoût.

Ils chargèrent les armes. Jonathan enfonça une poignée de cartouches de chevrotine dans chacune de ses poches.

— Vous allez où ? demanda Otto.

— Sur l'île aux Chiens.

L'Allemand cracha une salive noircie de charbon.

— J'ai entendu dire que des gars étaient arrivés. Des métallos de Corby. Avec les Chinois, ça va faire…

— Ça va faire quoi, Otto ? dit Jonathan en ajustant le fusil à la gaine attachée à sa cuisse.

— Beaucoup, répondit l'Allemand.

Il toussa et alla respirer près du soupirail où stagnait l'air empoisonné de la cave. Un calendrier moisi s'effeuillait tout seul sur le mur. L'humidité du fleuve décollait les jours plus vite que le temps ; des semaines pendaient au bas du cadre, accrochées par un bout de carton rongé, prêtes à passer au moindre retour de brouillard liquide. Le calendrier s'arrêtait sur le mois de décembre 1899.

Les hommes attendaient l'ordre de Jonathan. Il ne se pressait pas. Il savourait chaque seconde de ces instants. Il chargea ses canons de chevrotine, croisa le regard blanc de Moe et le sourire du professeur. Il redressa la veste de Shallow que le crochet déformait. Puis, en refermant son arme, après avoir trouvé, sur chaque visage, le regard qu'il attendait, d'un mouvement de tête, il donna le signal du départ.

Chapitre 43

Greenwich Foot Tunnel. Dernier acte.

Une troupe d'enfants s'écarta sur leur passage. Des petits bouseux de Greenwich que les bonnes âmes du général Booth* avaient tondus pour les épouiller plus vite. Quatre d'entre eux les suivirent en imitant leur allure. Pour Moe, un petit roux édenté rabattit une capuche sur sa tête, un autre laissa traîner un bâton au sol comme la canne longue du professeur. Le plus jeune marchait en gonflant ses joues, les mains sur le ventre derrière le gros Shallow. Pour Jonathan, un lad de Lewisham, grand et maigre, retira sa veste sur une chemise trouée pour offrir fièrement sa poitrine à la pluie qui descendait dru. Des regards curieux suivaient le cortège de ces hommes inconnus, qui avançaient vers les berges du fleuve en traînant des enfants derrière eux. Partout, dans la ville, les orgues de Barbarie répétaient leurs airs anciens.

La troupe les suivit à travers les Cutty Sark Gardens, jusqu'au mur de Woolwich qui séparait le

* Fondateur de l'Armée du Salut.

quartier des docks. Le Viking avait fixé son rendez-vous à la sortie du tunnel en construction sous la Tamise. Le message avait été porté par un gamin, chez Veronica, l'adresse épinglée sur un ticket de bateau à destination de La Nouvelle-Orléans, au nom de Fine Mc Gall.

La bouche noire fermée par une barrière descendait comme un gouffre sous la berge nord de Greenwich. Shallow alluma les deux lanternes sourdes trouvées dans l'arsenal d'Otto Kurtz. Le professeur força le cadenas de la porte d'accès au chantier. Des rats filèrent entre leurs pieds avec des miséreux effrayés, comme eux, par la lumière. Le tunnel était plein de formes qui s'échappaient, au sol et sur les murs. Des racines pendaient au-dessus de leurs têtes, à travers des poutrelles de fer. Les arches d'acier des fondations pliaient sous le poids du fleuve et des madriers soutenaient les voûtes autour d'un chemin meuble recouvert de planches. Les lanternes perçaient l'obscurité du tunnel, deux rayons étroits qui creusaient loin. Les hommes marchaient en silence sans presser le pas, sans impatience, à leur place sous la terre, comme les spectres dont chacun connaissait l'existence au cœur de l'infini tunnel de Greenwich.

Retrouvailles.

— Salut, Jonathan.

Le Viking se tenait à la sortie du tunnel, au pied de la colline des Island Gardens. Le chemin bifurquait en deux galeries éclairées par des lampes à ampoules. Bishop était à sa droite, en tenue de guerrier des Highlands, kilt écru, veste noire et bonnet replié des anciens des Black Watch*. Deux neddies pendaient à ses mains. Deke Thornton tenait la sortie, les faucons de Bishop gardaient leurs becs cachés à l'ombre des parois. Le Viking jeta un regard amusé sur la bande de l'Irlandais.

— Le vieux Shallow, le professeur et l'ami Moe. Comment vas-tu, Moe, depuis Reading ?

L'aveugle releva sa capuche pour recevoir l'odeur du nain et cracha à ses pieds.

— Le temps recule, Jonathan.

— Où est-elle ?

— Elle… (le Viking eut un mauvais sourire) tu vas mourir pour une femme qui voulait te quitter ?

— Où est-elle, John ?

— J'ai entendu dire que tu étais devenu, comment dit-on déjà ?… un « homme magnifique ». On m'a lu

* Célèbre régiment écossais.

ton histoire dans la presse. Que d'exploits, Jonathan, une vraie figure, un modèle d'assassin fréquentable… mais il n'est écrit nulle part que tu tuais les enfants des autres.

Les hommes s'écartèrent des parois. À droite, le professeur suivit les minces silhouettes des anges blonds de Bishop, Sykes et Dutch, qui restaient collés l'un à l'autre. Sykes attachait un foulard autour de son front. Le professeur jeta un coup d'œil à Shallow qui pivota vers la gauche, du côté des frères Gorch.

— Ça méritait pas tout ça, John.

— Non ? répondit le Viking.

— Non, dit Jonathan, en tirant le fusil court de sa gaine.

Le nain regarda l'arme pointée vers lui et montra ses mains nues.

— Tu as oublié les règles du Seven Dials ?

— Je n'ai rien oublié, dit Jonathan en pressant la détente.

La volée de chevrotine arracha l'épaule de Bishop qui tourna sur lui-même en hurlant. Le Viking s'abrita derrière son corps. Jonathan tira à nouveau. Le coup plia l'Écossais, les entrailles déchirées par le plomb. Les frères Gorch démarrèrent en même temps. La première balle de Shallow stoppa l'aîné, qui recula sur l'impact en tenant sa poitrine. Son frère le repoussa et se rua sur le vieil ivrogne qui visa la tête. Le pistolet s'enraya.

— Putain d'Allemand, cracha Shallow, avant de recevoir la charge de l'homme de Corby qui le percuta, l'épaule en avant.

Il tomba sur le dos. La massue plombée s'abattit sur son crâne et il roula sur le côté, à moitié groggy. Un nouveau coup s'écrasa au sol en frôlant son oreille. Il frappa à l'aveugle. Le genou de l'Écossais s'enfonça dans son ventre. Il parvint à saisir le manche de la massue et tordit le poignet qui la serrait. Gorch lâcha l'arme et leva ses poings en marteau. Shallow cogna entre les jambes. L'homme jura et se jeta sur lui avec une rage de forcené. Shallow réussit à agripper le col de sa chemise et envoya un coup de tête au milieu du front. L'Écossais recula, sonné. Le couteau courbe retrouva sa place et coupa droit, profondément à l'intérieur de la cuisse. Un jet rouge inonda le pantalon de Gorch qui recula en comprimant la plaie béante. La griffe de Shallow trancha sa gorge.

Le professeur vit les lames jaillir. La première le manqua, la seconde ouvrit une longue entaille sur sa joue d'où pissait le sang. Les anges étaient rapides, ils se déplaçaient comme des chats. Il avait repéré l'éclat des poings d'acier sur leurs gants. Il libéra les crosses des Bulldogs et tira devant lui, en visant les taches claires des cheveux. Un poing de métal jaillit au milieu du nuage de poudre et fractura sa mâchoire. Le vacarme des détonations et du ricochet des balles sur les murs secouait le tunnel comme les pelles géantes qui l'avaient creusé.

Deke Thornton n'aimait pas le combat rapproché et les conneries du Viking sur les règles des temps anciens n'y changeaient rien. Il avait ouvert le feu dès que les chevrotines de Weakshield avaient cisaillé le ventre de Bishop. Les deux Mauser aboyaient au bout de ses poings en arrosant la galerie où les hommes se battaient. Moe glissait vers lui en longeant la pierre.

Le fusil court était vide. Le Viking empoigna sa barre de fer et fonça sur Jonathan. La crosse de l'Irlandais manqua son crâne. La barre siffla dans l'air et s'abattit sur son genou droit, fragmentant la rotule. Jonathan crut qu'on lui arrachait la jambe. Il voulut se redresser, mais son genou céda et il tomba en arrière. Le nain se précipita sur lui et le pouce difforme plongea vers ses yeux. Un vieux réflexe du pugilat écarta sa tête d'un souffle. L'ongle rata l'orbite en ouvrant un sillon rouge sur sa tempe. La force du Viking était intacte. Il prit Jonathan en étau, les bras serrant son thorax. Les doigts enfoncés sous ses côtes l'étouffaient. Il s'arc-bouta. Sa main trouva le poignard à sa ceinture et frappa. La lame ripa sur l'omoplate. Il put se dégager mais le Viking le rattrapa par les mâchoires et ses pouces transpercèrent ses joues, déchirant la peau et les muqueuses. L'Irlandais hurla en le repoussant des poings, ils butèrent sur le cadavre de Bishop. Jonathan s'accrocha aux membres tordus du nain et le bloqua sous lui. Il le recouvrit de toute sa masse puis se redressa en cognant en crochets courts, une nuée de coups au visage. Il frappait comme sur l'enragé de l'hôpital et les arbres du parc, massacrant cette chair avec l'entêtement sauvage des caves du Seven Dials. Soudain, un choc sourd l'arrêta. Il sentit un liquide chaud sur son épaule, la balle de Thornton avait frôlé la clavicule avant de le traverser. Il vacilla.

À quelques mètres, le professeur se battait avec vaillance, repoussant les anges qui tournaient autour de lui. Le bout plombé de sa canne fendait l'air. La douleur de sa mâchoire dépassait l'entendement. La fumée de la poudre opacifiait l'espace autour d'eux. Une balle de son revolver avait traversé le coude de l'ange au foulard sans l'arrêter, sa canne toucha l'os au bon endroit. La douleur plia l'Écossais en deux et le pommeau de plomb lui défonça le crâne. Le poing d'acier du deuxième ange percuta sa poitrine et lui coupa le souffle. L'homme crocheta ses jambes et ils tombèrent ensemble. Le professeur tira la dague du pommeau et lui porta un coup au flanc qui ne pénétra pas assez. Le poing s'écrasa sur son oreille et déchira son tympan. Il frappa encore au ventre. Pour rien. Les hommes de Bishop ne mouraient pas facilement. Un vertige fit tourner le tunnel autour de lui et un sifflement suraigu transperça ses tempes à partir de son oreille blessée. Il sentit le froid de l'acier. L'ange appuyait son poing sur sa mâchoire ouverte et il hurla en lâchant la prise, recroquevillé sur la décharge brûlante qui fendait son visage. La dague avait porté deux fois. L'homme, la chemise couverte de sang, le plaqua sur le dos et enfonça le poing d'acier sous son menton. Dans un ultime effort, le professeur frappa. La dague ouvrit une entaille profonde sur l'avant-bras sans le faire céder. Ses forces lui échappaient, le poing écrasait sa trachée et il ne respirait presque plus.

À quelques mètres, Shallow, sonné, cherchait l'air des Island Gardens que le tunnel ne laissait pas passer et l'image de Kate, la peau de Kate aussi tendre qu'une gorgée de gin, un soir de soif. Une balle l'avait fauché, un coup non mortel à la hanche qui avait secoué son corps jusqu'à la nuque. Il serra sa tête entre ses mains et retrouva un peu de lucidité. L'image du professeur à terre gifla sa conscience. Il se redressa et arma son crochet. La griffe de fer se planta droit dans le flanc de l'ange. Il vrilla vers le haut entre les côtes et tira, ouvrant le petit espace qui séparait le professeur de l'asphyxie. La pression sur sa glotte diminua alors que le corps du tueur blond s'écartait sous la traction de la corde que Shallow retenait avec tout le cœur du Seven Dials. Mais le poing appuyait toujours sous la mâchoire brisée. La douleur aveuglait le professeur, ses yeux étaient remplis de sang, il n'avait plus la force de monter sa dague. Shallow gagna quelques centimètres en tordant la corde qui sciait la chair de son poignet. Ses bottes glissaient sur le sol. Il vit alors s'approcher derrière lui, à trois mètres, l'aîné Gorch, revenu d'entre les morts, la poitrine ruisselante, un gourdin plombé au bout du bras. L'homme titubait et était facile à repousser, mais le crochet tenait la vie du professeur, il n'était juste pas question de lâcher cette corde. Il chercha Jonathan, qui luttait encore contre le Viking, et Moe qui avait disparu. L'ange forçait au bout et Shallow peinait à maintenir la tension suffisante. Gorch vacillait à un mètre. Le regard de l'Écossais était flou. La plaie sur son thorax crachait un sang rouge vif autour du trou de la balle qui avait frôlé le cœur. Une force qui venait de loin, des lochs les plus obscurs des Highlands, faisait survivre une volonté primitive qui refusait de mourir. Shallow regarda la masse de plomb monter lentement vers le ciel, au-dessus de sa tête. Il serra le crochet plus fort et ferma les yeux. Le professeur vit le vieil ivrogne fléchir le cou. Fléchir… dans un dernier effort, il leva sa dague vers la corde qui tenait sa vie et la trancha. Shallow partit à la renverse en jurant, la masse de Gorch s'abattit sur le sol. Le poing du tueur blond fit éclater le cartilage qui défendait la trachée du professeur. Il entendit le craquement au fond de sa gorge et cessa de respirer. Shallow repoussa l'Écossais agonisant et se précipita vers l'ange courbé sur le corps immobile. Il l'acheva avec toute la rage qui lui restait, en écrasant son crâne sur les planches du tunnel. Le professeur avait les yeux ouverts. Shallow saisit ses épaules et les secoua. Une bave rose sortait de sa bouche. Il redressa sa tête, en lui gueulant dessus, mais le professeur n'entendait plus et ne voyait pas les larmes du vieil ivrogne qui coulaient pour lui. Shallow chercha dans sa mémoire le nom qu'il ne connaissait pas.

— Professeur, répéta-t-il la voix étranglée, professeur…

Le cœur de Jerediah Mc Lowry s'arrêta. Et avec lui, la vie d'un homme, surnommé le professeur, qui n'avait jamais enseigné quoi que ce soit à personne.

Moe n'avait pas hésité. L'odeur de poudre noyait les images. Il avait foncé droit au but, là où les balles crépitaient le plus fort. Il avait attendu la pause courte, quand Deke Thornton remplissait ses chargeurs. Une balle l'avait touché dans le gras de l'épaule, une autre avait frôlé une côte près du foie. Rien qui valait la peine d'y réfléchir. Il avait tiré au cœur du bruit. Thornton avait senti la mort passer, la balle de Moe avait percuté la pierre du tunnel, à un doigt de sa tête. L'aveugle s'était jeté sur lui et l'avait frappé en cherchant du mou pour ses poings fragiles, bas, vers le ventre et Thornton avait plié sous ses coups. Mais l'Écossais l'entraînait au sol. Son corps puissant plaquait l'aveugle sur le chemin meuble et ses mains poussaient sur son visage qui s'enfonçait. La boue pénétrait les narines et la bouche de Moe. Ses dents trouvèrent le pouce qui appuyait sur lui et il mordit jusqu'à l'os. Thornton lâcha prise. Moe cracha un mélange de terre et de sang et se releva en cherchant son souffle. Thornton rechargeait le Mauser. L'aveugle recula vers la galerie où les lampes grésillaient. Une balle fila tout près sous son bras. Il courut en longeant les parois. Thornton serra un mouchoir autour de son pouce que les dents de Moe avaient à moitié sectionné et entra dans la galerie. La lumière suivait l'aveugle. Thornton jura en tenant sa main. La douleur remontait dans son bras et lançait jusqu'à ses tempes.

— Je vais t'arracher les tripes.

Moe reculait toujours. Il sentait la lumière étrangère collée à lui, visqueuse, qui pointait sa vie comme une cible. Au moins il mourrait au jour. Jonathan vit l'Écossais entrer dans la galerie. Il lâcha le Viking qui ne bougeait plus et rampa au-dessus du corps de Bishop. Un tison fouillait son genou à chaque appui. Il cassa le canon du fusil et chargea deux cartouches. Il se redressa en s'appuyant sur l'arme et fit les pas nécessaires jusqu'à l'entrée de la galerie. Thornton tira en rafale vers lui. Il plongea et pressa les deux détentes. Le faisceau des chevrotines ouvrit un trou blanc sur le mur au-dessus de la tête de l'Écossais qui s'abrita derrière la paroi en coude d'où dépassaient des charnières géantes. Jonathan rampa pour trouver un angle. Thornton tira encore entre les masses de métal qui le couvraient. Jonathan aperçut Moe plus loin, désarmé, au milieu d'un cercle de lumière. Il lui cria de se coucher. Il vit le canon du Mauser pointé comme il fallait sur le corps de l'aveugle que rien ne protégeait. Il ne pouvait plus atteindre l'Écossais. Le cordon noir des câbles au plafond qui reliaient les lampes entre elles lui apparut soudain. Il releva son fusil et tira. Toutes les lampes s'éteignirent. La nuit tomba autour d'eux. Moe sentit brusquement la fraîcheur de l'obscurité. Il attendit la sensation liquide, l'ombre en eau vivante qui enveloppait son corps. Il respira profondément et flaira la sueur de l'Écossais. Tout était facile maintenant. Thornton tirait au jugé. Moe avançait silencieusement. Les murs de la galerie se dessinaient autour de lui. Les reliefs, les trous, les obstacles. Le corps de Thornton se tassait inutilement, vers plus d'ombre, plus de lumière pour l'aveugle. Sa main sortit un lacet de sa poche. Il attendit le claquement du chien du pistolet et trouva l'espace pour se glisser derrière l'Écossais. Le lacet s'enroula comme il fallait. Thornton agita ses jambes et Moe cisailla pour le tuer plus vite.

Le calme était revenu dans le tunnel. Moe aida Jonathan à se relever et appela Shallow. Le vieil ivrogne se tenait debout près du corps sans vie du professeur, dans le halo des lanternes sourdes. Ils se traînèrent jusqu'à lui.

— Robert…

Shallow ne répondait pas. Il regardait sa main droite étrangement flasque qui refusait les ordres de son cerveau. Un flux rouge s'écoulait le long de sa manche. La balle avait ouvert un petit orifice près de son poumon droit d'où le sang fusait au rythme des battements de son cœur. Il vit Jonathan venir vers lui dans un étrange silence et entendit son nom répété par l'Irlandais. Il ne souffrait pas et sourit même à la drôle de tristesse qu'il vit dans les yeux du loup du Seven Dials, aussi doux que ceux d'un vieux chien. Un vieux chien… répéta l'ivrogne. Jonathan l'allongea en soutenant sa tête et dégagea sa poitrine. Il découvrit son nom tatoué au milieu, sous la peau couverte de sang. Shallow sentit l'air glacé. L'écureuil lui apparut sur l'épaule de l'homme qui avançait sa main avec douceur. Il la referma pour sentir son poing. Le poing dur du Seven Dials. Il chercha le regard de l'Irlandais qui trouvait toujours des sources de vie en lui. Le regard vivant de Jonathan qu'il avait aimé… aimé autant qu'on pouvait aimer un homme. Son cœur s'arrêta sur lui, mais c'est le nom de Kate qui traversa ses lèvres avec son dernier souffle.

Dernier acte.

Le nain avait disparu. Les deux hommes sortirent du tunnel ensemble. Moe aida Jonathan, qui s'appuyait sur la canne du professeur. Il avait dû couper le tissu de son pantalon au-dessus du genou qui enflait encore sous la peau bleuie par l'hématome. Les plaies des balles ne saignaient plus, il fallait aller vite.

— T'as une idée ? demanda Moe.

Des lumières rouges clignotaient plus haut à travers les drapeaux chinois couverts de têtes de dragon. Des vapeurs d'opium descendaient jusqu'à eux.

— À la fumerie, répondit Jonathan.

Ils montèrent la rue en pente douce qui les éloignait du fleuve. La fumerie royale de l'île aux Chiens était perchée au-dessus des docks. Jonathan souffrait à chaque pas. Le sang de Shallow était encore sur ses mains et celui du professeur sur le pommeau de sa canne. Il serra les poings. Trouver le nain.

Ils poussèrent la porte de la fumerie, aussi silencieuse qu'un caveau. Deux hommes à l'entrée, des colosses à l'air de lutteurs, les observaient, immobiles, bras croisés sur la poitrine. Jonathan dégagea la crosse de son fusil, mais les hommes ne s'interposaient pas. Ils les laissèrent passer en regardant à travers eux. Le Viking gardait du savoir-vivre, pensa l'Irlandais, du savoir-mourir… Ils pénétrèrent dans la salle principale où s'entassaient les corps des fumeurs repliés autour de leur pipe et avancèrent au milieu.

— Attends.

Le bras de Moe arrêta Jonathan. Parfum vert. L'aveugle sentait. Elle était là. Près de la fenêtre dans une des alcôves qui creusaient les murs de la salle. Moe s'approcha du corps enveloppé dans une couverture. Le parfum dessinait la silhouette mince, sa main descendit vers elle. Trop vite. Il tira sur le tissu qui fit apparaître le visage impassible d'une jeune Chinoise. L'odeur de sa peau, voilée par le parfum de Fine dont elle s'était recouverte, lui parvint avec une seconde de retard. Le temps pour les frères Flint de prendre l'avantage. La crosse d'un revolver fractura son arcade sourcilière et lui fit perdre à demi connaissance. Une rafale de balles déchira le mur de la fumerie derrière la tête de Jonathan. Les armes des deux hommes crépitaient dans l'obscurité. Le vacarme laissait les corps des fumeurs autour aussi indifférents que les cymbales chinoises qui berçaient leur rêverie. Le plus jeune des Flint releva la crosse au-dessus du crâne de Moe pour l'achever. Jonathan apprécia la distance. Cinq mètres. Le corps de l'aveugle cachait celui de l'Écossais. Il tira le plus haut possible pour réduire le faisceau des chevrotines. Elles traversèrent le bras qui tenait le revolver en criblant la chair de cratères noirs. L'aîné Flint fonça. Le genou de Jonathan se tordit sous le choc mais il encaissa la charge et déséquilibra son adversaire. Il frappa avec la force de la douleur qui vrillait dans sa jambe. L'homme envoya un crochet sans vigueur et plia sous un nouveau coup au thorax. « Pas la trempe des faucons de Bishop », pensa l'Irlandais. Il cogna à nouveau en cherchant le foie. Le corps s'affaissa, il frappa une dernière fois, un coup sec au-dessus du nez qui enfonça la boîte crânienne.

— Jonathan…

Le canon du revolver appuyait sur la tempe de Moe. Le jeune Flint vacillait et tenait l'arme à deux mains. Il perdait beaucoup de sang, son visage avait la couleur de la craie. L'acier tremblait sur le crâne de l'aveugle. Jonathan chercha son fusil en repoussant les fumeurs inertes autour de lui. L'Écossais arma le chien. Moe était calme, le jeune Flint puait la rouille de Corby, il aurait préféré finir entre les mains de l'homme d'ivoire. Les doigts de Jonathan trouvèrent la crosse à l'instant où l'Écossais pressait la détente. Il vit le recul du revolver sur la tête de Moe. L'explosion couvrit son hurlement. Le corps de l'aveugle s'affaissa sous le rideau pourpre de l'alcôve. Flint pointa son arme mais le chien percuta le vide. Il tomba à genoux, le regard pétrifié sur son bras déchiré. Jonathan saisit son fusil par le canon et rampa vers lui. Il l'attrapa par les cheveux et le tira au sol. Il enfonça le canon entre ses dents et l'écrasa au fond.

Moe ne bougeait plus, son corps couvert du sang des Flint et du sien. Jonathan arracha le pistolet de sa ceinture et vérifia les balles. Il traversa la fumerie sous le regard des lutteurs toujours immobiles à la porte et monta l'escalier en traînant la jambe.

Il n'eut pas à chercher. La chambre était ouverte. Il s'arrêta sur le seuil pour reprendre son souffle.

Le Viking l'attendait au milieu de la pièce. Fine était assise près du lit défait, habillée comme au jour du départ de Sydenham, sa valise et l'ombrelle à ses pieds. Le visage du nain était martelé de coups, un pistolet à poudre noire pendait au bout de son bras. Il pointa l'arme vers elle, puis la rabaissa.

— Tu vois, Jonathan, je n'ai même pas eu besoin de la tuer une seconde fois. Elle s'en va et c'est ça qui compte.

Fine redressa la tête. Les joues de l'Irlandais saignaient, sa veste était déchirée, de la boue coulait à travers. Il puait l'égout, les chairs de ses phalanges avaient éclaté sous les coups, ses mains étaient à vif. Quand elle croisa son regard, elle retrouva en elle toute la fierté perdue de Mullingar. Jonathan leva son pistolet et le Viking leva le sien. Le visage déformé du nain ressemblait à ceux des fœtus monstrueux exposés dans les foires. Les deux hommes se tenaient face à face. Les plaintes des orgues de Barbarie revenaient dans le silence… « Jeudi, vendredi, samedi… »

— Qui va mourir au vingtième siècle ? interrogea le Viking.

— Personne, répondit Jonathan en pressant la détente.

Sa balle croisa celle du nain. Il sentit le sifflement près de son œil. La guêpe de métal s'enfonça dans la porte en soulevant un nuage de poussière. L'odeur de poudre recouvrit celle de l'encens et l'écho des cymbales monta dans la chambre. Le Viking gisait sur le dos. La balle avait traversé son poumon et s'était bloquée dans la colonne vertébrale. La douleur le transperçait, mais il ne gémissait pas. Il regardait son ennemi avec la même expression de haine pure qu'au jour de la mort de Zarn. Jonathan posa le canon sur son front.

— Attends.

La voix de Fine stoppa son geste. Il sentit sa présence derrière lui et sa main qui effleurait son épaule. Il releva son arme. Fine se pencha sur le corps du nain. Le Viking regarda le visage de cette femme au ciel, sa beauté et l'étrange sourire qu'elle lui offrait, comme une dernière grâce. Elle appuya la pointe de son ombrelle sous son œil droit et d'un mouvement sec fit jaillir la lame à travers son crâne.

Celui qu'on ne tue pas.

La plaie coulait. Fine aida Jonathan à enlever sa chemise. Il glissa le long de la porte et chercha son souffle. La douleur n'était pas violente. Il sentait que la balle sous la clavicule n'avait pas touché de cible vitale mais il perdait du sang. Fine le banda. Sa main caressa sa peau humide et redécouvrit son corps sous les blessures. Ses doigts les touchaient, cherchaient autour de leurs reliefs, devinaient leur forme. Son désir pour lui fut le plus fort jamais éprouvé, plus fort que celui qui la poussait à entailler ses poignets au temps de la cire, plus fort que le sang qui s'écoulait de ses souvenirs, plus fort que sa volonté contre elle.

— Les autres ?

Il ne répondit pas.

— Et Moe ?

Fine trouva des larmes pour l'aveugle. Elle aida Jonathan à se mettre debout. Le couple de jeunes Chinois les attendait à la porte de la chambre et les salua avec respect. Les hommes qui se tenaient derrière eux s'inclinèrent aussi et les laissèrent passer. Le corps de Moe reposait près de la fenêtre de la fumerie, à moitié recouvert par celui de l'Écossais. Fine souleva sa tête et fit glisser sa main sur la joue déformée par la chaux. Lorsqu'elle s'approcha des lèvres, elle sentit un filet d'air qui s'échappait faiblement. Elle appela à l'aide.

Moe reposait dans les bras de Jonathan et son visage se recolorait. La moitié de son cuir chevelu avait été arrachée par la balle. Une bouillie rouge couvrait la blancheur de l'os qui n'avait pas été traversé.

— Comment fait-on pour te tuer, Moe ? dit Jonathan en souriant.

Le vieil aveugle ouvrit les yeux. La réponse était près de son épaule. Fine. Sa vie commençait et finissait avec elle. C'était simple. Le parfum de cette femme tenait son cœur. Tant que personne ne le dissiperait, il serait là pour le respirer.

— Et le nain ?

— C'est fait, répondit l'Irlandais.

— Alors tu n'as plus d'ennemi, Jonathan, souffla Moe.

Les Chinois les aidèrent. Ils couchèrent l'aveugle sur une natte de fumeur et lui apportèrent les premiers soins. Ils acceptèrent de veiller sur lui jusqu'à son rétablissement contre un gage d'amitié que Jonathan leur accorda : les pouces du Viking que le plus gros des lutteurs alla trancher pour ses maîtres.

Décisions d'avenir.

Fine attendait à la porte de la fumerie. La lanterne du fiacre brillait à travers le brouillard dense. Elle avait laissé à Moe un flacon de son parfum et la promesse de revenir un jour. L'aveugle n'avait pas retenu la main de Jonathan qui devait la rejoindre, mais l'Irlandais était resté. Jonathan n'était pas pressé de quitter Moe. Il n'était plus pressé de quitter personne. Il alluma une cigarette qu'il glissa entre les lèvres brûlées du dernier de ses hommes.

— Tu pars avec elle ?

Jonathan reprit sa cigarette et inspira profondément en fermant les yeux.

— Je ne sais pas, Moe.

L'aveugle sentit le parfum de Fine qui s'éloignait.

— Elle s'en va, Jonathan.

L'Irlandais vit la tristesse gagner le visage du vieux combattant du Seven Dials. Elle n'était pas pour cette femme qui l'abandonnait encore, mais pour lui. Cette tristesse, c'était son bien, le présent d'amitié de Moe qu'il recevait avec fierté. L'aveugle l'interrogea de son regard blanc et commença, en hésitant :

— Tu devrais…

Il chercha la suite, mais la main qui serrait la sienne l'arrêta.

— Je lui laisse un peu d'avance, murmura Jonathan.

La pluie recouvrit le verre de la fenêtre où la silhouette de Fine s'était posée. L'eau effaça son image et les cymbales chinoises reprirent leur cadence.

Jonathan attendit la fin de la cigarette, jusqu'à la brûlure sur ses doigts, et sentit toute la fatigue des dernières heures remonter en lui. Il ferma les yeux et laissa le silence au fond de son esprit combler l'espace obscur où se prenaient les décisions d'avenir.

Mauritius. 2 janvier 1900.

Au bout de l'océan, dans la nuit sans lune, la silhouette d'une femme traversait l'obscurité en faisant lever les chauves-souris géantes des arbres de Mauritius. La forme était féminine, mais la démarche avait quelque chose de grossier et d'emprunté qui rappelait les spectacles de forains et la maladresse des clowns. Le corps était enveloppé d'une robe trop courte sur un corps massif. L'inspecteur Cumberbatch descendait le rocher du Morne. Les becs de corail entaillaient ses pieds nus, mais il ne ressentait pas la douleur. Toute son énergie était tendue vers ses poumons qui s'étaient encombrés depuis sa capture par les hommes de Yash. Respirer sans perdre son souffle, sans ralentir et garder l'avantage de la nuit. Sans reposer ses membres décharnés par les mois passés dans l'enclos des porcs et sans disparaître dans un trou de corail pour rejoindre le corps de l'adjoint Field que Yash avait abandonné aux crabes et aux mouettes. La robe s'accrochait aux branches des arbustes asséchés qui lançaient leurs griffes sur son passage. Le sang de la guérisseuse qu'il avait égorgée durcissait l'étoffe de la robe sur sa poitrine. Qu'importe qu'elle ait été la seule à lui témoigner un peu d'humanité, son corps avait remplacé le sien pour le groin des cochons. Bientôt, il regarderait du pont d'un navire le soleil du soir encore brûlant descendre vers l'ouest, vers l'Angleterre. Il courait sans écouter les gémissements de ses bronches. Vers l'ouest… disait la voix ferme qui tournait dans son crâne, l'ouest où les vaisseaux s'abîmaient et tombaient derrière la terre, où mouraient les astres, vers le cap sombre… le cap Weakshield.

Épilogue

3 décembre 1900. Cimetière de Bagneux. France.

Moins d'une dizaine, jugea Steven. Le cortège était famélique. Robert Ross, son frère, des poètes français qu'il ne connaissait pas et lord Douglas. Les gerbes de fleurs, nombreuses sur le cercueil, relevaient un peu le standing de l'enterrement de sixième classe que la fortune disparue d'Oscar Wilde avait pu payer. Bagneux, une banlieue déserte de Paris qui s'atteignait en traversant des champs. Le brouillard était plus épais et puant que celui de la Tamise qui ne retenait pas ce relent gâté de campagne que Steven exécrait. Cette puanteur de fumier que respiraient avec délice tous les amoureux des excréments de la nature. Robert ne l'avait pas vu. Il était resté à l'écart, en arrière du cortège. Lord Douglas avait recouvert son visage d'un voile de veuve et gémissait. Quand les fossoyeurs descendirent le cercueil, il poussa un cri et s'agenouilla en oscillant bizarrement la tête dans la pose d'un malade frappé d'une attaque cérébrale. Robert s'écarta suffisamment pour le faire sortir de son champ de vision. Le jeune aristocrate bâclait la mise en scène de son désespoir et n'éveillait, en fait de compassion, qu'une gêne pénible. Steven observait la belle allure de son frère, digne et méditant, hors de l'agitation et du bruit. Il pensa à Aldwickbury, à la silhouette sèche de leur père, lors de ses promenades solitaires où sa pensée devait quelquefois chercher la trace de ses deux fils perdus. La cérémonie fut interrompue par une ultime gesticulation de lord Douglas qui se jeta dans la fosse pour enlacer une dernière fois le cercueil de Wilde. On le fit sortir, l'habit sali de terre et ruisselant. Robert lui tourna le dos. Quand le cercueil fut recouvert, il resta seul à prier devant la croix. Les membres du cortège se dispersèrent. Les allées étaient désertes et le froid humide annonçait la neige. Steven attendait à la porte du cimetière. Il regarda descendre lentement celui qu'il n'avait plus revu depuis l'exil de la maison familiale. Quand son frère passa devant lui, il s'avança, et souleva son chapeau.

Remerciements à :

Quilina Vizzavona

Clara Moulonguet

Isabelle d'Hauteville

Amanda Galsworthy

Chloé Deschamps

Sam Peckinpah et Claude Sautet

Du même auteur
aux éditions Grasset :

BLOUSE, 2004.
LA GRANDE GARDE, 2007. (Prix Jean Bernard de l'Académie de médecine)
L'AMI DE JEUNESSE, 2008. (Prix découverte *Figaro Magazine*-Fouquet's)
L'HOMME MOUILLÉ, 2010.
SALUT MARIE !, 2012. (Prix du roman version Femina)
ÉTIENNE REGRETTE, 2014.